Gunther Neumann
Über allem und nichts

Gunther Neumann

Über allem und nichts

Roman

Residenz Verlag

Wir danken für die Unterstützung

© 2020 Residenz Verlag GmbH
Salzburg – Wien

Bibliografische Information der Deutschen Nationalbibliothek
Die Deutsche Nationalbibliothek verzeichnet diese Publikation in der
Deutschen Nationalbibliografie; detaillierte bibliografische Daten sind
im Internet über http://dnb.dnb.de abrufbar.

www.residenzverlag.at

Umschlaggestaltung: BoutiqueBrutal.com
Umschlagfoto: jkokij, photocase.de
Typografische Gestaltung, Satz: Ekke Wolf, typic.at
Lektorat: Jessica Beer
Gesamtherstellung: GGP Media GmbH, Pößneck
ISBN 978 3 7017 1726 2

Clara

»Fahren Sie nach Hause? Nach Deutschland?« Der Taxifahrer klopfte auf das Lenkrad.

Die Wischerblätter quälten sich über die Windschutzscheibe. Sie hatte sich mit den Motorrad-Satteltaschen nicht in die U-Bahn zwängen wollen und ein Taxi gerufen, ohne daran zu denken, dass der Abendverkehr in Madrid bei Regen zum Stillstand kam.

»Nein. Entschuldigen Sie. Ich bin müde.« Sie wich dem Blick im Rückspiegel aus, sah aus dem Fenster, auf den nassen Asphalt. Der Stau löste sich auf.

»Lufthansa?«

»British Airways.«

Bei der Ankunft am Flughafen gab sie dem Fahrer den aufgerundeten Fahrpreis, nahm die Taschen, lief durch die Abfertigungshalle, fuhr mit dem Shuttlezug zum Terminal, dann mit der Rolltreppe hinauf, schob ihre Taschen in das Röntgengerät und ging an den Menschenschlangen vorbei direkt zur Crew-Passkontrolle. Selbst die Besatzungen wurden zunehmend penibel überprüft. Sie trug Jeans und einen blauen Pullover, keine Uniform.

Wie lange war das her, dachte sie, ein Abschied am Münchner Bahnhof, ihre Hände an der Glasscheibe. Auf Flughäfen öffneten sich die Türen lautlos, zwischen Abschied und Abflug lag das Labyrinth glatter Perfektion. Weder Gabrio noch Matthias würden sie bei ihrer Landung erwarten.

5

Die Abendmaschine nach London war voll. Sie hatte einen Platz am Gang, nahm kaum wahr, wer links von ihr saß. Sie horchte auf das Rumpeln beim Laden des Gepäcks, das Anlassen der Triebwerke, den Schub, den dumpfen Schlag beim Einziehen des Fahrwerks. Sie war es nicht mehr gewohnt, die über Jahre fast körperlich gespeicherten Geräusche passiv aus der Kabine mitzuverfolgen.

»Nein, danke, kein Sandwich.«

Sie schob sich Lärmstopper in die Ohren, blätterte durch das Bordmagazin, vergrub dann die Hände in den Ärmeln ihres Pullovers und schloss die Augen. Es war Nacht, als die Maschine zum Landeanflug ansetzte.

Heathrow. Sie suchte an den Anzeigetafeln Colombo, hatte kaum eine Stunde zum Umsteigen, machte sich auf den Weg. Menschenströme kreuzten den Transitbereich, ein Sari raschelte, Rollkoffer surrten, Männer in Businessanzügen am Telefon.

Als am Gate das Licht neben der Colombo-Anzeige zu blinken begann, wurde ihr schlecht. Sie ging zur Toilette, kühlte das Gesicht mit Wasser, den Nacken, fühlte sich etwas besser. Die ineinandergeschobenen Tage, Monate lauerten ihr im Spiegel auf. Kümmerliche Reste ihrer dank der vielen Sommersprossen lange erhaltenen Kindlichkeit schimmerten durch. Sie sah eingefallen aus, nur ihr Hirn fühlte sich geschwollen an. Sie kniff die Augen zusammen, zog die Mundwinkel hoch, um die Gesichtsmuskeln zu beleben.

Wann hatte sie sich zuletzt bewusst im Spiegel gesehen? Ohne an sich vorbeizuschauen. Um das Ziel nicht aus den Augen zu verlieren.

Jetzt sah sie winzige Falten auf teigiger Haut, das Resultat von auf 18 Stunden ausgebeulten Tagen, auf drei Stunden zusammengepressten Nächten, 165 000 Meilen in wenigen Wochen, Flugstrecken, imaginäre Linien. Sie fügten sich zu keinem Ganzen, blieben Gitterwerk zwischen ihren

Fluchtpunkten. Mein Gesicht – auch Gitterwerk, dachte sie. Das Grün der Augen leuchtete nicht. Sie war nicht mehr schlank, sondern mager.

Vor Monaten war sie noch schön gewesen. Vielleicht. Matthias stand an die Glastür der Duschkabine seiner Münchner Wohnung gelehnt. Sein Blick hatte sie gestreichelt, war unter ihre Haut gegangen, wo er nicht hingehörte, hatte sie zur Abhängigen gemacht. Seine Komplimente über ihren Körper, die Linien ihrer Wangenknochen, ihre Art, sich zu bewegen, wie ein perfekt gespannter Bogen, und der Pfeil hat mich getroffen, schmeckten wie die Zuckerwatte auf dem Volksfest am Staffelsee, verführerisch und klebrig. Sie konnte als Kind nicht genug davon bekommen, bis sie sich übergab.

Ihre Haare waren glatt, sahen jetzt aber stumpf aus, obwohl sie sich letzte Woche einen Pagenkopf hatte schneiden lassen. Sie frisierte sich mit den Fingern, trug etwas Rouge auf, ging zurück zum Gate, setzte sich, unterdrückte ihre Übelkeit, schlang die Hände um die Oberarme, um ein Zittern ohne Zittern. Mit ihrem Stand-by-Ticket musste sie bis zum Schluss warten, beobachtete Briten, Singhalesen beim Boarding, alle in einer ordentlichen Schlange, nach den jüngsten Anschlägen waren keine Touristen darunter. Ihre eigene Fluglinie flog in die Karibik und nach Südamerika, kaum nach Asien. Elf Jahre lang hatte sie Sri Lanka gemieden.

Manchmal gab es für Kollegen anderer Airlines einen Platz in der Businessclass; heute nicht. Das Bodenpersonal am Gate versuchte bloß, Paare mit getrennten Plätzen zusammenzusetzen, eine Familie mit Kindern in der ersten Reihe der Economyclass unterzubringen. Die Kabinenchefin setzte wenige Minuten später auf Claras nochmalige Frage nach einem Upgrade ein unverbindliches Lächeln auf.

»Sind Sie Flugbegleiterin, Ms. Fink?«

»Pilotin.«

»Dann tut es mir besonders leid. Ich darf das nicht.«

Männerrivalität ist wenigstens offen.

Du bist ungerecht, dachte sie Momente später, und übermüdet. Wahrscheinlich bekäme die Purserin wirklich einen Rüffel. Die Regeln waren strenger geworden.

Die Maschine war nicht ausgebucht, aber der Sitz neben ihr war besetzt, ein älterer Herr, der nach kurzem Gruß noch vor dem Start hinter einer lachsfarbenen Zeitung versank. Es gab keine zwei freien Plätze nebeneinander, auf die sie hätte ausweichen können. Immerhin hatte sie jetzt einen Fensterplatz. Sie schaltete das Unterhaltungsprogramm ein, zappte, schaltete aus, fand im Turbinenlärm keinen Schlaf, nur einen Dämmerzustand.

Wenn sie im Cockpit saß, schätzte sie die Flüge westwärts mit der Nacht in summender Stille, sah sich als postmoderne Nomadin im Schutz einer kaum beleuchteten Höhle, am digitalen Lagerfeuer über schwimmenden Zeitzonen. Zwei, drei Becher Kaffee, ihr Körper durchtauchte mehrere Stadien der Müdigkeit. Die Sterne verblassten, Himmel und Meer begannen sich zu unterscheiden, Schwarz wurde zu Dunkelblau, wechselte zu Violett-Rötlich, wie aus Tintengläsern ausgelaufen, bis die Sonne von unten aufging.

Jetzt sah sie ihr Spiegelbild im Fensteroval, dahinter blinkte der Flügel gleichmütig. Vor ihr fand ein Kopf eine Schulter. Sie zog die dünne Decke hoch bis zum Kinn und war froh, dass es diesmal in den Osten ging und der Morgen schnell kam.

Colombo, früher Vormittag, Zollkontrolle, Geldwechsel. Ihre Augen suchten unwillkürlich den Zigarettenverkäufer, der ihr bei ihrer überstürzten Abreise vor elf Jahren die vergessene Tasche nachgetragen und keine Rupie dafür angenommen hatte. Der Ankunftsterminal war neu, der Fliesenboden gebohnert, Verkaufsstände von Mobilfunkbetreibern und Autovermietern spiegelten sich darin. Nichts erinnerte an damals. An einer Stehbar trank sie einen Cappuccino. Der Kaffee und ein Schwall feucht-schwüler Luft durch die offenen Türen trieben ihr den ersten Schweiß auf die Stirn.

»Madam, need hotel, Madam?«

»Hello Madam – Taxi? Tuk tuk?«

Sie bahnte sich einen Weg, kaufte eine Straßenkarte, quetschte sich mit ihren Satteltaschen in den öffentlichen Bus Richtung Stadt und machte sich anschließend in einer dreirädrigen Moped-Rikscha auf die Suche nach einem geeigneten Motorrad.

Der Verleiher im dritten Wellblechladen taxierte ihre Proportionen. Er wischte seine Hände am verschmierten Drillich ab und führte sie langsam durch die Garage. Er war so groß wie sie, drahtig, hinkte leicht, hatte eine lange Narbe auf der Wange. Der chaotische Laden roch nach Schwüle und Altöl.

»Für zwölf Tage? Waren Sie schon einmal hier?«

Dann, nach einer Pause: »Können Sie überhaupt …?«

»Ja. Beides. Keine Sorge.« Eine 500er, die Größte hier, kam ihr im Vergleich zu ihrer einstigen 900er-Kawa bescheiden vor.

»Wo wollen Sie hin? Warum bleiben Sie nicht …?«

Sie schüttelte den Kopf. Ihr war nicht nach Erklärungen. Auch nicht nach Großstadt, Abgasen, Geruch von Frittierfett aus fahrbaren Garküchen, nach flanierenden Familien am Feierabend, nicht nach Strand. Nur raus aus der Stadt, in die Berge. Allein sein.

»Nicht in den Norden, hoffe ich. Da haftet die Versicherung nicht. Gibt ohnehin nichts zu sehen da. Die Leute dort – lümmeln nur herum.«

Sie brauchte keinen Rat. Mit einem Smartphone lichtete er erst ihren Pass und dann sie selbst ab. Den Helm verweigerte sie. Gegen die Sonne begnügte sie sich mit Creme und einem Batik-Tuch um Stirn und Ohren, darüber eine Baseballkappe, den kurzen Pferdeschwanz hinten durchgezogen. Sie band die Taschen fest, überprüfte Kupplung, Gänge, Bremsen, Öl. Der Scheinwerfer ließ sich nicht geradestellen, aber sie hatte nicht vor, nachts zu fahren. Nach einigem Hin und Her gab sich der Verleiher mit einem Blanko-Kreditkartenbeleg statt der anfangs verlangten 1500 Dollar Kaution zufrieden.

Sie tankte voll; dann steckte sie im mittäglichen Hauptstadtverkehr. Der Schweiß von Hitze und Anspannung, dazu die Rußschwaden schlecht eingestellter Motoren sogen sich in ihr T-Shirt. An den Linksverkehr mit ständigem Hupen musste sie sich erst wieder gewöhnen. Ihre Arme schmerzten; sie war schwach geworden. Bei einem Überholmanöver rammte sie fast einen Kleinlaster, der, ohne ein Zeichen zu geben, plötzlich nach rechts abbog. Als sie die Vororte hinter sich gelassen hatte, wurde sie ruhiger.

Das ehemalige Herrenhaus einer aufgelassenen Teeplantage verbreitete den Charme kolonialer Langeweile. Bei ihrer Ankunft am frühen Nachmittag hatte eine Brise die Schwüle gemildert. Jetzt bauten sich Wolken über den Bergen auf, wälzten sich über die Hügelkette hinter dem See, nahmen bald den Blick auf das Wasser. Die moosigen Platten vor dem Backsteinbau bekamen einen graugrünen Glanz. Ein Windstoß rieb die Kronen der Bäume aneinander, dann begann es unvermittelt und heftig zu regnen.

Die beiden Glühbirnen am Eingang flackerten und erloschen. Es war noch nicht fünf, aber schon so dunkel, dass sie in der Lobby nicht mehr lesen konnte. Wenn sich mit dem Ende der Trockenzeit Anfang Mai Fieberglut über die Insel legte und selbst die Aktivitäten der Einheimischen bremste, verirrten sich auch ohne Terror kaum noch Touristen in das Landesinnere Sri Lankas. Sie war der einzige

Gast in dem abgelegenen Guesthouse oberhalb von Kandy. Das Restaurant war nur zur Frühstückszeit geöffnet.

Sie setzte sich auf der Holzveranda in einen Flechtwerkstuhl, der sich anfühlte, als hätten darin schon vor einem halben Jahrhundert Alec Guinness oder David Lean gesessen. In der Lobby hingen angegilbte Zeitungsausschnitte und wellige, braunstichige Fotos. Die Filmcrew der »Brücke am Kwai« hatte sich nach den Dreharbeiten im Tiefland hier oben erholt. Eine Weile lauschte sie dem Prasseln des Regens, bis es durch das Dach zu tropfen begann.

Sie überlegte, in die Stadt hinunterzufahren, um etwas zu essen, ein scharfes vegetarisches Thali in einem südindischen Lokal, das in einer Seitengasse gleich beim See lag, soweit sie sich erinnerte. Beim Gedanken, mit dem Motorrad durch den Regen zu fahren, fröstelte sie. Sie hatte auch keine Lust, den Portier zu bitten, ihr ein Taxi zu rufen. Er hatte bei ihrer Ankunft das Meldebuch nur ein paar Zentimeter in ihre Richtung geschoben und mit Blicken gesagt, wie fehl am Platz er die Alleinreisende in Jeans und T-Shirt fand. Und sie scheute sich, einen der wenigen Bekannten zu kontaktieren, vor allem Surya nicht, der ihr damals das Land gezeigt hatte. Sie wollte sich keinen Fragen aussetzen. Nach der kurzen Nacht im Flugzeug war sie ohnehin schlafbedürftig.

Der Regen ging in geräuschloses Nieseln über. Sie tastete sich die knarrende Treppe hinauf. Im Dunkel ihres Zimmers suchte sie vergeblich nach ihrer Taschenlampe. Auf dem Nachttisch ertastete sie eine Kerze, daneben eine Schachtel Zündhölzer. Ein Schwefelkopf glomm auf und verpuffte. Erst mit dem vierten Streichholz gelang es ihr, den Stumpen anzuzünden. Feuchtigkeit hatte sich bis in den Docht gesogen. Die knisternde Flamme reichte nicht aus, das Zimmer auszuleuchten. Das Flackern warf zittrige Schatten auf die schweren Holzmöbel, die rissige Längswand neben einem der Schränke erinnerte für Momente an eine bewegte Kalligrafie, dann an eine archaische Höhlenzeichnung.

Sie aß ein paar Kekse, wanderte dann zähneputzend durch den Raum, beobachtete ihre Silhouette, eine Figur wie aus einem malaiischen Schattentheater. Matthias war der Einzige, der die Gewohnheit des ruheloses Zähneputzens mit ihr geteilt hatte. Sein Brief steckte ungeöffnet zwischen ihren Sachen.

Sie kramte in ihrer Tasche, nahm nur eine halbe Tablette, knotete das Moskitonetz auf, das an mehreren Stellen notdürftig geflickt war. Drei Löcher klebte sie mit Leukoplast ab.

Die Kakerlaken bleiben draußen, immerhin, dachte sie beschwörend, als sie unter einem der Schränke ein Geräusch hörte. Sie hatte keine Lust, sich mit der Kerze in der einen und einem Schuh in der anderen Hand als Kammerjägerin zu betätigen.

In dem überbreiten Holzbett hing die Matratze durch. Die Bezüge rochen modrig, schienen aber sauber zu sein. Frösteln drang bis in ihre Knochen und in Traumfetzen, kalte Flammen, Schatten. Mehrmals tastete sie schweißgebadet nach dem Moskitonetz. Der flimmernde Schlaf brachte kaum Erholung, und erst der Morgen Erleichterung.

Es gab heißes Wasser. Sie seifte sich mit Orangenshampoo ein, spülte sich ab, hielt den schwachen Strahl der Brause ans Gesicht, bis das Wasser kalt wurde und sich Gänsehaut von den Schultern herab ausbreitete.

Mit dem muffig riechenden Handtuch tupfte sie sich halbwegs trocken. In der immerfeuchten Luft hatten sich von den Rändern her Rostflecken in den Badenischenspiegel gefressen und gaben ihm ein fleckiges Passepartout. Ein passender Rahmen für dein Gesicht, dachte sie. Mit 36, was du verdienst. Knapp 37.

»Können wir einen Tisch hinausstellen?«

»Natürlich, Madam! Kein Problem.«

Der rundliche Kellner war froh, als sie ihn ermunterte, die Jacke seiner abgewetzten, schlechtsitzenden Uniform abzulegen. Heute Morgen brauchte sie die direkte Sonne, um die Nacht loszuwerden.

Gemeinsam schleppten sie einen Holztisch aus dem Frühstücksraum in den Garten, wo die Nachtfeuchte wie Rauch aus dem Rasen aufstieg. Unter der Veranda hielt ein grüner Käfigpapagei eine knarrende Ansprache, krächzte den Anfang des River-Kwai-Marsches, blieb dann stumm. Der Kellner brachte tänzelnd Kaffee und String Hoppers, dazu Ahornsirup. Die Kombination aus weichen Reisteigfäden und amerikanischem Sirup hatte sie selbst kreiert bei ihren früheren, damals noch mehrtägigen, manchmal sogar einwöchigen Aufenthalten als Flugbegleiterin.

»Tut mir leid, Madam. Noch keine frische Milch heute Morgen.« Der Kellner entschuldigte sich mehrmals mit Verbeugung. Die Kondensmilch lehnte sie ab, schmeckte dem Kaffee nach. Ceylon war einmal eine Kaffeeinsel gewesen; eine Krankheit hatte die Plantagen vernichtet, und die Briten hatten Teesträucher und tamilische Pflücker aus Indien in die nebeligen Berge gebracht. Surya hatte ihr das vor elf Jahren erzählt, ihr damaliger Führer und väterlicher Freund. Den rauchigen, fast lehmigen Geschmack des hiesigen Kaffees hatte sie erst verabscheut, dann geschätzt. Den Satz einfach absinken lassen, nicht wieder aufrühren.

Das Koffein brachte ihre Unruhe zurück. Sie zog die Sandalen aus und ging mit der Tasse in der Hand über den feuchten, britisch gepflegten Rasen zur Eisenbrüstung. Leichter Wind kam auf, hob die letzten Nebelreste vom schattigen Seeufer. Die Wolkenschleier zerrissen an lianenbehangenen Baumriesen, die den Ostrand des Talkessels säumten. Ab und zu das Knattern eines Busses, Fetzen von Stadtlärm. Auf den Hängen lagen weiße Villen, halb versteckt hinter fedrigen Flammenbäumen und Fluten von magentaroten Bougainvilleen. Mehr hätte sie nicht benennen können. Doch, Oleander, den gab es auch in Matthias' Garten. Und Bambus, zitternde Blätter im Wind; zäh, biegsam, schwer zu knicken. Botanik hatte nie zu ihren Stärken gezählt. Im Cockpit kannte sie hunderte Displays, Instrumente, Funktionen auf Englisch, oft auch auf Deutsch, manchmal Spanisch. Alles war kategorisiert, funktional.

Sie schaute lange auf die Grünschattierungen des Sees. Sie hatte immer nahe am Wasser wohnen wollen. Als Erstes war es der Staffelsee in Oberbayern gewesen, Sommer, Großmutters Holzkate bei Seehausen. Nach dem Frühstückskakao auf der Veranda ging es dort vier Stufen hinunter in den Garten, barfuß durch das taunasse Gras, zu den Spielen mit den Nachbarsjungen, dem Aufstöbern eines Marders im Holzdach, dem Ausräuchern eines Hornissennestes, Entdeckungen im Moor: Feuersalamander, Ringelnattern unter Steinen, einmal eine Kreuzotter. Jedes Mal war sie die Erste gewesen, die das ungeliebte Dirndl abstreifte, noch bevor die Jungs ihre Lederhosen ausgezogen hatten. Sie rannten ins Wasser, ließen Regenbogenfontänen aufspritzen. Einen Sommer lang – sie hatte als Jüngste ihrer Klasse das Schwimmabzeichen in Bronze bekommen – war sie am See die Königin, die ein Regiment von Freibeutern durch den Weidendschungel schickte. Der Erfolg beflügelte sie beim Wettschwimmen vom Steg zum Graden-Eiland, das zum Piratenatoll in der Südsee wurde. Sie gewann Seeschlachten, eroberte mit rot bemaltem Gesicht von der Kommandohöhe am Uferfelsen aus Traumreiche; Geschichten vom Meer, und alle waren wahr.

Beim Doktorspielen verteilte sie die Rollen, bis sie genug gesehen hatte und die willfährigen Spielgefährten wieder ins Staffelseewasser trieb. Ein feiner Junge mit scheuen Augen war ihr besonders ergeben. Sie gab ihm Mutproben auf, er musste sich auf Ameisenhaufen legen. Erst im

Herbst bereute sie es, und im nächsten Sommer war er nicht mehr da. Puppen und Papa-Mama-Kind-Spiele hatten sie nie interessiert. Sie las »Wo die wilden Kerle wohnen«, und im Münchner Kinderfasching ging sie lieber mit Zorros schwarzer Maske statt im Kleid der Märchenfee.

Damals am Staffelsee paddelten sie, schleckten Erdbeereis, und als dann noch ihre um zwei Jahre jüngere Schwester Vera mit den Eltern aus München für zwei Wochen kam, war es perfekt; Tage, an denen sie oder zumindest die Familie glücklich und sich selbst genug schien. Die Oma schimpfte weniger, der Imker ließ sich nicht blicken, und Clara empfand so etwas wie Geborgenheit. An den Abenden wurde gegrillt; sie saßen am Holztisch, der schon aufgebogen war – gerade deshalb gefiel er ihr und Vera. Sommer um Sommer hatten Oma und die Eltern davon geredet, neue Gartenmöbel anzuschaffen. Passiert war es nie.

Ein paar Fotos gab es bei Vera im Familienalbum, geschützt durch Spinnwebzellophan, erinnerte sie sich jetzt. Auf diesen Fotos hockt sie in jenem Sommer, der alles verändern sollte, mit ihrer Schwester auf den Stufen der Veranda. Veras helle Augen zwischen den dunkelblonden Pippi-Langstrumpf-Zöpfen und den abstehenden Ohren wirken auf einem Bild offen, auf einem anderen erschrocken, während Claras Augen auf keinem der Fotos zu sehen sind. Einmal ist sie abgewandt, nur ein zartes Profil ist zu erkennen, nicht mehr ganz kindlich. Auf einem anderen – die Schwestern sprangen gerade von den Stufen ins Gras – fallen ihr die kastanienbraunen Haare ins verwischte Gesicht, nur die schmalen Nasenflügel schauen heraus. »Mein Schmetterling« hatte Papa sie bis zu dem Sommer gerufen, sie hochgehoben, herumgewirbelt, der Schwerkraft enthoben. Auf einem dritten Bild versteckt sie sich unter einem Kirmeshut, der ihr bis über die Nase reicht. Den Lippen über einem feinen Kinn ist nicht anzusehen, ob sie schmollte, den Blick in die Kamera verweigerte. An die Momente, als die Fotos gemacht wurden, konnte sie sich kaum erinnern, wie an ganze Wochen jenes Sommers. Das Album lag bei Vera. Clara hatte es seit Vaters Tod nicht mehr angerührt.

Die Lodge hatte sie wegen der Aussicht gewählt, und wegen der großen Zimmer. Sie ging zum Frühstückstisch zurück, warf einen Blick auf die String Hoppers, die inzwischen in der Sonne mit dem Sirup zu einer Masse verschmolzen waren. Sie hinterließ ein großzügiges Trinkgeld, schenkte dem Kellner ein Lächeln, ging an dem Papagei, der sich unter dem Dach der Terrasse lautlos aufplusterte, vorbei auf ihr Zimmer und nahm die Motorradschlüssel.

Das Umklammern der Lenkstange gab ihr etwas Sicherheit. Sie fuhr die engen Kurven des Talkessels hinunter in die Stadt, vorbei an Villen, Gärten, an Pyramiden von Ananas, bis sie die Straße zum Markt erreichte. Der Asphalt war glitschig vom Nachtregen, von Gemüseresten und Bananenschalen. Sie hatte vergessen, dass der Markt in Kandy kein offener Platz war, sondern ein zweistöckiges Betongebäude, aber an die Orgie von Farben und Gerüchen erinnerte sie sich: Obst, Chili, Kräuter für Küche und Medizin. Selbst Suryas Ayurvedasätze kamen zurück, Mangos gäben Lebenslust, Vanille entspanne nach dem zähesten Tag, Zimt schenke Geborgenheit. Irgendetwas sollte Schlaf bringen, Koriander den Blick klären, Sandelholz die Erinnerung verblassen lassen – aber jetzt bewirkten die Gerüche gerade das Gegenteil.

Fischgeruch schwappte über die Gewürze, sie sah grob zerhacktes Fleisch unter Fliegengittern, wendete sich ab, ging über die Betonstufen in das obere Stockwerk des Marktes.

»Was suchen Sie, Madam?«

»Nichts, nur schauen«, keine Schnitzerei, keinen Sarong, keine Bluse. Oder doch. »Einen Sarong. Ja, den blauen.

Nein, danke, einer genügt.« Sie fühlte sich zu ausgelaugt, um auch nur zu lächeln.

Als sie die Serpentinen zurückfuhr, schwebte ein einzelner Raubvogel über dem Seeufer im wolkenlosen Himmel. Ein knappes Jahr lang hatte sie von ihrer Wohnung an den Hängen über Barcelona Sicht bis zum Mittelmeer gehabt, wenn auch nur vom äußersten Eck ihres Balkons aus. Dann, bevor ihr Leben aus dem Gleichgewicht geraten war, hatte sie sich in eine Wohnung bei Sitges südlich von Barcelona verliebt, mit einer weinumrankten Pergola und einer Terrasse über der Garage. Die Wohnung gehörte argentinischen Freunden, er Pilot, sie Flugbegleiterin, eine klassische Verbindung. Die beiden übersiedelten nach Buenos Aires und verkauften günstig. Jedes Zimmer war ein Gewölbe mit hölzernen Fensterläden, von denen die grüne Farbe abblätterte. Eine gemauerte Freitreppe führte in den Garten voller Mandel- und Olivenbäume.

Sie hatte den Sommer so oft wie möglich bei den argentinischen Freunden verbracht gehabt. Improvisierte Abende mit Tapas hatten mit Einladungen abgewechselt, zu denen Freunde aus einem Dutzend Ländern etwas mitbrachten, Kollegen und solche, die nicht Piloten waren und doch die nomadische Lebensweise teilten, Reiseleiterinnen, Musiker auf Konzertreise, Saisonniers, bis zu jenem Abend im Oktober. Damals war sie in das polyglotte Stimmengewirr eingetaucht, hatte getanzt, zweimal mit demselben, langsam, nur wegen der Musik, hatte Gabrio verstohlen beobachtet, der sie nicht aus den Augen ließ.

»Was wollt ihr trinken?«, unterbrach er, als sei er der Gastgeber. Er war kontaktfreudig, warf Clara ihre scheuen Phasen vor und reagierte gereizt, wenn sie Fäden zu Menschen spann, die feiner waren als seine.

Sie ging auf die Terrasse. Die Landschaft verdämmerte unter Zikadenschnarren und Marihuanageruch. Im Dunkel des Gartens hüpften noch immer Kinder. Eine vielleicht

Achtjährige trottete die Stiege herauf, schwang sich zu einem Erwachsenen in die Hängematte unter dem Baldachin von Weinblättern. Zwei weitere Mädchen legten sich dazu. Ein aus der Matte heraushängender Fuß des unsichtbaren Mannes stieß sie am Boden ab, schaukelte sich und das kichernde Trio. Jemand zupfte im Halbdunkel auf einer Gitarre.

Gabrio kam auf die Terrasse, schien Clara zu übersehen, er nahm die Gitarre an sich, schlug auf sie ein. Wenn er trank, legte er sich gerne mit Leuten an, viel Feind, viel Ehr'. Sie hatten bei der Herfahrt gestritten, sie wollte nicht mehr mit ihm gemeinsam zu Rotationen eingeteilt werden.

Sie duckte sich weg und ging zurück ins Wohnzimmer, wo der Abend mit Gläserklirren und lautem Gelächter seinen Fortgang nahm. Ihre Firmenkollegin Simona begann gerade mit einer lasziven Einlage. Die Spaghettiträger ihres roten Kleides und des schwarzen BHs rutschten offenkundig nicht ungewollt von ihren Schultern und entblößten erst halb die eine, dann beinahe ihre beiden üppigen Brüste. Sie schob die Träger zurück und zog die Schuhe aus, trommelte mit den Sohlen auf das Parkett. Einige Männer klatschten, die Frauen in der Runde ignorierten Simona oder lachten, »ein hübsches Kleid«, meinte eine.

Gabrio war wieder im Raum und machte neben Clara als einziger eine obszöne Bemerkung, lachte, bevor andere lachten. Die ihr fremde Frivolität hatte sie vor Jahren angezogen.

Später, im Auto zurück nach Barcelona, schlief er auf dem Beifahrersitz, während sie am Steuer das Ende der Beziehung roch, in ihrer rechten Körperseite spürte, aber noch nicht sah, wie sie sich seinem Besitzanspruch, seiner geilen Wut entwinden würde. Zumindest heute Nacht, dachte sie. Wenn du erst in Madrid bist, dann löst du dich.

Gabrios Prügel hatte sie über sich ergehen lassen. Matthias dagegen hatte sich im letzten Jahr mehr und mehr in ihre Gedanken eingeknüpft. Zuletzt war es wie ein Weckerpiepsen, das sie selbst im Cockpit nicht abstellen konnte. Er behinderte sie bei simplen Manövern, füllte die Winkel der engen Kanzel, jede Leerstelle ihrer knappen Erholungszeit. Inmitten der Instrumente im Pendler-Nirwana West-Ost-West hatten sich abwechselnd er und ihre eigenen Konturen im Cockpitglas gespiegelt, sie sah sich, von der Uniform in Fassung gehalten, mit Bügelfalte, Krawatte, Kappe; mit den Kopfhörern, die sie lange von den Stimmen der Vergangenheit abgeschirmt hatten. Dann, ein Nachtflug vor zehn Tagen, der dritte in einer Woche, sie sah sich selbst von oben, ihre ruhigen Hände, sah einen fast bewegungslosen Roboter: *Conditional Route Availability Message, Automatic Dependent Surveillance, Auto Thrust, Enroute Alternate,* auf zehntausend Metern drohte sie am ansteigenden Pegelstand der Fachtermini zu ersticken. Sie spürte wieder die Faust im Magen, hatte kurz und wortlos Blickkontakt mit dem Kapitän, stand auf, die meisten Businessclass-Passagiere schliefen, sie lächelte an den wenigen wachen vorbei, argwöhnte Blicke im Rücken, fühlte sich als Betrunkene unter Nüchternen. Wenn sich jetzt die Außentür öffnete, sie das Nichts hinauszog?

Mit einer Hand stützte sie sich am zitternden Plastik des Kabinenklos ab, mit der anderen hielt sie ihr Haar, während sie kotzte. Sie starrte sich im Spiegel an, weiß wie die Uniformbluse, trug dann Rouge auf.

Inneres Geschwätz. Dein Körper gehört gewartet. Wie die Maschine. Du hast Verantwortung; auch als Copilotin. Fassung bewahren. Denk wie ein Kapitän.

Sie fischte sich aus ihrer Erinnerung, band ihr Haar wieder zusammen, gab sich einen Ruck, *stay the course,* bis zum Kapitänskurs. Sie konnte sich keinen auch nur verzögerten Blick leisten. Menschen, Tiere, Fahrzeuge konnten zurückweichen. Flieger nicht. Man schaute nicht mal zurück. Anzeigen bestimmten, was Vorrang hatte. Leerlauf gab es nicht.

Sie dachte nicht, sie rechnete, Gewinn- und Verlustrechnungen. Gefühle zählten nicht als Stimmungen, sondern als Aufträge an ihr Handeln. Im Cockpit, der Hirnkammer des Fliegers, ließ sich alles auf ein Betriebssystem, ein Rechenexempel, Plus oder Minus zurückführen. Zahlen hatte sie immer gemocht, das klare Ordnungssystem. Zwischen null und eins war kein Platz für Gefühlsduselei. Sorgen galten den Turbinengeräuschen, nicht ihr. Ursachenanalyse, Management von Effekten. *Erhöhte Strömungsgeschwindigkeit*; nichts als ein paar Turbulenzen.

Die Brise, die ihren Aufstieg getragen hatte, hatte sich zu einem virtuellen Sturm gesteigert. Die Tage reihten sich aneinander, ohne zusammenzufinden, ihr verlorener Schlaf brachte ihr nötige Meilen für den Kapitän. Der selbsternannte Großkonzern *Big Spirit* wuchs in atemraubendem Tempo, das hieß Einsatz rund um die Uhr, deren Zeiger ständig zu verstellen waren, »all you can fly« war der neueste Werbespruch der Firma. Eine Rotation folgte auf die nächste, die 777, noch im Probeflug auf der Mittelstrecke, Gran Canaria retour, mit *Minimum Rest*, der rechtlich kürzestmöglichen Pilotenpause. Der Strand war nah und unerreichbar zugleich, stattdessen Coffee-to-go, ein Sandwich, zwei Lidstriche, Papierkram; die Beladung, Sprit und Wetterinfo checken, die Flugroute programmieren, das sah kein Passagier, und wieder retour. Viermal Las Palmas, zweimal Sharm-el-Sheik, Hurghada, letzte Woche drei neue Flughäfen, dann wieder Dubai, sie war bei knappsten Standzeiten zugedonnert von den Starts und Landungen anderer Maschinen.

Nach dem Verstummen der Turbinen vibrierte ihr elektrischer Körper für Stunden weiter, aus Andockraupen pulsierten Menschenschwärme in den Terminal, die Rolltreppe zog ihre Hand davon, ihrem Puls voraus oder hinterher, ein weiterer gestriger Tag, Aufbruch ohne Ankunft, sie war übererregt, abgestumpft, zugedröhnt im Lärmkraftwerk jenseits der Erschöpfung, bis es keinen Unterschied zwischen aus dem Takt geratenen Codes und sinnfreiem Rauschen mehr gab. Die Besatzungen der Billigflieger erblickten die Statussphäre der Vielflieger-, gar Senator-Lounges nur im Vorbeigehen, durch kurz geöffnete Milchglasscheiben, hinter denen alle nervigen Geräusche von Teppichen und Noblesse geschluckt werden. Die Crewcafeterien waren wenig glamourös, die Flughafengänge Korridorfluchten ohne Menschengeruch zwischen Clara und einer abstrakten Fremde. Wiederaufbereitete Atemluft, von Klimaanlagen zerhackt, Sortierung des Passagiermaterials, Sicherheitsschleusen, dann ein neuer Körperscanner, sie können dir nicht ins Hirn schauen, nein, nein.

Flughäfen ohne Logbucheintrag, Start, Beschleunigung, sie war Teil der Täuschung vom Unterwegssein, flog einmal 3200 Meilen, dann 6200, dann 5800 zwischen schwimmenden Zeitzonen, ohne etwas von der Welt zu sehen, verbrachte heimatlose Nächte zwischen ihm und ihm. Gabrio war in Amerika, Matthias in München, von beiden kamen WhatsApp-Messages, E-Mails, Priorität hoch, sehr hoch, öffnen, ungelesen löschen, antworten, nein, aus.

Ihr Zeitempfinden war perforiert, immer mehr Tage verschwammen, verschwanden. *Innehalten, inne-halten innehalten* hallten Matthias' therapeutische Worte in ihrem Schädel. 271 Starts in acht Monaten, kaum eine ordentliche Zwischenlandung, sie hatte sieben Kilo verloren in der Zeit, das Gegenteil von schwanger, dachte sie, lachte, in welcher Zukunft werden wir unsere verdammte körperliche Hülle ablegen und nur mehr Impulse in einem weltumspannenden Nervensystem sein. Die Erde drehte sich im schnellen Vorlauf, ihre Erinnerung spulte zurück, ein Morgen in Madrid traf auf einen Abend in den Emiraten. Sie bekam stundenweise die Instrumente in Griff, nicht die Geister. Wer log, brauchte einen kühlen Kopf und ein gutes Gedächtnis. Ihr fehlte beides. Was waren Lügen, wenn sie die Wahrheit über sich kaum kannte; sich ein gelungenes Leben vorlog, wie Matthias im letzten Streit behauptet hatte. Dein neuer Status, deine alten Geschichten, nichts im Griff.

Sie war Pilotin geworden, um die Welt zu sehen, und jetzt war sie eingesperrt. Ein Flugzeug bringt nur Geld, wenn es fliegt, lautete die Devise, in optimaler Auslastung der Flotte. In Firmenrundschreiben wurde von Umstrukturierung, von den Herausforderungen der Expansion, von Firmenkultur gepredigt und an den Teamgeist der Galeerensklaven unter dem grenzenlosen Himmel appelliert. Einige knurrten, keiner muckte auf. Piloten staatlicher Luftlinien flogen nicht halb so viel, bei doppeltem Gehalt, und die hatten den Mut, zu streiken.

Als die Unaufmerksamkeiten in der Apparaturenhöhle anfingen, über sie hinauszuwachsen, hatte sie zwei Wochen Urlaub erbeten und bekommen. Nach Ostern und vor der flugintensiven Sommersaison war es etwas ruhiger. Das spanische Fluggeschäft lahmte seit der Krise, außer im Sommer. Aus dem Angebot sofort verfügbarer Billigtickets hatte sie Sri Lanka gewählt, einst ihre erste Tropendestination als Flugbegleiterin. Nach den letzten Attentaten flog kaum jemand hin.

Sie lenkte das Motorrad Kurve um Kurve höher. Ihre Augen folgten den Kreisen des Raubvogels über dem Talkessel, dem See. Derselbe Blick wie damals, den sie nie auf ein Foto gebannt und der sich doch eingegraben hatte. Sie spürte wieder die Weite und einen Abgrund, in den nur Bruchstücke ihrer Erinnerung ragten; als sie ihr Denken abgestellt hatte, *Nightmail,* eine schwarze Fahrt vor elf Jahren. Stille wie in einem Vakuum; keine Worte, kaum ein Bild, nur ein Schatten war geblieben, den ihr Unbehagen warf, ein nicht entwickeltes inneres Negativ. Es war der anderen Clara passiert, nicht der, die flog.

Ein Haus in Kandy? Hoch über dem See, mit ewigem Frühling, freiem Blick?

Alles hier war Erinnerung, selbst die Bougainvilleen erinnerten sie an Barcelona und der Oleander an Matthias' Münchner Garten. Sie hatte Matthias belächelt und doch um seinen scheinbaren Einklang mit der Natur beneidet, den er nach einem Tag in der Anwaltskanzlei, mit Gießkanne und Gartenschlauch von Pflanze zu Pflanze gehend, herstellte und selbst die widerspenstigsten unter ihnen zum Blühen brachte. Sie bekam einen feuchten Hauch ab, bis er bereit war, das Wasser abzustellen und sich ihr zuzuwenden. »Wer zum Spaten greift, fasst nicht zum Revolver.« Matthias' Sprüche.

Ihr fehlte die Gelassenheit zur Pflege, zum Geschehenlassen. Pflanzen brauchten das. Beziehungen wohl auch. Sie hatte immer ironisch reagiert, wenn Flugbegleiter-Kolleginnen von der Kinder-oder-Karriere-Frage gequält wurden. Sie war lange sicher gewesen, beides zu schaffen, wenn es denn so weit sein sollte. Handfeste Entscheidungen im Cockpit konnte sie längst treffen, in trainierter Präzision. Als verständnisvolle Freundin war sie ungeeignet.

Schwer ertrug sie zwei Tage am selben Platz. Nach den Jahren zwischen Asien, der Karibik und Lateinamerika betrachtete sie jeden Ort wie eine Fremde auf der Durchreise, auch Barcelona, Madrid, sogar München. Am Staffelsee war ihr die kühle Distanz nie gelungen. Aber in die unbeweglichen Berge hinter dem Bootshaus fuhr sie seit Jahren nicht mehr. Die Akteure des Staffelsees waren tot. Auch das Klarchen, das sie damals war. Nicht über die Kindheit lamentieren, als Ausrede für die eigenen Unzulänglichkeiten. Copyright Gabrio.

Erst im letzten Jahr hatte sie angefangen, in ein Panoptikum von Spukgestalten zu blicken, und jetzt war sie von Kandys üppigen Gärten umzingelt. Schon die erste Nacht hatte Reservisten des Zombietheaters zurückgebracht. Sie verspürte wenig Lust auf ein Maskenspiel im Fackelschein, das ihr der Hotelportier bei der Ankunft als Abendveranstaltung verkaufen wollte, Schattenspiele mit den Archetypen menschlicher Abgründe, von denen ihr schon Surya damals erzählt hatte.

Warum war ihre Wahl wieder auf Sri Lanka gefallen? Die nächstbeste Destination mit Kollegenrabatt? Sie hätte wählerischer sein können. Oder mit Simona nach Rom fahren, auf einer Treppe sitzen, sich von Simonas spitzer Zunge und Offenheit anstecken lassen, wenn diese betrunken kichernd Frauen küsste, einmal auch Clara, was diese zu ihrer eigenen Überraschung nicht ganz unerwidert ließ, um später doch in den Armen eines Mannes zu landen.

Sie war wieder bei der Lodge angekommen und parkte das Motorrad vor den Stufen zur Lobby. Sie wollte weiter, packte im Zimmer das noch feuchte T-Shirt, ihre Toiletteutensilien, die Medikamente in die Satteltaschen. Aus den Augenwinkeln sah sie einen Trupp roter Ameisen eine tote Kakerlake über den abgetretenen Holzboden unter den Schrank schleppen. In einem kindlichen Anfall von Mordlust hob sie den Fuß und warf dabei die Satteltasche um. Ameisen betasteten die alte Mappe, die herausschaute, bogen dann ab, um eine neue Duftspur zu suchen. Clara nahm die Mappe. Notizen ihrer damaligen Reise fielen heraus, Bilder schwebender Tänzerinnen. Sigiriya. Die Sonne kroch durch die Lamellen und erinnerte sie daran, dass nur noch wenige Stunden bis zur größten Hitze fehlten. Sie steckte die Aufzeichnungen zurück.

Der übergewichtige Rezeptionist auf seinem Teakholzthron schreckte aus seinem Schlummer auf, kniff die Augen zusammen, würdigte sie beim Erstellen der einfachen Rechnung keines Blickes, er schien froh, gleich wieder seine Ruhe zu haben.

Unten in der Stadt bog sie, noch immer ungelenk im

Linksverkehr, im Gewirr von Fahrrädern, Mopeds und Handkarren falsch ab, fand schließlich aus Kandy hinaus, Richtung Norden, als die ersten Nebelschwaden an den Berghängen auftauchten. Sie überholte einen Dieselschwaden fauchenden Laster, dessen Fahrer sie nach einer Überraschungssekunde anhupte, aufs Gas stieg und ihr mit aufheulendem Motor nachpreschen wollte.

Im Fahrtwind begannen sich ihre Schultern zu lockern. Über die ausgedörrte Vegetation glitten andere Bilder, geruchlos, ein halb kaputtes Kaleidoskop aus Kindertagen, Madrid, München, Barcelona, Varadero. Landebahnen, Positionen, auf dem Weg zur Kapitänsprüfung die Trennung von einem Mann überlebt, den anderen verloren; ungekittete Sprünge, Scherben von Spiegelglas.

An einem Aussichtspunkt machte sie halt. Trockener Wind ließ dürre Blätter in einem Busch klappern, das einzige Geräusch. Sie ging ein paar Schritte bis zu den verbogenen Resten eines Geländers, sah in die flimmernde Landschaft, die an die ostafrikanische Savanne erinnerte, gefärbt wie angestaubtes Löwenfell. Die schwachen Farben verloren sich in einer Ferne ohne Horizont, der Himmel weiß vor Hitze, wie von der Ebene abgestoßen. Die schweigende Landschaft, die Leere im Licht erlaubte ihr eine Ahnung von Freiheit.

Sie blinzelte sich den Staub aus den Augen, band ein Tuch um die Stirn und fuhr weiter. In der Ebene schlierte die Hitze über den Asphalt. Bei der ersten Gelegenheit bog sie von der Hauptstraße nach rechts in eine Schotterpiste ab, mied die touristischen Sehenswürdigkeiten, obwohl in der Aprilschwüle selbst am Wallfahrtsort Dambulla kaum zu erwarten war, dass sie die goldenen Buddhas mit einer Touristengruppe teilen würde müssen. Weniger der steile Aufstieg als vielmehr das Höhlenheiligtum hielt sie ab, mit seinen feuchten Mauern, die zusammenrückten, wenn man stehen blieb.

Vor elf Jahren hatte die Mystik heiliger Stätten, die Surya ihr nahegebracht hatte, sie in ihren Bann gezogen: Tempel, verwaschen von jahrhundertelangen Monsunregen, verlassen, doch nicht von den Göttern. Tantrische Reliefs, Szenen ohne Namen waren von Würgefeigenwurzeln wie von Riesentintenfischtentakeln aufgerissen und dann zusammengehalten worden. Das Unbekannte hatte sie erregt, Zikadenzirpen und Affengebrüll in der Dämmerung, ein Geheimnis jenseits der Stille, wenn das Schnarren und Sirren jäh aussetzte.

Hitzewellen strichen über die Ebene. Sie war fast am Ziel, »spätestens in einem Jahr«, hieß es seit fünfzehn Monaten; noch ein weiteres fügsames Jahr als Copilotin. Mit dem Kapitänskurs sollte sich alles ändern.

Bald war sie 37 und immer noch in Bewegung, wenn auch nicht mehr mit der Neugier der Flugbegleiterinnenjahre, als sie sich in Bangkok am zweiten Tag in den Überlandbus gesetzt hatte, freundliche Menschen neben sich, die sie kaum verstand, die sie nicht verstanden. Später in Phuket fuhr sie auf einem Motorrad, um einen Tempel, eine unbelastete Landschaft zu erkunden, Essstände, sie roch herum. Alte Programme gelöscht, dachte sie berauscht, die Festplatte auf null gestellt. Sie zerbrach sich nicht den Kopf, warum sie reiste, während sich andere Stewardessen am Schwimmbad des Crewhotels bei Campari und Clubsandwich rekelten und die Mängel ihrer nächtlichen Piloten-Partner durchhechelten, »Layover« hießen die Rotationsaufenthalte sinnig im Airline-Jargon. Bei ihren ersten Rotationen hatte sie ein paar Mal die Szenen am Pool beobachtet, während sie ihre Längen kraulte.

In den grünen Wellen der Reisfelder hatte sie jedoch bald den Kerosingeruch vermisst. Den Piloten war sie ein Kumpel gewesen, sie nahmen sie mit in die Hinterzimmer und Second-floor-shows von Bangkoks Patpong-Meile, in die verschwitztesten Buden. Bei ihr konnten sie sich über ihre Ehe auslassen, sogar ihre Seitensprünge kommentieren. Dafür ließen sie Clara ins Cockpit, in die »Hahnengrube«, fühlten sich geschmeichelt und stillten dabei das Interesse der Flugbegleiterin an den neuesten Satelliten-Navigationssystemen. Der joviale Etappensex interessierte Clara kaum. Er hatte nichts zu tun mit ihren Fantasien, etwa dem schlaksigen Fahrer des Crewbusses in Montego Bay. Lange sollte sein träger Blick auf die Flugbegleiterinnen Clara verfolgen, seine ironischen Augen, die in arroganter Nonchalance jeden Moment herausfordernd aufflackern konnten und sich in ihre Tagträume drängten, sich noch Jahre später in den Sex mit Matthias stahlen.

Die Schlaglöcher der Staubstraße holten sie zurück. Als die Sonne hoch über ihrem Kopf stand und trotz Fahrtwind durch die Kappe auf ihren Kopf brannte, fand sie bei der Felsenfestung Sigiriya ein Bungalowhotel.

Wenn ich mich zuweilen damit beschäftigt habe,
die vielgestaltige Unrast der Menschen zu betrachten,
die Gefahren und Mühsale, denen sie sich aussetzen …
woraus so viele Streitigkeiten, Leidenschaften,
kühne und oft böse Unternehmungen entstehen,
habe ich entdeckt, dass das ganze Unglück der Menschen
aus einer einzigen Ursache kommt:
nicht in Ruhe allein in ihrem Zimmer bleiben zu können.

BLAISE PASCAL

Wolkenmädchen

Clara kauerte für einen Moment im schmalen Schatten unter den Felsen, wischte sich den Schweiß aus den Augen und schaute dann auf flirrende Torsi, Nymphen in Amber und Rot, die den Wolken entstiegen waren, mit Wasserlilien in den Händen. Ihnen allen fehlte der Unterleib, er war abgeschnitten oder verwittert. Die Brüste der Tänzerinnen waren üppiger als Claras. Damals, als Surya sie herumgeführt hatte, waren ihr diese Prinzessinnen als Inbegriff von Weiblichkeit erschienen. Er hatte ihr gezeigt, wo die Fresken unter dem Felsvorsprung in den siebziger Jahren restauriert und die Brüste der Wolkenmädchen geliftet worden waren. Hier und da schienen noch die ursprünglichen Brustwarzen durch, ein Stück tiefer angelegt, und sie hatten über diese Entdeckung herzlich gelacht. Surya hatte ihr die jahrhundertealten Gedichte an den Wänden übersetzt:

Deine Augen sind Juwelen.
Sie bleiben regungslos.
Die leiseste Bewegung
hätte mich wissen lassen,
dass du irdisch bist.

Und ein anderes:

Wir sprachen sie an,
aber sie antworteten nicht,
diese Damen des Felsens.
Sie zeigten uns nicht einmal
ein kleines Flackern der Augenlider.

Bevor sie vor einigen Tagen aus Madrid abgereist war, hatte sie nach der dünnen Mappe mit Eselsohren gegriffen, auf die sie damals »Sri Lanka« gekritzelt hatte, und sie zusammen mit Matthias' ungeöffnetem Brief in die Reisetasche geworfen. Neben einer Inselkarte und Kreditkartendurchschlägen lagen darin auch die alten Aufzeichnungen. Im Hotel hatte sie die Seiten glattgestrichen, mit angefeuchtetem Finger gelesen, *Sigiriya. Löwenfelsen, Herrschersitz, Heiligtum, Kloster,* voll von Suryas Schilderungen, seiner Mischung aus Ruhe und Stolz.

Schweiß tropfte ihr jetzt von der Nase auf die Lippen. Von einer Zwischenplattform auf halber Höhe zur Festung zog sie sich zwischen den riesigen Pranken eines steinernen Löwen auf einer Eisenleiter Tritt um Tritt der Nachmittagssonne entgegen.

Oben setzte sie sich halb geblendet in den Schatten eines Felsen, schloss die Augen. Das Licht drang durch ihre Lider. Als Kind hatte sie oft auf die Jets im Sommerhimmel gestarrt, winzige Scheren, Schnitte im Firmament, die erst scharfen, dann auseinanderdriftenden Kondensspuren, zuletzt wie Schlagsahne in der Sonne, Wunderbilder in Weiß-Blau. Und wenn sie auf die geschlossenen Lider drückte, hatten sich die Muster in Gelbtönen weiterbewegt. Wenn ihre Großmutter sie rief, hatte sie meist jedes Zeitempfinden verloren und nach der reglosen Reise in die Lüfte kaum einen Schritt vor den anderen setzen können. Ihre Bilder waren wahrer als das Bootshaus.

Sie strich sich die Haare zurück, sah auf die flimmernde Steppe. Sie erinnerte sich an ihre ersten Gleitschirmflüge mit neunzehn, zwanzig, und an ihren Begleiter, einen Habicht oder Bussard. Er schwebte zwei helle Sommer lang neben ihr, fast ohne mit den Flügeln schlagen zu müssen, fand zielsicher eine Strömung, die ihn aufwärtstrug; »er schraubt sich in der Thermik hoch«, hätte sie später technisch korrekt gesagt; um dann im freien Fall aus der Sonne auf eine Maus hinabzustoßen. Er holte sich, was er brauchte, leicht, sicher, brutal.

Bis er im dritten Frühling nicht mehr da war. Dieser Sommer wurde zum letzten jener Leichtigkeit, die sie da oben entdeckt hatte und die mit Paul ein überstürztes Ende fand. Sie hatte Paul gemocht. Er war, anders als ihr damaliger Freund Robert, bereit, zu fliegen, wollte ihr wohl imponieren, sie Robert vielleicht ausspannen. Nach Flugnachmittagen am Brauneck, am Wallberg, am Breitenberg kam das letzte Septemberwochenende.

»Ich fahre mit Paul zum Gardasee. Wir bleiben bis Montag. Saisonabschluss«, hatte sie Robert am Telefon hingeworfen.

»Wenn's dir Spaß macht! Ich gehe dann noch mal fischen.« Robert zeigte keine Eifersucht, war zu phlegmatisch oder zu unsicher.

Es war wolkenlos gewesen. Neben den Fäden des Altweibersommers hing ein Hauch von Herbst in der Luft. Das einzige Mal, dass sie sich ineinander verkrallten, Samstagnacht, beide wortlos. Paul ahnte wohl, dass sie nur die Gleitschirmfliegerei verband. Er studierte Jura, trug auch an jenem Samstag ein korrekt gebügeltes, blau gestreiftes Hemd. Alles an ihm schien aufgeräumt, weniger von ihm als von seiner Mutter. Er hatte eine Karriere als Richter vor Augen, einmal im Jahr Club Med, wenn man sich etwas gönnte. Familienfeiern. Er hätte in Clara die Lust geweckt, grausam zu sein. Noch in derselben Nacht ging sie zurück in ihr Zimmer.

Sonntag. Paul ließ beim Frühstück zweimal das Messer fallen, sie küsste ihn auf die Wange. Sie wechselten belanglose Worte, vom Wind, flogen dann voneinander entfernt, beobachteten sich; ein stilles Einverständnis, was die Manöver betraf.

Die Sonne versank früh hinter den Bergen. Sie spürte die Abwärtsböe erst, als diese Pauls Schirm schon gepackt hatte, sie sah ihn wegsacken, den lautlosen Sturz, hörte nur das Rauschen ihres Schirmes im kalten Wind, fühlte sich auf ein fliegendes Pferd geschnallt. Kaum fünfzehn Meter, die er fiel. Es brach ihm nicht das Genick, aber ungezählte Knochen, von denen einer bleich aus einer Wade stand.

In jener Woche hatte sie eine Mathematikprüfung an der Uni in Stuttgart, danach warf sie eine Erkältung aus der Bahn. Sie hatte sich Ausflüchte zurechtgelegt und ihn mit schlechtem Gewissen nicht besucht. Sie hatte gehofft, dass es rasch vorbei sein würde. Schädeltrauma, Wirbelsäulenbrüche. Er hätte nie mehr gehen können, geschweige denn fliegen. Er starb zehn Tage später am Klinikum in München.

Das Gleitschirmleben war vorbei, das Ikarus-Fernweh blieb. Nach dem Studium lebte sie es mit Stahlschwingen aus: Sechs Jahre lang war sie Stewardess und sparte für den Privatpilotenschein, den sie während eines unbezahlten Urlaubs in Amerika kostengünstig schaffte. Mit Gabrio kam ihr Ausstieg aus der Flugbegleiterphase: Berufslizenz, Zertifizierung der amerikanischen Privatpilotenscheine, *Typerating* für den *Regional Jet*, die erste Stufe der professionellen Aeronautik, Glücksmomente in Höhen, aus denen die Erde schon rund aussah. Zwei Tage vor ihrem 31. Geburtstag erhielt sie die Zulassung für die Boeing 737. Raus aus allen Zweifeln, sie spiegelte sich in den Manschettenknöpfen der Kapitäne. Fünf Jahre lang flog sie als Copilotin Kurzstrecke, seit einem Jahr die Boeing 777 auf der Langstrecke. Das Vibrieren anspringender Triebwerke,

neunzigtausend Pfund Schub in jedem Triebwerk, die ge-
bündelte Energie war pures Adrenalin, eine Obsession.
Pannen waren im System mehrfach abgefedert, Absturz
laut Wahrscheinlichkeitsrechnung ausgeklammert. Nie
mehr die Stille eines Schirms, der in sich zusammenfiel.

Ihr vorletzter Flug lag kaum zwei Wochen zurück, nach
Kuba. Startvorbereitung, das Kontrollieren der Armaturen
war für sie wie das Stimmen der Instrumente eines Orches-
ters, das Anlassen der Turbinen die Ouvertüre: präzise In-
tonierung. Im Moment der Startfreigabe vom Tower kam
das Crescendo, volle Triebwerksleistung, sie dirigierte das
Konzert. Die unterbrochenen Mittelstreifen wurden zur
bebenden Linie, Ende des Schlagwerks, der Moment des
Abhebens. 288 Passagiere, meldete die Flugkontrolle, die
Purserin bestätigte, zu Joaquin, dem Kapitän, ohne Blick
auf Clara. Das unsichtbare Publikum bestand aus 288 Menschen, die ihr vertrauten.

Ihr Aufstieg war kontinuierlich gewesen, ohne Brüche.
Seit sechs Jahren saß sie rechts, auf dem Copilotensitz.
»Copi« hatte Matthias sie genannt. Sie mochte seinen Spott,
ohne ihn immer genießen zu können, sie war unsicher, ob
er ihr die Kapitänsambition zugestand, als der Druck stieg,
von der Firma, von Gabrio.

Zwei Tage München, in der Nacht lag ihr Kopf auf Matthias' Oberarm, verloren, nicht angekommen, während er
einschlief. Sie drehte sich weg.

»Mein Leben, Matthias! Stell es nicht infrage. Nie. Ich
kann keine Häuslichkeit vorspielen.« Sie spürte, dass ihre
Stimme drohend klang, ungewollt. Ihr Leben. Auf den
nächsten Abflug wartend. In zwei Stunden.

»Ich respektiere ...« Er war in der Schlafzimmertür seiner Wohnung gestanden, sein Blick hinter der rechteckigen
Brille folgte ihr durch den Raum, während sie ihre Sachen
zusammenpackte.

»Dann ersticke mich nicht. Keine Fleurop-Bouquets nach Madrid. Ich bin nie mehr als sechsunddreißig Stunden da.«

»Du bist … besessen.«

»Ohne Fliegen werde ich verrückt.«

»Hast du überhaupt eine Perspektive? In der ich vorkomme?«

»Ja. Nein. Ich weiß nicht. Niemand verlangt, dass du immer Zeit hast, wenn's bei mir gerade geht.«

»Ab und zu ein Slot für mich?« Er ließ seine Finger knacken. »Vielleicht willst du gar nicht wirklich.«

Die Worte waren ein Peitschenknall gewesen, in den letzten Stunden vor der Rückkehr nach Spanien, Sonntagabend, oder ein anderer Tag, ihr Dienstplan kannte keine Wochenenden. Bei Nachtflügen sah sie seine Wohnung im Cockpitfenster gespiegelt, asiatische Figuren, kaum erhellt vom indirekten Licht, nordafrikanische Teppiche, eine Fotostrecke aus einem Hochglanzmagazin. In dieser verdammten arrangierten Gemütlichkeit sollte ein Platz für sie sein, war sie mehr als ein neues, mit Geduld ausgewähltes Artefakt?

»Du schaust durch mich durch!«, sagte er.

Sie antwortete nicht, brauchte keine weitere Front, an der sie um ihre Position kämpfen musste wie um jede Flugeinteilung. Und sie nahm, kaum zurück in Madrid, eine aufgedrängte Rotation an, ließ bereits erstrittene Tage mit Matthias platzen. Sie hatte genug Ärger, mit der Firma, mit Gabrio, der sie beruflich vernichten würde, wenn sie ging. Es hing nicht von ihr ab, ob und wann sie zum Kapitänskurs zugelassen wurde. Auch die biologische Uhr tickte.

»Fühlst du deinen Ärger überhaupt? Deine Wut?«, hatte Matthias mit kantiger Stimme kommentiert.

»Ich hab' genug gefühlt.«

Seine Worte waren lauter als ihre Gedanken, klangen nach, übertönten die Triebwerke, als die 777 auf Flughöhe kletterte. Das Empfinden ließ sich nicht steuern wie ein Höhenruder. Die Tripleseven war dagegen ein gefügiges Geschöpf.

Die winterliche Wolkendecke war durchbrochen und lag als Schaum im Lichtbad unter ihnen. Sie reduzierte den Schub, adjustierte das Tragflächenprofil, prüfte Geschwindigkeit, Wind, den künstlichen Horizont, korrigierte die Flugroute, registrierte die Klangbalance des Resonanzkörpers der 777, jede mögliche Dissonanz der Turbinen. Der Bordcomputer berechnete die Flugzeit neu. Bis zur Reiseflughöhe wurde in der Kanzel wenig gesprochen. Jeder wusste, was zu tun war. Stumme Dialoge, kodierte Signale, eingeübte Rituale schufen ein Zusammenspiel zwischen ihr, Joaquin und der Maschine, komplex, virtuos wie eine Bach'sche Fuge an der Kirchenorgel beim Staffelsee.

Ihre Schwester Vera hatte sie an einem Apriltag vor langer Zeit einmal in die Kirche von Murnau mitgenommen, eher als Ausrede, um einen Kommilitonen vom Musikkonservatorium zu treffen, der dort übte, ein schmächtiger Junge, der den Kirchenraum mit Klängen füllte. Was ihm an Fertigkeit fehlte, machte er mit Bewegung wett, hackte, vergrub sich, blätterte Trompeten in Girlanden auf, besänftigte sie mit den Pedalen. Clara war in der Kirchenbank gesessen, hatte im Halbdunkel dem Atmen der Pfeifen gelauscht, *auf Adlerschwingen in Höhen, befreit von Erdenschwere*, Jesaja 40, die Predigt nach Ostern. Sie hatte das Thema gespeichert, jäh in Stille eingehüllt, als Vera und ihr Organist aus Spaß und Unsicherheit das Gewölbe mit Weihrauch füllten und dann nicht mehr zu hören waren.

»Clara! Wo bist du?« Joaquin riss sie aus den Gedanken. Sie mochte ihn, seine klangvolle Stimme, nicht sein Aussehen, mit den zu runden Schultern und dem Bauchansatz. Er war der angenehmste Kapitän der Fluglinie; er gewährte ihr auf dem Copilotenplatz Freiraum, ließ sie ganze Flüge führen. Er blieb am Funk, sie wurden vom Tower verabschiedet, weitergereicht zum nächsten Lotsen, gepackt in virtuelle Luftkissen. Eine halbe Stunde jenseits der Atlantikküste riss der Funkkontakt ab. Früher blieb die verrauschte Kurzwellenverbindung, mit manchmal gutem Empfang, Knistern, Störungen, jetzt auch der Satellit.

Joaquin kontrollierte die Triebwerksanzeigen und beobachtete Clara unaufdringlich. Auch von ihm hing es ab, ob sie zum Kapitänskurs angenommen wurde. Von zu vielen Männern. Sie wollte die Sprache der Feinde verstehen. Nein, es ist keine feindliche Welt, dachte sie. Ich kenne die Struktur, ich beherrsche die Sprache der Fliegerei, vielleicht nicht die Choreografie der Blicke, der Macht.

160 Piloten und Copiloten gab es im Unternehmen. Sie war die einzige Frau, seit vor acht Monaten Ana, ihre immer gut gelaunte chilenische Kollegin, plötzlich gegangen war. Eine so positive Person konnte doch nicht ernstlich krank sein.

»Was ich brauche? Nur … nein. Nichts.« Ana hatte aufgelegt.

Clara war regungslos auf der Terrasse ihrer Wohnung in Barcelona dagesessen und am Dienstagnachmittag zum Institut Catala d'Oncologia hinausgefahren. Sie parkte unter einem milchigen Herbsthimmel und hörte Vogelzwitschern, ging durch die gläsernen Türen. Für Momente waren noch gedämpfte Stimmen aus der geschlossenen Ambulanz zu vernehmen. Eine Pflegerin ging auf dicken Gummisohlen den Flur entlang, der unangenehm nach Sauberkeit roch. Ein Telefon klingelte entfernt. Clara blieb einen Moment stehen, sank in die Stille der Station. Dritte Türe rechts. Vorraum, Desinfektionslösung. Sie zögerte, drückte den Spender, trocknete die Hände langsam am Papiertuch.

Drei Blumensträuße, gestärkte Laken, ein Infusionsständer. Der Platz für ein zweites Bett war leer. Sie grüßte leise, befangen. Ana sprach mit steifem Lächeln von einer engen Röhre, Magnetresonanz, lauter als jeder Start, länger. Vom Warten, der einheitlich ernsten Miene der Ärzte.

»Gehirntumor. Inoperabel.« Worte, auf Spanisch, die in Claras Kopf nachhallten. »Sie haben Zeit; regeln Sie Ihre Angelegenheiten. Hat er gemeint.« Clara zählte die Vokabeln, nestelte an ihrer Bluse, hielt dem Arzneigeruch und ihrem Fluchtreflex stand, mühte sich in Firmenklatsch.

»Aufschub, mit der Chemo«, erzählte Ana jetzt mehr der Decke des Zimmers. Ihr kupferfarbenes Gesicht war fahl, der Arm über dem Plastikband am Handgelenk angeschwollen. Ein Krebsbündel, keine Kriegerin.

Eine Pflegerin kam herein, wechselte den Infusionsbeutel. Clara trat zurück, an die kurze Seite des Bettes.

Wie damals an Papas Grab, dachte sie.

Das Zimmer war in trübe Helle getaucht, die Pflegerin ging, Clara trat wieder an die Längsseite, hörte Ana zu, die ein Büschel ihrer dichten Haare zwischen Daumen und Zeigefinger nahm, »ich werde sie verlieren«.

Clara war unfähig, auch nur ihre Hand zu nehmen.

Wie lernte man, aufmunternde Sprüche, »es wird wieder« zu sagen? Ein Gott, der zumindest Trost gab, wenn schon keine Erklärung. Hinter den Schnitten im Himmelsstoff ihrer Kindheit waren viele Bilder aufgetaucht, wenn sie die Augen schloss, bunte Splitter wie in einem Kaleidoskop, aber nie ein Gott. Der hatte auch im Bootshaus durch Abwesenheit geglänzt. In Clara war kein Glaube.

Eine andere Schwester kam, sagte fröhlich: »Wochenmenü, Sie haben noch nicht angekreuzt. Normal, Vollwert, vegetarisch. Vegan haben wir jetzt auch.« Clara entzog sich Anas Blick, dem unerbittlichen Geruch, verließ das Spital, wäre fast in ein Taxi gelaufen.

Sie konnte fliegen, selbstbestimmt über trüben Strömungen, mit gelegentlichen Krisentrainings. Die zwanglose Sicherheit anderer Piloten hatte sie nicht, aber sie war besser als mancher Kapitän. Außer den Ex-Militärs wie Gabrio, die unter extremeren Bedingungen gedrillt worden waren und immer schon alles wussten und konnten. Der selbstverständliche Anspruch der Männer fehlte ihr, das selbstgefällige »es steht mir zu«. Sie hatte es allmählich kopiert, ohne es zu empfinden. Sie musste kämpfen, auch gegen die Mittelmäßigkeit. Wenn sie erst einmal links saß, kontrollierte sie niemand mehr.

Du machst dir etwas vor. Und den anderen. Dem Chefpiloten, dem Flugeinsatzleiter, der stets ein Auge auf sie warf und sich wohl nur wegen Gabrio zurückhielt; dem Personalchef, der mit seinen fleischigen Lippen lächelnd raunte, ohne Gabrio wäre sie längst auf der Kapitänsanwärterliste. Einmal beim Firmenboss in seinem Teppichbüro, dem einzigen Ort in dieser Kathedrale der Mobilität aus Stahl und Glas, an dem die Stimmen gedämpft klangen: »Investieren Sie in meinen Kapitänskurs, es lohnt sich. Ich will keine Kinder.« Fast gestottert, als Bittstellerin vor ihm und dem schwankenden Plastikflieger, der auf einem Stäbchen auf seinem Schreibtisch balancierte. Sie zwang sich, die Uniformkappe nicht ständig von einer Hand in die andere zu schieben. Keine Kinder, keine Familie, keine Regelprobleme, keine Launen, pflegeleicht im kühlen Kosmos: »Verlassen Sie sich darauf!«

»So, so, Frau Kollegin«, er klopfte mit dem rechten Zeigefinger auf seine dicke Armbanduhr, musterte sie, mit dem Lächeln des Chefs für die kleine Copilotin. »Durchsetzungsvermögen hast du ja.« Er duzte sie wie alle in der Firma. »Verantwortungsbewusstsein, eine ausgeglichene Persönlichkeit.« Hatte er die Stimme am Ende gehoben? »Hm, hm. Nun, wir wollen einmal sehen.«

Wer zuerst jammerte, hatte schon verloren. Die Uniform saß korrekt, die Kappe, das Lächeln, alles unter Kontrolle.

Punktesammeln. Als sie nach dem Gespräch im Lift auf »Parterre« drückte, wurde ihr schlecht. Sie schaffte es aus dem Gebäude, kein Bekannter sah sie.

Sie half zwischen Rotationen bei der Flugeinteilung aus, ohne mitreden zu können, ließ sich als Kursreferentin über Flugsicherheit und »papierfreies Cockpit« für Kollegen einteilen, arrangierte sich im luftigen Netz von Abhängigkeiten, wenn es verlangt wurde, und entzog sich, wo es ging. Gerade, dass sie es schaffte, den Männern im Crew-office nicht Kaffee zu bringen.

Verlangen

»Was ist der exotischste Platz, wo du je eine Frau gevögelt hast?«

»In den ... hey, da ist eine Frau.« Der Kapitän warf in der Crewcafeteria einen spöttischen Blick auf sie. Einvernehmliches Grinsen der Kollegen.

»Keine Sorge. Clara. Ist Pilotin«, sagte Gil, ein jüngerer Copilot.

Anerkennend. Abschätzig? Sie lebte damit, verstand sich mit den Pilotenkollegen besser als mit den meisten Frauen. Mit Berta und Simona, Flugbegleiterinnen wie sie früher, empfand sie noch alte Vertrautheit, manchmal einen Hauch Neid auf deren Leben: Arbeit, Duty-Free, Sex, Schattenspiele, Warten auf den Richtigen. Keine verlangte so viel wie sie.

Um als Pilotin anerkannt zu werden, hatte sie sich auf die Seite der Männer schlagen müssen, wenn es um das Fachsimpeln ging. Jedes Lebewesen befiederte sich, um zu imponieren, »Machos y Hembras«, sagten die Spanier, männliche wie weibliche. Sie selbst hatte kein weibliches Erfolgsrezept.

»Clara. Hat zwar kaum Busen, aber einen knackigen Arsch«, kommentierten die spanischen Kollegen. Schmale

Taille, o. k. Zu schmale Hüften, fand sie, ein schlaksiger Körper, kein Modepuppengestell. Sie hatte sich arrangiert und akzeptiert, dass sie keine permanente Herausforderung für Männer war, kein geschminkter Neidspiegel für andere Frauen, kein Pin-up, kaum als Nose-Art für Kampfflieger geeignet.

Wann immer es ging, trug sie Jeans. Ein dezenterer Kollege erwähnte einmal ihr feines Profil, ihre glatte Haut, ein anderer bemerkte ihre Augen, »Himmel und Meer«, fügte er lachend hinzu, warb aber nie um sie. Jeden Moment konnte sie als Frau ausgeschlossen werden, wenn ein üppigeres Exemplar erschien und der erotische Stromkreislauf angeknipst wurde, beim nächsten Silikonbrustwitz. Es war keine neue Erfahrung.

»Spaghetti! Flamingo!«, hatten die Spottkommandos im Pausengang ihr mit zwölf nachgerufen, »Stachelbeeraugen!«, hatte einer gesagt. Früh geschminkte Schulfeindinnen mit Korkenzieherlocken kicherten über ihren Spießrutenlauf. Sie beherrschte ihr Gesicht, auch wenn sie sich hilflos fühlte; versteckte hinter einer Maske Schrammen, die länger blieben als die wechselnden Spitznamen. Oft erst Tage später spürte sie, wie verletzt sie war.

Heute beneidete sie Männer um ihre Direktheit, besonders die Spanier. Ein Streit um eine Nichtigkeit klang nach Mord und Totschlag. Einen Handschlag später gingen die Kontrahenten an die Bar auf einen Cortado, einen Espresso, als sei nichts gewesen. Männliche Geradlinigkeit, offensive Blicke, eitle Sicherheit des Auftritts, all das fehlte ihr. Früher hatte sie die ostasiatische Höflichkeit geschätzt, auch wenn sie als Chefstewardess bei der Ladung des Caterings in Bangkok oder Hong Kong oft innerlich gekocht hatte, wenn die Stückzahl der Menüs nicht mit der Anzahl der Passagiere übereinstimmte und das örtliche Personal in verdichteter Freundlichkeit seidenweich lächelte.

Auf Kollegen wirkte sie selbst freundlich, beherrscht. Nicht steif, eher katzenhaft, sagte mal einer; ihre Ernsthaftigkeit versteckt hinter einem Lächeln, wenn sie unsicher war. Selbst für die wenigen, mit denen sie bei Rotationen mehr Kontakt hatte, blieb sie hinter ihrer Freundlichkeit kaum mehr als ein Rätsel, von dem manche angezogen waren, ohne dass sie zu Eroberungen einlud. Offiziell gehörte sie Gabrio. Was sie wirklich mit ihm verband, verstand niemand.

Es war mehr als Dankbarkeit, die sie an ihn fesselte. Sie, die sich mit allen arrangierte, bewunderte seine Selbstherrlichkeit. Er nahm keine Rücksicht auf Nachteile und Schwierigkeiten, die er sich im Leben eingehandelt hatte. Sie verdankte ihm viel und bezahlte erst später einen überhöhten Preis.

Kennengelernt hatte sie ihn vor sieben Jahren bei ihrem privaten Flugscheinkurs. Auf der Suche nach den billigsten Flugstunden hatte sie bei Miami erst an Florida gedacht. Doch dieses Miami lag in West-Ohio, hunderte Meilen Maisfelder rundherum, flach, mit viel Himmel. Die zwölftausend Einwohner des Städtchens Oxford waren entweder Farmer oder sie lebten von und für die Universität. Public Ivy League, mit eigenem Flugplatz, hatte ein Prospekt versprochen, dazu zwei Schwimmbäder, eine Eishalle: Campusatmosphäre, Sport, Fliegen. Sie nahm sich als Flugbegleiterin unbezahlten Urlaub, flog nach Cincinnati, nahm den Bus nach Oxford, Ohio.

Captain Gabrio Estevez war in Afghanistan gewesen, von der letzten US-Fluglinie rausgeworfen worden und prozessierte gegen zwei andere. Er arbeitete als Fluglehrer am kleinen Miami-University-Campus-Flugplatz von Oxford, Ohio, schnauzte die Leute an, die bei ihm Stunden nahmen, Collegestudenten oder Professoren, egal. Er spuckte seine Gedanken als Tatsachen aus, weder Status noch Lobhudelei beeindruckten ihn. Sein rauer Charme, oft übellaunig, dann wieder belustigt oder zynisch, war niemandes Sache, auch nicht ihre. Aber seine zur Schau gestellte Grobheit gab ihr Geborgenheit. Und er war der beste Lehrer seit dem Habicht. Schlampige Kleidung, breitschultrige Autorität, ganz anders als Papa oder Paul. Im Flugzeug konnte sie mit seinem gebieterischen Gebaren umgehen, Kommandos, die nur Blicke waren. Es stimulierte sie, genau wie die Armaturen im Cockpit. Seine Botschaft war einfach, sie richtete sich an ihren Ehrgeiz mehr als an ihre Fähigkeiten: »Du schaffst es, mein erster Offizier. Wenn du willst, schaffst du alle Flugscheine, bis zum größten.« Seine Anweisungen waren nach dem ersten Abheben, das sie fast als sexuelle Initiation erlebte, wie wiederkehrende Strophen eines Kampfliedes. Was für sie noch ein ferner Wunschtraum war – er hatte den Glauben daran gestärkt. Sie folgte seinen Bewegungen, schaltete schnell, stellte die richtigen Fragen, übte wie eine ehrgeizige Schauspielerin, verschmolz mit den Rollen der lernbegierigen Schülerin, des vaterbedürftigen Mädchens, der jahrgangsbesten Offizierin der Luftmeere.

Sie musste sparen, lebte aus dem Supermarkt und von Riesen-Burritos im *La Bamba*, uptown, wie die Einheimischen das Zentrum nannten. Sie quartierte sich im billigsten Motel ein, einer Absteige, die auch als Stundenhotel diente und einem Redneck gehörte, einem Waffennarren, der nebenbei noch eine Tankstelle und eine Reparaturwerkstatt betrieb. Er war erstaunt, als sie sich für die Harley Davidsons interessierte, die er in seinem Schuppen reparierte. Dass sie sich bei seinem Genuschel über »Niggers, Spincs, Chinks an' other Slant-eyes«, über Schwarze, Mexikaner und Asiaten, abwandte und wortlos ging, machte sie weniger beliebt. Sie hörte, dass er ein kleiner Fisch beim Ku-Klux-Klan war, der in dem Kaff ein regionales Zentrum hatte. Gabrios Vater war Mexikaner, und als er begann, Nächte bei ihr zu verbringen, machte sie sich den Redneck endgültig zum Feind. Er ließ etwas fallen wie: »Könnt es dir genauso gut besorgen wie dein Captain-Bastard; bin halt nur Mechaniker, *you stuck-up snobby European bitch*.« Sie zog aus und bei Gabrio ein. Er weckte ihre Neugier, ihren Technikrausch, lange war es nicht mehr. Und sie schätzte ihn als Lehrer – eine pragmatische Liaison, für ein paar Wochen. Und es sparte Geld.

Aus der Liaison wurden sechs Jahre gemeinsamer Fliegerei. Zuerst der Jungfernflug, der sie so beanspruchte, dass keine Zeit für Angst war. Später erschien ihr die Maschine leicht wie ein Papier, das vom Lagerfeuer aufschwebte. Die Platzrunden an Maiabenden verschafften ihr einen flatternden Endorphinrausch wie Verliebtheit. Im Juli kamen Überlandflüge für ihre Pflichtstunden vor dem Berufsschein. Die alte Angst lag weit unter ihr, Mais- und Weizenfelder wurden zu Teppichen, einem gelben Binnenmeer, vom Wind in wellenförmige Muster gedrückt.

Ende September, Gabrio nahm sich zehn Tage frei. Sie flogen mit einer einmotorigen Cessna, dem Symbol des neu errungenen dreidimensionalen Freiraums, in den Westen, in eine ohrenbetäubende, böige Freiheit. Auf herbstlich abgemähten Feldern rannten Wolkenschatten, nicht mehr die starre Wirklichkeit zwischen den Bergen am Staffelsee. Weiter westlich, in braunroter Einöde, lagen neue Siedlungen in der diesigen Wüstenluft, als Spiralen, Kreisel in den Sand gezeichnet, mit grünen Klecksen und blauen Poolquadraten wie von Kinderhand gesprenkelt. Sun City, Paradise Valley, Youngtown, Carefree: Obwohl die Namen der bürgersteiglosen Retortensiedlungen Claras Zuversicht spiegelten – in diesem einstöckigen Amerika war kein Platz für sie. Das abendliche Motel mit der blinkenden Neonwerbung war billig. Die Klimaanlage fauchte die Nacht hindurch, und die Kondome im gelben Dorngestrüpp bemerkte sie erst am Morgen.

Am nächsten Nachmittag warf der Ausläufer einer Gewitterzone in den Rocky Mountains die Cessna herum wie eine Socke in der Waschmaschine, spülte sie dann in eine ruhige Senke. Ihr Herz klopfte im Hals, während Gabrio keinen Augenblick seine Ruhe verlor. Sie flogen weiter, über Canyons, wo der Himmel in die Erde einbrach. An einem Samstagvormittag sahen sie hinter Erosionen hunderte alte Jagdbomber und Passagiermaschinen in strenger und dabei spielerischer Choreografie liegen, ein Flugzeugfriedhof in einer phantasmatischen Landschaft ohne Horizontlinie, durch die ein gelber Wind pfiff und deren höchster Gipfel »Dantes View« hieß.

Sie schwamm im Himmel, auf den Wellen ihrer Erregung, ein Rausch, der genährt werden wollte. Bis zu einem unfreiwillig verlängerten Abendflug, einem Grenzerlebnis mit fast leerem Tank auf der Suche nach der unbeleuchteten Piste, deren Lichter sich per Funk einschalten lassen sollten, aber nicht reagierten. Oben lag noch letzter Bleiglanz, während unten schon Nacht und kein Flimmern einer Siedlung zu erkennen war. Sie funkten panisch, sogar Gabrio verlor für Augenblicke seine Sicherheit, bis schläfrige Lotsen eines anderen Flugfeldes antworteten. Lichter einer Landebahn gingen an, als die Treibstoffanzeige schon unter null hing. Gabrio war wieder die Ruhe selbst.

Nach der Landung zitterten ihre Schultern. Sie war nassgeschwitzt. Gabrio lachte, packte sie am Arm, »komm schon«. Gemischregler aus, Rudersperre ein, Parkbremse fest, sie konzentrierte sich, beobachtete die Sicherheit von Gabrios rauen Händen, hörte seine Stimme: rostfreier Stahl, dachte sie, und begann zu lachen. Er sah sie mit hochgezogenen Brauen an. Er war ein Mann, der fordernd im Leben stand, mit einer Kraft, die in seinem massigen Oberkörper steckte. Sein Zutrauen zu ihren Fähigkeiten hatte sie als erstes gepackt. In seinen herausfordernden Blicken glaubte sie, ihre Zustimmung gespiegelt zu sehen.

Er war während der ersten Nächte im Motel bemerkenswert zurückhaltend gewesen, bis ihre spröden Kanten, die gespannte Haut, weicher wurden und sie sich ihm überließ, zumindest ihre Konturen. Er berührte sie routiniert, dann besitzergreifend, nahm sie, ohne große Spielfreude. Bei Clara war es weniger erotische Lust als die Leidenschaft für die Fliegerei, das Verlangen danach, kaum nach Gabrio. Sie gab sich seinen Anweisungen hin, eroberte sich neues Terrain. Da es keine US-Airline mehr gab, die den in der Branche schon bekannten Querulanten noch nahm, trieb er eine Firma in Spanien auf, auch für sie. Albträume von früher waren gewichen.

Der Sog seines Vertrauens zog sie weiter, die Gegenwart ließ die Vergangenheit hinter sich, den Imker im Bootshaus, den Nightmail von Sri Lanka und die Taxifahrt in Mombasa. Jede Woche war in diesen Monaten besser als die vorangegangene, zuerst der Berufsschein in den USA, dann die Linienfluglizenz, das erste Rating für die 737, als Gabrio andeutete, er könne sie bei der Spanair reinbringen. Bei Air Berlin oder gar Lufthansa hatte sie mit ihren selbst erkämpften Scheinen keine Chance.

Ihrem Fürsprecher Gabrio verdankte sie im darauffolgenden Sommer die erste Anstellung in Barcelona, dann die nächste bei der Air Europa. Sie flog, wenn auch ohne eigene Flügel. Noch empfand sie sich als Copilotin verkleidet, aber die Uniform setzte ihre Kräfte frei. Die Kanzel war ihre schützende Hülle; das Vibrieren, Surren, Summen, Sirren der Triebwerke durchdrang sie, sie war ein Teil der Maschine. Mit Gabrio wurde sie gemeinsam zu Rotationen eingeteilt, die Spanier hatten damit kein Problem. »Besser als die scheißpuritanischen Staaten«, meinte Gabrio. Er ersparte ihr einige Einstiegsrituale in die Männergemeinschaft. Sie war bald Teil der Airline-Maschinerie, von Gabrio gefordert, gefördert, vernarrt in das, was er repräsentierte. Im Bett war sie von einer durchaus bereitwilligen

Passivität, die er als aufreizende Hingabe nahm. Die Fliegerei umkapselte ihre Unterschiede.

Der Kerosingeruch war ihr Parfum, der Treibstoff ihrer Träume. Sie schwebte in der Zukunft, weniger leicht als in der Cessna, aber sie war nach den ersten Wochen mit der Kanzel verschmolzen, hatte Befehle als Mantras in den Ohren, klare Anzeigen im Fokus statt verschwimmende Weizenfelder. Die Höhe kühlte langsam ihr Pathos.

Die Wolken lagen unter ihr, drei Schichten manchmal, Schleier über dahinziehenden Schäfchen über einem betupften Bett. Nicht einmal der Schatten der Maschine verband sie mit dem Boden, in einer Kabine mit fast häuslichen Ritualen, wenn auch ohne stetigen Rhythmus. In Barcelona teilten Gabrio und sie eine provisorische Wohnung. Sie fügte sich seinen Vorgaben als Herr der Kabine und des Hauses. Sie waren ein Team auf Zeit, mit seiner Ordnung, ihrer Unterordnung. Sie wusch seine Wäsche, einmal zu heiß, unabsichtlich. Als sie sicherer wurde, Spanisch sprach und er mit ihr vor den Kollegen herrisch blieb, verweigerte sie ihm die Anerkennung. Er reagierte mit eifersüchtiger Wut auf ihre zunehmende Unabhängigkeit. Ich bin nicht mehr sein Besitz, dachte sie. Und spiele doch das Spiel weiter: abhängig von seiner Bestätigung. Zumindest beim Fliegen, wie zuletzt im Flugsimulator.

Jedes halbe Jahr war der Test zu absolvieren, zusätzlich zum Gesundheitscheck, wurde geprüft, ob sie noch auf der Höhe war – Wissen, Reaktion, zum Glück wenig Psycho. Der Sim-Check fand in London statt, um 3 Uhr 30 in der Nacht. Da war es für ihre Fluglinie am billigsten. Bald sollte die Prozedur aus Kostengründen zur Egypt Air nach Kairo übersiedeln.

Sie hatte zehn Tage gebüffelt. Die Schneise ihrer Wahrnehmung hatte sich so verengt, dass sie beim Sim selbst beherrscht war, keine Spannung mehr spürte.

»Zu kühl«, meinte der Fluglehrer, ein wortkarger, älterer Kapitän, als Clara die Manöver in der Trainingsschachtel auf hydraulischen Füßen ausführte: Start mit einem Triebwerk, Landung bei minimaler Sicht, das Cockpitplastik bebte in virtuellen Turbulenzen, die Bordbeleuchtung flackerte. Dann zündete er ihr noch ein Triebwerk an.

»Professionell, Frau Kollegin. Souverän. Aber so emotionslos? Zwei Minuten vor deinem Ende? Und dem von zweihundert Menschen?«

Sie sagte nichts, nahm es als Kompliment. Ihre Grenzen waren nicht dort, wo ein Simulator das Seitenruder wegbrechen ließ, die Maschine schräg nach unten abschmierte, in einem kurz trudelnden, dann freien Fall, ohne reales Gefühl der Fliehkraft. Zweihundert Menschen, in ihren Händen? Die Technik beherrschte sie. Aber Menschen? Leben? Ihr eigenes?

Sie lächelte den Kapitän an. Du funktionierst, sonst erfährt's die Firma. Und das Luftfahrtamt. Wann wird deine Stimme beim Sim-Check gescreent, wann werden Algorithmen dich als psychisch labil demaskieren? Und dann bist du weg.

Sie zitterte kaum, schwebte wie ein Habicht über ihrem leisen Ich. Das neue Ich stellte sie in einem zum ständigen Begleiter gewordenen Simulationsspiel zur Schau, im Cockpit, in der Crewcafeteria. Seit dem Einstieg in die Berufsfliegerei erlebte sie Höhen, wenn auch kaum mehr den Rausch der ersten Fliegerwochen. Die paar Quadratmeter technikgefülltes Cockpit blieben die digitalisierte Höhle ihrer Träume. Außerhalb des Cockpits verlor auch Gabrio seine Anziehung.

Die Linienfliegerei war eine öffentliche, nicht mehr nur persönliche Sache. Es war eine genormte Welt, aber doch eine, in der Vergangenheit wenig bedeutete und die Zukunft viel verhieß. Ihr Geist, ihre Konzentration mussten auf Displays gerichtet bleiben. Nur bei Langstreckenflügen war abdriften erlaubt. Die Maschine trug sie und machte sie bodenlos.

Die Luft flimmerte über dem Dornbusch von Sigiriya etliche hundert Meter tiefer. Aus dem schmerzend gelben See ragten grüne Bauminseln. Ihre Gedanken glitten über ein unregelmäßiges Mosaik an Reminiszenzen, das wiederholt Farben und Glanz gewechselt hatte, über zahllose Flüge, wenige Männer.

Robert, Gabrio. Ein Phlegmatiker, ein Choleriker. Jeder hatte in ihr ein anderes Verlangen geweckt. Und sie musste sich beiden entziehen, um sie zu ertragen.

Und Matthias.

Seine Augen bleiben nicht an der Oberfläche hängen, war ein Gedanke, als sie ihn sah, neugierig, angetan, nervös, bei einem Abendessen vor acht Jahren. Karin hatte ihn ihr nach mehreren Andeutungen vorgestellt, in der Münchner Wohnung ihres Freundes Philipp. Als Clara kam, stand Matthias in der Küche, an den Heizkörper vor dem offenen Fenster gelehnt, und redete mit Philipp. Karin nahm ihr die Jacke und die mitgebrachte Flasche Weißwein ab. »Nur die Vorspeise ist fertig.«

»Was gibt's?«

»Schwertfischcarpaccio. Freu dich nicht zu früh. Für den Rest müsst ihr mithelfen.«

»Rest?«

»Was die Fischstände am Viktualienmarkt am Abend noch hatten. Rotbarsch, Seebrassen, ein paar Scampi.«

»Und wer keinen Fisch mag?«

»Pech!«

Sie kochten, lachten, redeten durcheinander, »lass den Knoblauch nicht anbrennen, er wird bitter!« – »Schenkst du mir noch Weißwein nach?« Clara beobachtete Matthias' Hände, wie er Petersilie hackte, später sein Glas am Stiel hielt, den Wein kreisen ließ. Er war nur wenig größer als sie, mit dunkelbraunem Bürstenhaarschnitt, kantiger Brille, prägnanter Nase, die etwas von einem aufmerksamen Falken hatte. Die angegrauten Schläfen, der Zweitagebart auf einem eckigen Kinn gefielen ihr, die Grenzen des Bartwuchses auf den hohen Wangenknochen waren nicht scharf gezeichnet. Breiter Mund. Kein Modemagazin-, eher ein Charaktergesicht; sie konnte damals noch kein Detail benennen, die Summe aber war anziehend. Er hatte ein kehliges, ansteckendes Lachen und dunkelbraune Augen, die mit der ausgelassenen Stimmung, dem Wein, heller wurden.

Sie würzten gemeinsam die ausgenommenen Brassen mit Salbei und Thymian. Sie schnitten Basilikum, salzten die Fische, beträufelten sie mit Olivenöl, »gebt zu dem hier noch etwas Chili«, packten sie in Alufolie, legten sie ins Backrohr. Karin drehte Cherrytomaten von der Rispe, »die letzten von unserem Balkon«, arrangierte alles auf einer blau-weißen Platte mit Büffelmozzarella, »den besten, den du in München bekommst!« Sie war aufgedreht. »Wir haben euch nicht ohne Grund eingeladen. Philipp hat ab Januar einen Job in Paris. Na ja. In der Nähe. Saint-Denis. Wir übersiedeln! Und – wir heiraten, nächsten Mai, im Languedoc. Ich hoffe, ihr seid dabei!«

Der Föhn trug den Geruch nasser Blätter durch die offenen Fenster, mischte sich mit Fischduft und Rauch. Matthias redete mit Philipp über Was-darf-Wirtschaft-was-darf-Werbung, sah Clara mit leicht gehobenem Kinn an, seine Brille jetzt zum Haaransatz hochgeschoben, verengte ein paar Mal die Augen. War es ihr aufflammender Wunsch, von dem Mann wahrgenommen zu werden? Oder schlicht seine Kurzsichtigkeit, die ihr zu viel andeutete, während sie etwas genervt von seinem Gerede wegsah, dann wieder seine ausladenden Gesten verfolgte, seine spöttisch gespitzten Lippen.

Jahre später versuchte sie sich zu erinnern, was in ihr vorgegangen war, als sie sein Gesicht über die abgegessenen Traubenstiele und halb leeren Weinflaschen am Esstisch hinweg beobachtet hatte, unter dem Wetterleuchten der Blicke eines anderen Paares, das sich an diesem Abend kennengelernt hatte, etwas Lateinamerikanisches in den Ohren, zu dem die beiden zu tanzen begannen. Und was sich seit damals verändert hatte. Wann ihr erstes Unbehagen aufgestiegen war. Gab es jemals ein Gleichgewicht zwischen ihm und ihr, außer für Momente der Illusion, im Friaul, in Indonesien, auf Mauritius? War es immer ein Kampf gewesen, ein Schattenboxen? War es, jenseits der Begegnung, nach Abklingen der Faszination, immer erst Hoffnung, Zutrauen, dann aufkeimende Abwehr gewesen?

Sie erinnerte sich an jenen ersten Abend, Matthias tanzte mit Karin, ein Bär auf Stelzen. Dann zog Karin Philipp von einem Hocker, ließ Matthias vor Clara stehen.

»Lieber Kaffee?«, fragte er.

Ein Hauch Rasierwasser streifte sie. Herb, wahrscheinlich teuer. Mit Mokkatassen in der Hand gingen sie zum Balkongeländer, er legte ihr die Lederjacke über die Schultern, sie strich darüber, sagte lachend »schöne Jacke«. Sie tauschten Berührungspunkte aus, Karin und Philipp, das Essen, Italien, Südfrankreich. Sie ahnte, dass ihre Gesten übertrieben waren, spürte selbst im Halbdunkel seinen analytischen Blick, glaubte bei ihm ein Selbstbewusstsein wahrzunehmen, das nicht wie angeboren war, sondern eher auf Erfolg beruhte. Andere konnte sie meist schneller einschätzen als sich selbst.

»Anwalt.« Matthias' Stimme hatte einen nur leicht bayrischen Einschlag.

»Schwere Jungs?«

Er lachte. »Wirtschaft. Firmenfusionen. Und du?«

»Flugbegleiterin.«

»Klingt spannend.«

»Du machst Witze.«

Sie hatte an diesem Abend noch nichts von ihrem Ziel,

Pilotin zu werden, verraten. Kaum Worte blieben in ihrer Erinnerung, wenige Bilder, fast nur Gerüche, Herbst, Rasierwasser. Aus der Nähe wirkte er spröder als aus der Distanz, aber nicht weniger anziehend.

Halte. Dich. Fern. Wird. Dich. Verletzen.

Kein Fehler, aber eine Reihe von Fehleinschätzungen. Viel später sollte ihr klar werden, dass sie mit ihren Mutmaßungen die falschen Schlüsse genährt hatte. Erst als es zu spät war, konnte sie das Muster erkennen.

Sie hatte gehofft, dass sich Matthias melden würde, doch sie hörte nichts von ihm. Sie wollte ihn zumindest herausfordern, hatte sich an ihr Gespräch über scharfes Essen erinnert und ohne Begleitschreiben eine Flasche Sambal aus Thailand geschickt. Er bekam ihre Telefonnummer von Karin, klang amüsiert über das Geschenk und lud sie zum Abendessen ein, mit Freunden, nicht alleine, sah sie an: »Du gehst nach Amerika? Ich war mal eine Zeit lang dort.« War sein Lächeln ironisch?

Sie flog bald danach erst für den privaten, dann den Berufspilotenschein in die USA, konnte nicht zu Karins Hochzeit kommen und ging für die erste Copilotenstelle nach Spanien. Sie flog und lebte mit Gabrio.

Ein-, zweimal im Jahr traf sie Matthias während kurzer Besuche bei ihrer Schwester in München. Sie stellte sicher, dass es beiläufig aussah, wenn sie ihn kontaktierte. Sie schminkte sich dezent mehr als sonst, steckte die Haare hoch, streifte ihr einziges Paar Schuhe mit Absätzen über, ging mit ihm essen, redete von der Fliegerei, distanziert, aber mit leuchtenden Augen, wie sie dem Widerschein auf Matthias' Gesicht entnahm. Ihre Beziehung zu Gabrio spielte sie auf das Niveau herunter, das ihr lieber gewesen wäre.

Matthias erzählte Anekdoten aus seinem Anwaltsleben, von einer Ausbildung, konsensuale Konfliktlösung, die er nach seiner Scheidung gemacht hatte. Er redete viel.

Warb er um sie? Die Anziehung hatte sich in ihren Gesten eingenistet, die vom Restaurant bis zu einer Bar, aber nie über einen hastigen Abschied, einen angedeuteten Kuss hinausreichten. Ihre Lippen wurden durch seine wieder empfindlich.

Gabrio. Meine Schulden tilgen. Mich nicht aus Dankbarkeit binden.

Aber das war es nicht nur. Gabrios Reiz lag auch in seiner Rücksichtslosigkeit, Sex mit ihm war nicht Verzögerung, sondern Vollzug, der sie aufregte, berauschte, betäubte.

Sie hatte nicht mehr geglaubt, dass sich Matthias wirklich für sie interessierte, bis sie vor zwei Jahren eine E-Mail bekam. »Wo bist du gerade, Wolkenmädchen? Gibt es Gabrio noch? Kommst du einmal auf ein ganzes Wochenende?«

Sie flog für zwei Tage nach München. Ein levantinisches Lokal, sein Blick, ein Kuss, zwei, sie zitterte vor Angst und Verlangen, ihre Haare knisterten, als er ihr die Bluse über den Kopf streifte. Wünsche waren angerissen, nicht ausgesprochen, sie spürte noch nach Tagen seine Hände auf ihrem Gesicht. Zwei Wochen später besuchte sie ihn ein zweites Mal, kam mit dem Abendflug aus Barcelona, zitterte wieder. Er erwartete sie mit neun Lilien.

»Das Symbol der Pfadfinder?«

Er lachte. »Eine für jeden Tag ohne dich.«

»Du wirst mich mit Blumen überschwemmen müssen.«

Als sie im Parkhaus zu seinem alten Fiat kamen, suchte er nach dem Schlüssel. Er steckte im Auto.

Sie schauten sich an und lachten.

»S-Bahn. Oder Flughafenhotel?«, fragte Matthias.

»Erst einen Kaffee. Dann zu dir. Nein – gleich zu dir. Das Auto holen wir morgen. Hattest du nicht einmal einen BMW?«

»Lange her!«

Sie fuhren mit dem Zug, dann im Taxi durch die regenglänzende Stadt, im Fluss der Rücklichter auf dem

nassen Pflaster, hinter einem Lastwagen mit Weihnachts-
bäumen, die den Harzgeruch frisch geschnittener Fichten
verströmten. Verheißungen im Taxi, sie alberten, tranken
Weißwein, von Mund zu Mund, beide noch unsicher, aber
es waren nicht Roberts Fummeleien, nicht Gabrios immer
abseitigere Derbheit.

In der Morgendämmerung sickerte fahles Licht auf Matthias' Rücken, der sich hob und senkte. Sie beobachtete ihn
mit abtastendem Erstaunen. Die Stunde gehörte ihr, in un-
gläubiger Stille. Sie stand auf, stieß das zweite Weinglas um,
ging zum Fenster, schaute auf den silbernen Schattenriss
der Dächer, lauschte in eine winterliche Stadt ohne Vergangenheit, Frühling im Bauch.

Sie wurde seine Lippen nicht mehr los. Eine Reihe un-
regelmäßiger Besuche folgte, auf der Flucht vor Gabrios
Eifersucht, der nichts wusste, »ich besuche Vera und das
Baby«, aber argwöhnte. Ein anderer Tagesanbruch, Monate später, Vögel tirilierten irrwitzig, eine Farborgie an der
Isar nach einer nächtlichen Wanderung mit Matthias, eine
Reise in die eigene Stadt, die sie vor Langem verlassen hatte
und die mit ihm anders roch. Ihr München, mit Touristen-
augen erlebt, war entflammt.

Ein Frühsommerwochenende verbrachten sie im Salz-
kammergut, ein herbstliches im Friaul. Sie blendete den
Autobahnlärm aus, ignorierte Fabriken, Schottergruben
und Deponien. Sie fuhren entlang steinerner Bachbetten,
durch ein von kahlen Felswänden gesäumtes Tal, dessen
vorzeitliche Geometrie sich in die Ebene öffnete. Der ze-
mentgraue Fluss war wie auf der Durchreise, dachte sie,
mit Geröll von Jahrtausenden, bis hierher mitgeschleppt,
wo noch nichts Wurzeln schlug. Sie zogen sich aus, tasteten
an einer ruhigeren Stelle über die Steine in den Fluss, ließen das Wasser an sich hochperlen, bibberten.

Ihre nackten Körper lagen auf den von der Mittagssonne
gewärmten Felsen, deren lebendige Unebenheiten sie mit

den Fingern nachzog. Geruch von Algen und Kiefern lag in der Oktoberluft, der ferne, gurgelnde Klang von Stromschnellen.

»Warst du schon einmal hier? Mit jemandem?«

»Ich hab ein Austauschsemester in Padua gemacht.« Er berührte sie mit dem kleinen Finger, mit dem Unterschenkel.

Sie fragte nicht weiter, hörte auf das Zirpen ringsum. Ihr erschien schon eine Libelle vollkommen, die lange über dem Wasser schwebte, dann regungslos neben ihr auf dem Felsen saß. Libellen, die sich ohne Erdenschwere sogar im Flug paaren konnten, dachte sie. Am späten Nachmittag wollte sie noch einmal, vor einem selbst in Barcelona regnerischen Winter, die Farben des Südens aufsaugen, die Kletterrosen an Südmauern, den Geruch des letzten Heus, das Geräusch ihrer Schritte im roten Weinlaub, am Abend dann das Knistern des Feuers im Kamin, an dem sie ihre Füße wärmten. Den Geschmack ihrer Gier.

Seine Hand lag um ihren feuchten Nacken, die andere zwischen ihren Schenkeln. Die Gesichter im Dunkeln einander zugewandt, zog sie sein Profil mit dem Zeigefinger nach. Sie liebte seinen ölig verschwitzten Haaransatz, ihre Kratzer am Rücken. Sie waren weit über dem Oktobernebel, der in der Postkartenidylle vor der Frühstücksterrasse nur ein wattiger See war. Die Zeit erschien ihr gedehnt.

Am letzten Nachmittag glitten die Schatten der roten Berge aufwärts wie Flugdrachen, bevor am Abend die Blätter beim Nachbarhaus zu tanzen begannen und einen Wetterumschwung ankündigten. Was als Höhenflug begann, brachte sie nach dem Kitschrausch ins Trudeln, abwärts in selbst verschuldete Steilspiralen, wieder kamen die Angstträume, denen sie in den letzten Monaten nicht entfliegen konnte. Lust ließ sich teilen, Pathos veralbern, aber Scham, Wut? Welche Wut.

Matthias' Unterstellungen.

»Verdammt, Matthias gibt mir so viel«, schrieb sie an Karin, »und ich kann's nicht annehmen.« Eine E-Mail, nicht mehr als zwei platte Sätze an ihre beste Freundin, die nun verheiratet war und Kinder hatte. Karins Antwort war kurz: »Sei keine Heulsuse. Du warst immer mutig, trau dich.«

Sie hatte Karin ein einziges Mal in der Pariser Industrievorstadt besucht, drei Tage, zwischen Gabrio und Matthias. Karins und Philipps zwei Knirpse hatten Clara ehrfurchtsvoll angestarrt, spanische Sprüche an ihr ausprobiert, die sie vom ecuadorianischen Kindermädchen aufgeschnappt hatten.

»Willst du nicht etwas mit den Jungs unternehmen? Eiffelturm? Die Welt von oben ist doch deine.«

War Karin ironisch? Die niedlichen Buben – der jüngere hatte zwei ungleich abstehende Ohren – nervten sie mit ihrem Übermut schon zum Frühstück.

Sie stand im Bad, stöberte in Karins Tiegeln, lief durch die Wohnung, Türrahmen waren mit Kinderbildern vollgeklebt, war das das wirkliche Leben?

Sie übernahm die Jungen von Amanda, ratterte mit ihnen in der neonhellen Metro, jede Schwelle schlug in ihren Bauch, Gedankenruck, *Nightmail, Nightmailnightmail,* Nightmail-Nachtfilm. Sie bebte, stieg bei der nächsten hellen Station aus, beruhigte sich langsam, während sie die Rolltreppe schon nach oben schob, schubste die protestierenden Buben Richtung Bushaltestelle. Später warteten sie in der Schlange. »Wie lange noch, Tante Clara?« Fuhren mit dem Aufzug durch das Stahlgerüst des Eiffelturms, eingeklemmt in eine Gruppe lautstarker Holländer.

Die ganze Stadt war ihr zu eng, die Metro, die Cafés, selbst die Terrassen davor, kaum für gestapelte Stühle war Platz, der Boden unter ihren Füßen zitterte, die Hast der hyperventilierenden U-Bahnschlünde steckte in ihr. Im Getümmel überfiel sie Platzangst, später auch in Karins

Vorstadtwohnung, die im Pariser Durchschnitt nicht einmal klein war.

Karin arbeitete wieder, erst als PR-Assistentin bei einer deutschen Firma, dann bei einem Modejournal. Karin hatte Freunde eingeladen, Arbeitskollegen, »damit du nicht annimmst, es gibt außer Kindern nichts mehr«.

Clara übte auf dem Balkon zwischen Palmentöpfen mit dem Weißweinglas in der Hand Konversation, während ein letzter Streifen smoggefärbten Lichts über dem Fabrikdächerhorizont verdämmerte, ein Firmenjet nach dem anderen über ihre Köpfe zog und sich als kleiner Punkt in der Nacht verlor. Karin managte ihr Leben. Genoss es. Hier ums Eck war Lindbergh gelandet. Le Bourget. Und wieder abgeflogen. Die Rituale in der Kanzel waren ihr geläufiger als die in Karins Alltag. Sobald sie das Cockpit betrat, war sie zu Hause.

Mit der Hand am Ruder, dem Blick auf den Kapitän. Hast du dein Leben im Griff? Entfernst du dich davon?

»Und dann hat er die Fensterscheibe eingeschossen.«

Kubaflug. Joaquin redete wieder von seinen Kindern. »Das war ein Gezeter, aber was für ein Schuss.« Er lachte, und Clara sah das Foto vor sich, die Luftwaffenuniform, in der er geheiratet hatte, seine elegant-burschikose Frau, von der er nur als Hausfrau sprach. Dafür war er hingerissen vom Charme seiner Fünfjährigen, den Frechheiten seines Siebenjährigen. Piloten. Kinder. Und eine Frau, die sie und sich adrett hielt.

»Klar beschwert sie sich, dass ich kaum zu Hause bin. Aber anscheinend lieben Frauen Männer in Uniform.«

Jeder Seemann hat eine Frau, die auf ihn wartet.

»Willst du in der dünnen Luft da oben verdorren?« Sie hatte auf Matthias' Frage mit einem gefassten Lächeln reagiert. War ihr Selbstbewusstsein im luftleeren Raum nur ein aufs Fliegen umgelegtes, keimfreies Begehren, wie Matthias ironisch meinte? Ihre Bestätigung kam von Apparaturen, von Kapitänen, bezog sich auf ihre Leistung. Aber Leidenschaft? Erregt, außer Atem?

Sie konfigurierte die Klappen für die Reiseflughöhe. Sie kannte jedes Geräusch, die Einzelstimmen der Triebwerke, voneinander abhängig und erst im Zusammenspiel harmonisch. Vera konnte mit dem Violinbogen das Publikum durch eine dreidimensionale, vergängliche Klangwelt bis zum Finale führen. Sie selbst führte Passagiere in Aluminiumhüllen über den Himmel. Und war bei keiner Landung so glücklich, wie Vera nach jedem Konzert aussah.

»Kabinendurchsage. Du bist dran!« Joaquins Stimme holte sie zurück. Sie spulte die üblichen Informationen ab, über Flughöhe, Route, wer Kapitän war, wer Copilotin. Isabel klopfte an die Cockpittür, tänzelte mit Lipgloss im Perfektgesicht herein und brachte zwei Businessclass-Essen, füllte die Kabine mit Gesäusel: »Red Snapper oder Bœuf bourguignon! Die Tournedos sind alle weggefuttert. Ich empfehle den Fisch, Joaquin. Guten Appetit, Capitan«, tat, als sei das Cockpit ihr Revier.

»Du kannst den Snapper haben«, sagte Joaquin, als Isabel wieder hinten war. »Dass dir nicht schlecht wird. Deine Landung heute.«

Sie waren auf sechsunddreißigtausend Fuß. Sieben Stunden lang gab es wenig zu tun: den Autopiloten überwachen, die Bildschirme, Warnleuchten; Positionskorrekturen, standardisiertes Cockpit-Prozedere. Sie sah aus dem Fenster. Nur die Wolkenbilder änderten sich, Hügel aus aufgeschäumter Luft, die darunter hängenden Schatten unsichtbar.

Halb entschlossen griff sie nach einem Ringbuch, las eine Passage über Kabinendruckabfall dreimal, blieb an *time of useful consciousness* hängen.

Wann war sie das letzte Mal sorgenfrei gewesen? Vor fünfzehn Monaten. In Indonesien, mit Matthias, mit sandbezuckerten Schenkeln und unverplanter Zeit. Oder in

Mauritius? Nein, Sulawesi. Sie bedruckten den von der Flut freigegebenen Strand mit den Füßen, beobachteten Krebse, sammelten Muscheln und mattgeschliffene Flaschenglasscherben. Sie klemmte sich eine als Monokel vors Auge, »deine Augen haben dieselbe Farbe wie das Meer«. Metallisch, hatte Gabrio über ihre Augen gesagt.

Sie ließen die Beine von der Holzplattform baumeln, die den Bungalow auf Pfählen balancierte. Wellen berührten ihre Fußsohlen, verlängerten sich in ihren Bauch. Der Passat raschelte durch die Palmen, hölzerne Windspiele öffneten einen Klanggarten. Sie verbrachten Stunden lesend in der Hängematte, sie einen Fuß auf seiner Schulter, die Zehen des anderen durch das Netz gestreckt, das am Rücken gewellte Abdrücke hinterließ wie Stunden später der Grillrost auf dem Fisch. Am späten Nachmittag warf die Holzjalousie Streifen in den Stelzenbungalow, zwischen denen der Boden, dann die Wand neben ihrem Bett orange aufleuchtete, senffarben, gegen Abend immer röter.

Die Ungeschicklichkeit ihrer Körper hatte sich eingespielt. Matthias strich durch ihre feuchten Haare, legte ihren Nacken frei. Die Hitze seiner Stirn sickerte unter ihre Haut, Lippen formten unhörbar Versprechungen. Seine Fingerkuppen auf ihrem nackten Rücken zogen Spuren wie ein Seestern. Er leckte Salz, Schweiß von ihren zitternden Schlüsselbeinen, zwischen ihren Brüsten, aus ihrem Nabel. Sie entdeckte, wie sehr sich ihr Körper unter seinen Küssen öffnen konnte, an Stellen, die sie keinen Mann hatte berühren lassen, eine ängstliche Landschaft, die bis jetzt nichts von ihrem Durst gewusst hatte. Er öffnete mit seinem Finger ihre Lippen, ihre Zähne, vehement wie ihr Einsaugen, kein Fordern, Gewähren.

Er lag quer auf den zerwühlten Laken, die Arme und ein Bein hingen aus dem Bett, erinnerten sie an einen Tintenfisch. Sie legte ihre Finger auf seine pochenden Schläfen, schrieb mit der Mittelfingerspitze auf den verschwitzten

Rücken, war mit ihm endlich nicht mehr die halb abwesende Beobachterin ihrer selbst.

Sie rafften sich auf, gingen essen, bestellten zur Feier des Tages eine Flasche australischen Weißen, der korkig schmeckte. Der Koch nahm einen riesigen Barsch unter schlürfenden Geräuschen aus und grillte ihn dann vor ihnen am Feuer. Sie tranken, redeten von Kaltwassergarnelen, Warmwassershrimps, schmatzten, lachten über haarige Sardellenringe, rochen selbst nach Seegetier, ihre Stimmen träge, bis selbst die Stäbe des Bambus-Windspiels im Nachtwind nur mehr vibrierten.

Am Morgen begann es beim Frühstück zu schütten. Sie zogen sich wieder zurück in den Bungalow. Er steckte seine Daumen in ihre Fäuste, löste sie. Seine Zunge glitt über ihren geröteten Hals, überraschend kühl. Sein Puls, ihr Puls, Seegang im Ohr, Gänsehaut unter ihren Haarwurzeln, im Nacken, zerliefen in Taumel, Gier, seine Hitze, sie rollten über das Bett, sie unten, oben, unten, zwei Wellen, die sich brachen, ein Glas fiel um, bis keine Gedanken mehr in ihr waren, nur Benommenheit, Atem, Nässe. Als wäre sie selbst verdoppelt, zwei Körper, vier Arme, Beine, Schenkel, Augen, ein gemeinsames Gehör.

Sie löste sich von ihm, legte ihren Kopf auf seinen Bauch, hörte die Brandung wogen, kein Abwägen mehr, strich über seine fast haarlose Brust, fuhr mit ihren Fingernägeln die Schlüsselbeine entlang.

Am nächsten Tag tauchten sie über bepelzte Geweihe, steinerne Riesenhirne, durch Algenwälder, lichtleitende Gewebe. Andere Taucher waren perlende Seeanemonen, Traumtänzer. Sie schwebte neben Matthias, Astronauten im Wasser, ganz anders als die dünne Luft, das grelle Licht hoch oben. Sie glitten durch knabbernde Schwärme, silbern, zitronengelb, kobaltblau, gestreift, sahen dem Tanz von Seeanemonen zu, aquamarin, ultramarin bis hinunter zum tiefsten Blau, dorthin, wo alle anderen Farben fortgeschwemmt waren und das Licht verdämmerte. Sie atmete langsam. Matthias berührte sie. Nur so ist Gleichgewicht möglich, dachte sie.

Eine silberne Wolke von Füsilieren schoss an ihnen vorbei, gejagt von einem Barrakuda. Jäger, Beute.

Und Muscheln. Die atmeten mit den Gezeiten, bei Ebbe im Wind, konnten sich von Strömungen treiben lassen, bis sie einen neuen Platz fanden, in Symbiose mit anderem Leben, waren Zwitter oder wechselten ihr Geschlecht. Androgyn. Denken, handeln wie ein Mann, wenn sie musste. Frau sein, wenn sie wollte. Wenn ein Fremdkörper in die Muschel eindrang, entstand keine chronische Wunde, sondern eine Perle. Und selbst tot, als angeschwemmtes Strandgut waren die Schalen noch attraktiv.

Am letzten Tag saßen sie auf einer Mole der Hafenstadt. Brandung klatschte an den Pier, spritzte über die Mauer. Sie rochen Diesel, Muscheln, den Nachgeschmack der vergangenen Nächte. Möwen kreischten wie spielende Kinder, balancierten im Wind, dehnten eine Verheißung von Ewigkeit wie die Sommerschwalben ihrer Kindheit, als sie so ein Versprechen noch nicht gebraucht hatte. Sie schauten in die Monsunwolken, »was siehst du, was ich«, einen Buckelwal, ein Seepferd, alberten, »und ein Seestern spielt Klavier«, waren dann still, während die Wolkentiere zerfaserten.

Die kurze Dämmerung stieg auf, Mädchen schlenderten die Hafenpromenade entlang. Die schmalen Frauen wirkten auf sie anziehender als die Männer. Die meisten trugen Jeans und T-Shirt, nur wenige ein Kopftuch, kaum eine ein langes, braunes Gewand. Sie bewegten sich leicht, gelassen. Ihre Blicke unter den Wimpern zogen an, luden ein, setzten Grenzen. Lächeln aus Bambusblattaugen, Lächeln und Verbergen.

Nur ein Augenblick blöder Illusion, dachte sie im Cockpit, vierzehn Monate später. *Kabinendruckabfall*, las sie in der Ringmappe, *Luftnotlage*, *effective performance time 90 seconds*.

Sie konnte aus Verachtung lächeln. In der Nacht im Nightmail-Express hatte Lächeln nichts gebracht, auch nicht in Mombasa, aber es hatte immerhin die Panik danach im Zaum gehalten. So etwas passierte schlechten Frauen. Wäre sie ein braves Mädchen gewesen, hätte Oma sie mehr gemocht. Geschützt. Wäre sie im Haus geblieben, nicht durch den Brombeerweg zum Bootshaus gelaufen. Hinter diesem Lächeln war ihr Zorn bloß eingefroren, meinte Matthias. Die nackte Lebendigkeit der Indonesien-Woche ging ihr schon am Pier von Makassar verloren.

Nach jenem Urlaub hatte sie nächtelang eine Riesenmuschel verfolgt. »Tridacnas. Mördermuscheln«, der Tauchlehrer hatte Legenden vom Perlentauchen zum Besten gegeben. Sie irrte durch das Grenzland von Tag und Schlaf, zuckte, spürte Muskeln, die von Schalen zusammengepresst wurden, ihre Kraft unzugänglich. *Atme. Atme.* Sie fischte durch Quallen, wand sich aus Umschlingungen. Fünf Uhr morgens, es hatte noch nicht zu dämmern begonnen. Fluglehrbücher, Arbeit war ein probates Mittel, um Geister zu verscheuchen; die Ordnung der Zahlen und Befehle half gegen die Traumprotokolle.

Müßige Träume. Schäume. Oma Mathildes Worte.

Wer träume, würde das Opfer seines Traumes.

Sie brauchte ein Rückgrat, sonst war sie eine Qualle.

»Die Erzählungen von den Mördermuscheln?«, hatte der Tauchlehrer gelacht, »alles erfunden.« Die Riesenmuscheln, innen bunt wie operettenhafte Unterröcke, waren verletzliche Tiere, die ihre Schale bei Gefahr schlossen, um sich zu schützen, auch vor Menschen, die ihnen das Fleisch herausschnitten und die Schalen in Spanien als Weihwasserbecken verwendeten.

Der Weihrauchgeruch katholischer Kirchen: Großmutters Blick war auf den Altar geheftet gewesen, auf einen Heiligen, während Klarchens Augen nach oben wanderten. Im fernen Glanz der Kuppel hatte sie nicht schnöde

Staubpartikel gesehen, sondern von den Glasfenstern gefärbten Goldstaub, der sich in Schwärme von Kohlweißlingen und Zitronenfaltern verwandelte, die sich tanzend zwischen den glanzlosen Holzbänken verloren, während aus der Sakristei Mief sickerte und Klarchen spürte, dass sie ihren Hass nie beichten würde. Dass die Barockengel trotz ihrer Goldflügel nicht wegfliegen konnten, wusste sie schon damals. Sie hatte aufgehört, zu glauben. Das Bootshaus war ihre erste Lektion. Später blickte sie nach oben, wo es hell war, auf Sterne in der Nacht, gebannt, aber nicht fromm. Und die Kirche in Barcelona war nur eine von den Fingern getropfte Sandburg, die in den Himmel ragte, mit Wasserspeigetier, das über Bögen und Brücken kroch.

Nach ihrer Rückkehr aus Indonesien hatte Matthias offener gesprochen, von Abenteuern, Niederlagen: der eloquente Anwalt, dachte sie anfangs, einen Anflug von Schwäche zeigen gehörte dazu. Nach dem Jurastudium in München hatte er ein Praktikum bei einer US-Anwaltskanzlei gemacht und war dann durch den Westen der USA getrampt, durch Städte und Canyons.

»Und die Frauen?«

»Nichts Besonderes.« Er machte eine wegwerfende Geste. Sie hob die Augenbrauen.

Sie hatte ihn an einem Mainachmittag aus der Kanzlei abgeholt. Sie fuhren an die Isar, sprangen kreischend wie Halbwüchsige ins eiskalte Wehrwasser, setzten sich danach auf die Terrasse der Waldwirtschaft. Drei Gläser Weißburgunder brauchte er, dann redete er, erstmals wie zu einem Freund, nicht zur Geliebten, und Clara traute sich zu fragen, spöttisch.

»Warum warst du im Gefängnis?«

»Eine Nacht. Hätte ich nie erwähnen sollen.« Er wandte den Blick ab, erst befangen, dann abweisend.

»Warum?«

»Nein. Nicht heute.« Er hatte keine Sportklamotten mitgenommen und trug wieder die schwarzen Schuhe, den Büroanzug, versuchte, auf der Bierbank seinen Rücken zu strecken.

»Ich mag deine Geschichten.« Sie versuchte, ihre Haare zusammenzubinden.

Er hatte die Gefängnisepisode nur einmal angedeutet. Sie wusste überhaupt wenig. Nach seiner Rückkehr aus Amerika wurde er Rechtsanwaltsassessor, bald Spezialist für Firmenfusionen. Hochzeit, zwei Kinder, Scheidung.

»Was war da eigentlich?«

»Die Langversion?« Er sah sie an, klappte seine Sonnenbrille zusammen. »Ich habe mich in Elisabeth verliebt, noch in der Assessorzeit. Sie ist schwanger geworden, und wir haben geheiratet. Am Chiemsee, mit Kutsche und Brimborium.«

»Und wenn sie nicht gestorben sind …«

Lachfalten um Matthias' Mund, seine Augen waren woanders. »An einer piekfeinen Fassade«, er zögerte, fuhr verhaltener fort, »bleibt Liebe wohl nicht so leicht hängen.«

»Wer kriagt die Brez'n und den Obatzd'n?« Eine Kellnerin balancierte auf ihren Handtellern und Schultern zwei Tabletts zwischen den Tischen.

»Meine Termine, ihre Nachtdienste. Ab der zweiten Schwangerschaft war unser Leben nur noch Management. Kleinkrieg, wer sich um die Kinder, den Hauskram kümmert. Die Au-pair-Mädchen waren Lisa zu schlampig. Oder zu hübsch.« Er zog das Sakko aus, legte es umständlich neben sich auf die Bank. »Ich wollte Partner in der Kanzlei werden. Geschäftsreisen, Hamburg, Zürich, London. Manchmal ein paar Tage Urlaub, angehängt.«

»Und?« Claras Blick wechselte von seinen Lippen zu den unruhigen Augen. Die Sonne blitzte durch die Kastanien, warf Schatten auf Matthias' Gesicht.

»Ja. Was, und? Was willst du wissen? Zwei kleine, stressige Affären.« Seine Stimme klang wie ein Plädoyer. Claras Blick schweifte zu den gebleichten Härchen auf seinen rotbraunen Oberarmen.

»Kleine, stressige Affären? Wird das eine geschliffene Beichte?« Sie wollte albern, aber die Unbekümmertheit des Nachmittags war weg.

»Nimmst noch ein Glas?« Er legte die Hände in den Nacken, streckte sich, sein Gesicht unbeweglich, nur die Augen schmaler.

»Verstehst du auch Spaß, wenn's um dich geht?«

»Bin ich jetzt ein Angeklagter? Entschuldige. Bin gleich wieder da.«

Sie wischte sich Schweißperlen von der Stirn, schaute in die Runde, auf ein junges Paar mit einem jammernden Baby in wechselnden, wiegenden Händen, bis Matthias von der Toilette zurückkam.

»Auch Lisa hatte ihre Geschichten«, setzte er ohne rechten Zusammenhang fort. »Wenigstens einmal. Kein Kollege. Ein Werbefritze. Affektiert. Den ich für schwul gehalten hab'.«

Clara stützte ihr Kinn in die Hand, sah ihn an, unterbrach ihn nicht.

»Ich hab's ignoriert. War froh, dass sie lockergelassen hat.« Er stieß an sein Glas, fing es gerade noch auf. »Sie war wieder begehrenswert.«

»Ah. Und?«

»Lisa hat Hoffnung geschöpft. Hat auf mich eingeredet wie auf ein krankes Tier, von Eheberatern und so. Nach ein paar Wochen ging unsere Beziehung wieder gegen null. Und ich habe lieber Verträge ausgehandelt.« Er räusperte sich. »Dann wollte sie die Scheidung.« Er strich sich mit der Zunge über die Lippen, ein Tick, der ihr bisher kaum aufgefallen war.

»SIE war das? Ich dachte, du?« Sie sah ihn an, zögerte. »Gab's einen anderen?«

Er nickte, schüttelte dann den Kopf. »Nein, damals nicht. ›Wir leben nur mehr nebeneinanderher‹, meinte sie. Beziehungsunfähig. Ich.«

Clara hob die Augenbrauen. Die Swing-Connection hinter ihnen hatte wieder zu spielen begonnen.

»Ein weibliches Totschlagargument. Nebeneinander-her leben. Ist ja nicht unbedingt schlecht, hab' ich mir ge-dacht.« Er wippte, kam aus dem Takt, lachte. »Ich war total vom Hocker.«

»Rosenkrieg?« Sie beobachtete seine Augen, die sich er-innerten.

Er schüttelte halb den Kopf. »Auch keinen Streit wegen der Jungs. War klar, dass sie bei ihr bleiben. Ich habe gerech-net, was unsere Anwälte verdienen würden, zumindest ihrer. Wir haben uns geeinigt. Mit einem Scheidungsmediator, den Lisa vorgeschlagen hat.« Matthias' Stirn in Falten. »Konfliktlöser. Konsensual. Für alle zugleich das Beste wol-len. Und alle haben sich dann lieb. Für uns Anwälte war das ein Haufen selbst ernannter Psychoberater.« Seine Stimme hatte sich gehoben, aber er schien mehr sich als die erwähn-ten Mediatoren zu ironisieren. »Und uns auch noch Arbeit und Kohle wegnehmen.« Er hustete, trank einen Schluck. »Immerhin: Wir haben uns halbwegs friedlich getrennt. Lisa bekam bald eine neue Stelle, in Mannheim.«

Die Nachbartische füllten sich, Mobiltelefone, Geläch-ter, der Geräuschpegel unter den Kastanienbäumen stieg.

»Es hat mir den Teppich unter den Füßen …« Er strich sich über das Kinn, entfernte sich.

»Klassische Läuterung?« Sie fischte ein Eisstück aus ihrem Glas, bemühte sich um eine neutrale Stimme.

»Hm. Ich habe jedenfalls selbst eine Mediationsausbil-dung angefangen. Wurde langsam auch bei uns Anwälten akzeptiert.« Sie schaute auf seine Lippen, konnte der von Trompete und Schlagzeug überlagerten Stimme nicht ent-nehmen, ob auch bei ihm Ironie mitschwang. Er drehte sein Weinglas, hob es, stellte es wieder hin, tastete nach den Zigaretten in seiner Hemdtasche, zündete eine an, fragte erst dann: »Du auch?«

Sie wehrte mit der Hand ab.

»Klingt anstrengend.« Sie schaukelte, die Beine überkreuzt, vermisste eine Rückenlehne. »Gib mir doch eine.«

»Entschuldige – was?«

»Zigarette.« Der Abend senkte sich durch die Baumkronen herab. Sie ließ den Rauch in Ringen aufsteigen, sah ihnen nach, schaute über die lauten Tischrunden in Feierabendlaune. »Wanderjahre, Anwaltskarriere«, sagte sie ironisch, schaukelte. »Aus der gescheiterten Ehe gehen zwei wohlgeratene Söhne hervor. Mister Perfect lernt seine Lektion und macht eine solide Zusatzausbildung daraus.«

»Ich hab' nie behauptet, dass ich perfekt bin!« Seine Stimme blieb ruhig, nur der Mund war schmaler geworden, Äderchen seitlich der Stirn waren angeschwollen, was die kleine Unregelmäßigkeit seines Gesichtes betonte. Er wurde auf leicht betrunkene Weise ernst, setzte seine rechteckige Brille auf, fixierte sie einen Moment, wich dann aus. »Geht's immer um Erfolg?«

»Auch. Und um … um Einfühlungsvermögen. Frauen fahren auf diese Mischung ab.«

»Das sagt die Technikerin?« Seine Züge entspannten sich etwas. »Erst mit dir empfinde ich mehr. Viel mehr.« Er beugte sich zu ihr.

Sie spürte, dass ihr die Farbe ins Gesicht schoss, nahm ihr Glas mit beiden Händen, neigte sich nach vorn, stützte die Ellbogen am Tisch ab.

»Oder bist du nicht zu kriegen?« Sein Tonfall wurde weich, seine Stimme ging im Gelächter einer Runde am Nachbartisch unter. Sie stellte das Glas ab, zog sein Gesicht mit den Fingerspitzen zu sich, er umfasste ihre Unterarme über dem Handgelenk, gerade als ihre Salate kamen, dann das Spargelrisotto. »Guten Appetit«, er lächelte, sie lächelte.

So war es am leichtesten. Kein Frage-Antwort-Spiel. Sie spürte, dass sie nicht ewig in der Rolle der Fragenden bleiben konnte.

»Ist nicht toll für mich. Egal, welche Probleme es gibt – du fliegst.«

Ein zu kurzes Wochenende in München etliche Monate später, 44 Stunden, aus der Abfolge ihrer Flüge gelöst. Samstagnacht war sie gelandet, hatte nicht umschalten können. Montagabend: Sie flog mit der Spätmaschine ab, suchte im Badezimmer ihre Utensilien zusammen. Sein Blick verfolgte sie. Ihre Streitigkeiten hatten begonnen, auf die Wohnung abzufärben. Nur das Schlafzimmer war davon noch unversehrt.

»Versteh mich doch! Dann findest du mich.«

»Du hast die Hand am Ruder. Ich soll dich treffen, wenn ich mich selbst aufgebe?« Er stieß sich vom Türrahmen ab.

»So ein Scheiß! Ich brauch Zeit ... Da oben ... gibt's verdammt noch mal keine Gabelung, wo steht, links zu dir abbiegen. Du...« Sie verheddderte sich in ihrer Antwort, der Ahnung, dass hinter der Frage immer neue lauerten. Oder dass er ihr bald gar keine mehr stellen würde.

»Weißt du, wo meine Sonnenbrille ist?«

»Erst behauptest du, dass ich dich irgendwann verlasse«, sagte er. »Du willst Sicherheit. Du kriegst sie. Und das setzt dich unter Druck.«

»Hörst du mir überhaupt zu? Meine Sonnenbrille!«

»Hör mir doch endlich zu.« Seine Lippen ein waagrechter Strich, zwischen den Augen eine starrsinnige Falte.

»Warum suchst du dir dann keine andere? Eine pflegeleichte. Oder eine intellektuelle Asiatin? Wenn du schon auf dünn stehst! Mit der Scheidungsmediation kriegst du jede Menge Frauen, die gerade wieder frisch am Markt sind.«

Er starrte sie an, ohne zu blinzeln. Sie spürte träge Wut aufsteigen, die sich sonst in Momenten entlud, wenn sie kämpften, er mit den Zähnen ihren Nacken markierte. Sie stellte sich vor, dass er sie zwang.

Sie löste sich aus der Blickverstrickung, stieß sich am Waschbecken an.

»Ich kann nur vermuten«, sagte er, hielt ihr das Brillenetui hin.

»Deine Scheißtheorien zu meinem Leben. Willst du mir meine Schwächen vorführen? Mich zerlegen und dann neu zusammensetzen? Mich umerziehen nach deinen verdammten Vorstellungen!« Die Worte lösten sich aus ihrem Magen, kaum aus dem Kopf.

»Ich spüre nur, was du nicht sehen willst. Du beschädigst dich. Und andere.«

»Warum mischt du dich in meine Vergangenheit? In mir schlummert verflucht noch mal nichts, das auf Erweckung wartet.« Sie griff nach dem Etui. »Warum willst du mich? Wenn ich so verkorkst bin?«

Ihr Streit fiel in die gewohnten Muster, Angriff, Abwehr, welche Choreografie hatte die Rollen so fix zugeteilt, warum sagte kein Regisseur, »Stopp, Klappe, das soll ein Lustspiel sein?«

Er sah sie an, ihre Haut dehnte sich für einen Moment zu ihm hin und verschloss sich. Ihre Zunge klebte am Gaumen. Sie sammelte ihre Sachen zusammen, ihre Gedanken. Sie hatte ihm im verdammten Echoraum zwischen seiner Wahrnehmung und der Wahrheit immer nur die Hälfte gesagt. Die nie gesagten Sätze pochten in ihr weiter.

Ausgesprochen wurde, was klar war. Das Cockpit war kompliziert, aber logisch aufgebaut. Es lenkte. Sensoren, Steuerungsgeräte, Daten, Überwachung; Fehleranzeigen waren wesentlich, um Mängel sofort zu beheben. Fehleinschätzungen waren nicht zu erwarten, Unklarheiten ein Zeichen getäuschter Wahrnehmung. Irrtum ausgeschlossen. Metallener Hohlraum, mit Technik gefüllt. Mein eigener Hohlraum. Ungefüllt.

»Warum willst du überhaupt noch mal Kinder? Ich bin keine gute Mutter.« Wochen später, beim Frühstück in seiner Wohnung. Immer kamen die schwierigen Themen in München raus.

»Hattest du das nicht schon? Mit deiner Ex? Aber vielleicht liebst du jetzt die Pilotin. Nicht mich.«

Er räusperte sich, sah sie an. Erregung stieg in ihr auf, löste die Starre, die sie kaum gespürt hatte. Körperliche Kommunikation brauchte keine Worte. An diesem Vormittag war sie der letzte Ausweg. Er drehte sie auf den Bauch, bedeckte sie, biss sie in den Nacken, hielt ihre Hände fest; sie war nass, bewegte nur ihren Hintern, zitterte, kam vor ihm, stieß ihn weg.

Das Wetterradar im Cockpit zog Zentimeter vor ihr monoton seine Kreise, zeigte gelbe, rote Gewitterechos, durchdrang sie mit Strahlung, nicht spürbar, nicht sonderlich gesund. Anas Krankheit. Kinder. Vielleicht würde sie keine bekommen können, und Matthias verließ sie. Du drehst dich im Kreis, dachte sie, ein angeschlagener Hubschrauber. Hast dich lange in der Luft gehalten; trotz *Nightmail*, trotz Taxi, in das du nicht hättest steigen sollen.

Nightmail. Sri Lanka. Elf Jahre her, sie als junge, abenteuerlustige Flugbegleiterin, alleine unterwegs in einem halb leeren Nachtzug aus dem Bürgerkriegsgebiet. Die betrunkene Bande Soldaten hatte sie erst lallend belästigt und dann in das dreckige, scheppernde Klo gedrängt, enger als jedes Boot. Abortgeruch, einer reißt ihr den Kopf an den Haaren nach hinten. Karussell, Worte, Fratzen, Alkoholgestank, sie hört sich nicht um Hilfe rufen. Rattern, Schläge der Zugschwellen in ihrem Bauch, sie spürt ihren Unterleib taub werden, *Bootshaus, dreizehn, vierzehn, fünfzehn,* sie zählt, dann hat sie keine Angst mehr, und im letzten Moment bricht einer, der halb draußen geblieben war, alles ab, weil er Schiss bekommt, oder Mitleid, oder weil jemand auftaucht.

Plötzlich sind sie weg, ihre Bluse aufgerissen, *einunddreißig, zweiunddreißig, Brombeerweg,* sie würgt, atmet wieder, stoßweise, sie wankt den Waggon entlang, greift nach ihrer Tasche, das schwache Licht flackert, öliger Schweiß, ratterndes Metall, Räder über Weichen kreischen in ihren Ohren, ihre Beine verheddern sich, sie stößt irgendwo an, sucht einen Platz, bibbert, findet eine dösende Familie, schaut niemanden an, starrt in die Dunkelheit, der Zug stoppt, jetzt holen sie dich raus, Insektenzirpen, Sirren ihrer Angst. An den Rahmen des kaputten Fensters peitschen Zweige, Lichter, Schatten huschen herein. Die Kälte der Angst weicht erst mit dem Ende der Nacht, als der Zug quietschend die Vororte von Colombo erreicht und ihr die erwachende Familie lächelnd eine weiße, weiche Süßspeise anbietet.

Das-passiert-dir-nie-wieder. Entschied sie. Dann zwei Jahre später in Mombasa, am Ende einer fünftägigen Flugbegleiter-Rotation. Sie hatte sich vom Rest der Crew abgesetzt und war erst mit einer Kollegin bis Malindi, dann allein zur Insel Lamu gefahren.

Blüten pendelten von Fenstersimsen und Durchgängen, Geruch von Zimtstangen, Hammelfleisch und Eselsmist hing in der staubigen Luft. Als der Abend aus den Hauseingängen in die engen Altstadtgassen fiel, klang der Kanon der Muezzins von Minarett zu Minarett fremd, aber nicht bedrohlich. Ihre Fantasie ließ sie den Schmutz vor ihren Füßen übersehen, die Fliegen, den Gestank von Fleisch und Latrine. Männer redeten sie in einschmeichelndem Flüsterton an, sie ging weiter. Die kholumrandeten Augenpaare der schwarz gekleideten Frauen richteten sich auf sie, ließen sie spüren, dass hinter den geschnitzten Türen, deren Metallbeschläge sie betastete, kein Platz für sie war.

Der Hafen am nächsten Vormittag war wie eine Arena, die Brandung das Echo ihrer Träume. Im Schatten eines Baumes, zwischen umgedrehten Booten mit aufgemalten Riesenaugen, um das Böse zu bannen, saß ein Mann in einem zerschlissenen Hemd und flickte mit ausholenden Handbewegungen ein Netz. Er sah auf, lud sie mit einer Geste ein, sich zu setzen. Sie spürte seinen Blick, der gewohnt war, in die Ferne zu schweifen. Oder es war nur Altersweitsichtigkeit, zu deren Korrektur ihm die Brille fehlte? Der ehemalige Seemann erklärte ihr die verschiedenen Netze, erzählte in brüchigem Englisch über seine omanischen Vorfahren, beschrieb imaginäre Linien.

Stadtluft macht frei, hatte es im Geschichtsunterricht geheißen. So empfand sie die Seeluft. Die Erde ist eine Scheibe, hatte man früher geglaubt. *Aber wenn du an den Rand kommst und hinunterkippst, fällst du in den Himmel. Die Hölle ist unter dir. Wo du herkommst. Die dich runterzieht, wenn du stehen bleibst.* Und ihr Leben hatte ohnehin kein Geländer.

Sie saß auf der Mole, stellte sich Reisen mit dem Monsun vor, während hinter ihr die Jungen beim Fußballspiel Geier aufscheuchten, die sich um Abfälle stritten. Über ihr segelten Möwen, stürzten Richtung Wellen, berührten sie im Tiefflug. Schiffsbäuche flappten, schmatzten am Wasser, Schnüre schlugen gegen Masten, Taue gegen Holz wie ein dumpfes Glockenspiel. Es roch nach Fisch, Tang, Öl, nach Aufbruch. Komm, komm, ächzten die Planken der Holzschiffe an der Kaimauer.

Irrfahrten des Odysseus, Heimkehr nach Ithaka. Abenteuer, Rache. Gab es solche Geschichten über Frauen? Eine Wartende wollte sie nicht sein. Der Mensch hisste Segel, bevor er Pferde sattelte. Auch Frauen konnten reiten – warum nicht segeln? Der Muezzin schlug ihr eine Klangbrücke zu den Büchern ihrer Jugend, mit denen sie als blinder Passagier zu Häfen mit melodiösen Namen gereist war, deren Klang eine einzige Verheißung, Annam, Beruwela, Calicut, genug für 1002 Nächte. Ich werde mich mit keiner Lacke weit weg vom Meer begnügen wie Papa, dachte sie damals in Wind und Pathos, Lockungen des Horizonts, von dem sie damals noch nicht wusste, dass er immer zurückweichen würde.

Bei der Rückkehr von ihrem Ausflug fand sie im Crewhotel in Mombasa einen Zettel im Schlüsselfach: »Letzter Abend! Wir sind im Bora-Bora. Kommst du?«

Sie fuhr in die Diskothek, kam nicht in die aufgedrehte Stimmung der gebräunten Kolleginnen und verließ die Tanzenden bald wieder. Im Taxi spürte sie beim Einsteigen Argwohn, zwei Typen drin. Sie verkapselte lächerliche Alarmzeichen, weg von der Küstenstraße. Sie hatte den Fluchtinstinkt eines Wildpferdes gehabt, doch der Habicht hatte sie im Stich gelassen, er war zu einem Geier mit einem Stück Beute in den Fängen geworden so wie das kaputte Boot des Seemanns von vorgestern zum Gerippe eines Savannentieres. Etwas Großes legt sich auf ihren Mund, kalte Hitze, ihr Schädel schlägt gegen eine blankliegende Feder des Rücksitzes, *Bootshaus, sechzehn, siebzehn*, zählen, »we'll kill you if you scream«, dann kein Soundtrack mehr, sie ist gewichtslos vor Angst. Nicht denken, *atme, atme, nichtsspüren, nichtdamalsnichtheute*.

In der dunklen Ewigkeit erscheint hoch oben ein Seiltänzer, ein Clown im Zirkus am Staffelsee, den sie als Zehnjährige durch einen Schlitz im Übungszelt drei Nachmittage lang beäugt hatte. Rote Haare, er tanzt in Zeitlupe, lässt auf Stäbchen Teller wie kleine UFOs kreisen, winkt sie zu sich herauf, malt ihr den Mund blau an. Sie atmet, versucht, sich einen anderen Geruch herbeizudenken, ein blinder Elefant macht einen traurigen Knicks, der lachende Clown ist vor Langem schon gefallen, ist jetzt ein gelähmter Akrobat, er balanciert mit mehligem Gesicht auf seinen Krücken, kotzt.

Dann ist der zweite über ihr, sie stellt ihren Körper tot, spürt wieder die blankliegende Feder, denkt, sie sollte ihm sagen, sie ein Stück wegzurücken, denkt, wie absurd, taucht durch den dumpfen Atem, *achtunddreißig, neununddreißig,* ein geschwollener Adamsapfel, abgehackte Puste Schnauben Keuchen, *Bootshaus,* der Geruch übersteigt sie, sie springt durch den brennenden Reifen eines Dompteurs, sieht sich jetzt von oben, hat keinen Körper.

Sie war stolz gewesen, nicht geschrien, nicht gekotzt, nicht einmal geheult zu haben; nur schweißblind. Vom Schrei verlassen, wie damals, nach dem Bootshaus. Ohne Tränen war es keine Demütigung. Sieghaft scheitern, wie ein Clown.

Sie war ausgespien in die Nacht. Der Schrei hatte sich in ihren Bauch verkrochen, *sechzig, einundsechzig,* war mit der Wurzelwelt des Brombeerwegs verwachsen. Was im Bootshaus passiert war, konnte sie nicht im Gedächtnis behalten. Und dann noch die Konsequenz, an die sie nicht gedacht hatte, auch nicht, als ihre Regel ausblieb. Sie hatte mit niemandem darüber geredet, war allein in ein Haus mit einem pulsierenden Korridor gegangen, hatte sich am Stuhl wieder von oben gesehen, eine Fremde. Ein verfluchter Stummfilm der Ohnmacht. Weg. Aus dem Körper, zurück ins Schweigen, in das sich immer wieder Stimmen einnisten wollten. Der Imker vom See hatte sein Reich ausgedehnt.

Nach der Mombasa-Nacht war sie etliche Wochen nicht nach Hause gefahren, um nicht loszuheulen. Sie hatte niemandem davon erzählt, genauso wenig wie vom *Nightmail.* Jedes Wort hätte sie neu aufgerissen. Sie schob selbst die Gedanken weg, die waren nicht zu kontrollieren. Sie gehörte nicht mehr zu Robert, hatte auch ihr Lächeln noch nicht wieder.

Weitere Mombasa-Rotationen lehnte sie ab, wie zuvor Colombo. Beides ging leicht, die Destinationen waren

bei Kolleginnen beliebt. Sie bekam als Mitglied einer teil-
stationären Flugbegleitercrew bald für mehrere Wochen
die Einsatzbasis Bangkok, dann Phuket, wo routinemäßig
Besatzungswechsel stattfanden. Sie flog Kurzstrecken nach
Hong Kong, Denpasar, erzählte nie von Mombasa. Keine
Narbe, kein Aids, sie war nicht vergewaltigt, nur in die Ei-
senfeder eines Rücksitzes gedrückt worden.

Sie wischte den Schweiß aus den Augen, blinzelte in die
Wolken über der Ebene von Sigiriya.

Die wenigen Fotos, die Kollegen von ihr in der letzten
Zeit gemacht hatten, zeigten ein blasses Gesicht, unter-
laufene Augen, die graugrün durch den Betrachter durch-
zublicken schienen, die Wimpern fast farblos, was ihren
Blick noch ungeschützter erscheinen ließ. Das Kinn noch
schmaler als sonst, die Lippen angespannt.

Die weiblichsten Momentaufnahmen, die es von ihr gab,
hatte Matthias gemacht, beim letzten Neujahrsurlaub. Erst
besuchte sie ihn in München, sie waren in eine Ausstellung
gegangen, blaue Tupfer, hingetuschte Kuben, ihre Schwerkraft in flirrendem Licht aufgehoben, ein paar fast weiße
Bilder, alle Vergangenheit weggewischt. Matthias küsst sie
in einem Nebenraum, mit Händen, Knien, sie nehmen ein
Taxi zu ihm. Oben, unten geraten durcheinander, ohne
dass sie Beschleunigung oder Manöver kontrollieren muss.
Am nächsten Abend Jazz in der »Unterfahrt«, der Pianist
breitet die Ellenbogen aus wie Flügel, wenn er Töne in
den Raum entlässt. Silvester bei Matthias' Freunden, sie
fühlt sich als Vorzeigeobjekt seiner Eitelkeit. Sie trifft eine
Freundin von früher, »du siehst unverschämt gut aus«.
Dann flogen sie nach Indonesien.

Bei der Rückkehr nach achtzehn Stunden Flug waren sie
hundemüde. Noch ein Abend und eine Nacht und ein halber Januartag. Sie wollten beide in der Reise und Fremde
bleiben, schlugen sich in ihre Winterjacken, gingen durch

frisch gefallenen Schnee in das levantinische Lokal, wo sie sich ein Jahr zuvor wieder begegnet waren.

»Wenn das Pech uns trennt – würdest du wieder hierherkommen? Mit jemand anderem?«

Ihre Schläfen klopften. War es der Wein, der ihn so einen Quatsch fragen ließ, die Müdigkeit? Das Licht der Kerze am Tisch spiegelte sich in Ölresten auf ihrem Teller. Schicksal. Gab es nicht. Ihre Entscheidungen, seine. War er früher hier gewesen? Mit seiner Frau? Ein Anflug von Schläfrigkeit legte sich auf ihre Lider.

»Würdest du?«

Eine kehlige Frauenstimme sang eine kurdische Wehklage.

»Warum nicht? Das Leben geht weiter.« Sie schaute durch Eisblumen im Fenster, beobachtete die silbrigen Flockenfunken im Lichtkreis der Laternen auf der leeren Straße.

Die kurdische Stimme heulte, pausierte, fand in eine heisere Melodie, dann eine Ballade. Ihr Gespräch fiel zurück in den wiegenden Rhythmus von Müdigkeit und leichter Trunkenheit.

Sie traten in die schneehelle Nacht, stapften durch die fein gesiebten Kristalle. Sie bewarfen sich mit Schneebällen, die zerfielen, bevor sie trafen, nichts klebte. Eine Kante Schnee kippte lautlos von einem Dach. Nur ab und zu dampfte ein Auto. Weiße Schleier hüllten die Stadt in Stille. Sie streckte die Arme zur Seite, sie rannten durch weiße Atemwolken, rutschten, lachten, steckten ihre roten Hände wieder in die Jacken. Eine weiße Hülle bedeckte die Stadt, die Welt war ausgeschlossen, für diese Nacht. Sie ging später nie mehr durch diese Straßen.

In seiner Wohnung spürte sie perlende Schwere im Kopf. Sie zogen sich hastig gegenseitig aus, fielen mit geschmolzenem Schnee in den Haaren aufs Bett und übereinander her. Erschöpfung, keine zermürbenden Gedanken mehr, sie lieferte sich aus wie kaum zuvor, gehalten, geworfen, wo war er, sie, küss mich, bis es wehtut. Besessen, schutzlos, enthemmt durch den Abschied? Den Geruch seiner Haut, den Geschmack auf der Zunge nicht mehr vergessen.

Am nächsten Nachmittag war das Weiß bis auf schmutzige Reste Faulschnee vom Föhn gefressen. Er packte aus, sie redeten wenig. Sein geborgter Pullover wärmte nicht mehr wie am vorangegangenen Abend. In ihr steckte der Jetlag, die Glieder schmerzten vom Flug und von der Nacht. Am Flughafen war das Kunstlicht zu grell, als dass sie etwas von Bedeutung hätten sagen können. Um sie drehten sich die Läden, noble Klamotten, mobile Weltbürger, eine Polyfonie von Akzenten, Schemen. Betäubt und klarsichtig zugleich zog sie ihre Tasche durch die Abflughalle, seine Augen im Rücken, sie sah niemanden an. Es war ihr Reich, das sie sich erobert hatte und jetzt ferngesteuert durchlief. Sonst zog sie ihren Pilotenkoffer neben dem Kapitän her, die Cabin Crew folgte im Schlepptau. Unter Menschen, neben, zwischen, über ihnen, nie mit ihnen. Die Uniform war am Anfang ein zu groß geratener Anzug in der Welt neuer Möglichkeitsträume gewesen, später ein ganz brauchbares Lebenskostüm: zwei, dann drei goldene Streifen auf Marineblau, Epauletten eines Status, der ihr Schutz gewährte, sie nach außen auszeichnete und ihre Beklommenheit kaschierte.

Matthias. Zu früh in ihrem eben, zu spät, Gedanken wie im Karussell. Oma hatte sie, als sie noch Klärchen war, auf ein kitschiges Biedermeierding mit Pony und Schwan und Zebra setzen wollen, beim Volksfest am Staffelsee. Sie hatte sich geweigert. Ein anderes Karussell ein paar Schritte weiter hatte es ihr angetan, eines, das richtig abhob. Sie ließ nicht locker, bis Mama sie auf den Sitz mit der Kette hob, der für viel Ältere bestimmt war.

Dann war es losgegangen. Sie wurde herumgewirbelt, verwünschte ihren Entschluss einzusteigen, sah ein Stück

Himmel, raste wieder hinunter, noch eine Runde und noch eine, erst nach Ewigkeiten drehte das Karussell aus. Ihre Mama hob sie mit besorgter Miene vom Sitz, Oma schimpfte: »Was du dem Kind antust, ihm seinen Willen zu lassen!« Und Klarchen sagte, wie toll alles gewesen sei. Sie verweigerte die gesponnene rosa Zuckerwatte, schämte sich für die Heidenangst.

Bordkartenkontrolle, Ding-dong der Startanzeigen, früher ein Schnarren wie Zikaden in einer Tropennacht. »Last call«, sie ist von Ansagen eingehüllt, vom Widerhall ihrer jetzigen Identität, ohne Schwanken, aber auch ohne Platz für Traumfluchten, kein Ausgang für ihre herumirrenden Gedanken in den spiegelnden Gängen, kaum ein Blick, der sich verfängt, an den Türen kleine grüne Männchen, manchmal eine rote Flamme hinter ihnen: »Green woman running«, Exit, Exil, in der Fluchtbewegung erstarrt.

Fluchtwege sind nie ausgetretene Pfade. Verdammter Blödsinn. Sie war Pilotin. Die den Boden unter den Füßen verliert. Wie sollte sie jemandem da unten denn auf Augenhöhe begegnen, wenn sie so lange von oben runtergeschaut hatte.

Aber keine erzwungene Landung, verdammt.

Erst Gabrio aus dem Leben kriegen. Sie fühlte sich jetzt nicht zumutbar, nicht mal sich selbst.

»Deine Landung, nicht vergessen«, sagte Joaquin in ihre Geistesabwesenheit. *Notabstieg auf 10 000 Fuß einleiten, Kabinendruck aufbauen*; sie klappte das Ringbuch zu.

Landen, der gefährlichste Teil beim Fliegen. Viele dachten, nur weiches Aufsetzen ist eine gute Landung – bei nasser Piste und Seitenböen brandgefährlich. Die Passagiere ließen ihre Sicherheitsgurte klicken, klinkten sich in den Urlaub ein, während in der Kanzel Konzentration angesagt war. Hier war Platz für Gegenwart, vielleicht Zukunft, nicht Vergangenheit. Ihr durfte kein Fehler unterlaufen, sonst war es vorbei mit dem Kapitänskurs. Die Sinkflugplanung nicht verschlafen; ein unbekannter Flughafen mit kurzer Landebahn, eine enge Einflugschneise, über die Stadt durfte man nicht: Lärmschutz geplagter Anrainer. Neid, auch bei den Boys von der Flugsicherung. Die Lotsen hatten Ultrastress, saßen bei ewigen 20 Grad im Dunkel an der Monitorfront, waren überreizt, hatten einen ungewohnten Akzent. *Visual approach*, Sichtanflugverfahren bei schönem Wetter, aber die Bedingungen waren selten ideal. *Non-precision approach*, Instrumentenanflug ohne vertikale Führung in Puerto Plata oder Punta Cana. Nie waren andere Maschinen so nahe. Kreisen in Warteräumen, Turbulenzen in geringer Höhe. Geschwindigkeit, Höhe, Triebwerkswerte scannen, Seitenböen austarieren, stabilisieren, konzentrieren, im Regen; Schnee, im Bugscheinwerfer wie Konfetti, Lichtbündel, Lametta. Zusammenspiel von Technik, Geschick, Konzentration, Funktionieren auf allen Ebenen. Und doch gehörte ein nächtlicher Flughafen nach einem kontrollierten Glissando der Turbinen zu den verführerischsten Momenten des Fliegens, mit den roten, orange flimmernden Beleuchtungen der Landebahn, den bengalischen Lichtern am Rande einer wie ein Herz pulsierenden Stadt.

Sie war nach ihrem Indonesien-Urlaub mit Matthias zurück in Barcelona und hatte sich wieder im Griff. Ihre Regel kam drei Tage verspätet. Sie war erleichtert und enttäuscht. Das Dilemma von der Natur lösen lassen, von einer Fügung. An die sie längst nicht mehr glaubte. Die Cockpitgeräusche waren zum Soundtrack ihrer Tage geworden, weit vom Bootshaus, vom Staffelsee entfernt, und wahrer als Naturgeräusche. Sie koppelte ihr Denken an die Apparate, ihre Nerven waren da hineingewachsen.

Sie erzählte Gabrio nichts, hoffte, sich aus der Affäre zu ziehen. Es wurde ein Stellungskrieg. Er wusste von Matthias, argwöhnte mehr, als sie sagte. Es ging ihn nichts an, käute sie sich wieder wie ein Mantra. Sie hatte die Beziehung mit Gabrio schon ein Jahr zuvor beendet; eigentlich nie richtig begonnen. Sie lebte weiter mit ihm zusammen, teilte das Bett in zwei Reviere: zwei Drittel für ihn, der schlief wie ein asymmetrisch erstarrter Schwimmer, ein Drittel für sie. Im Hobbykeller eines gefeuerten Ex-Militärpiloten, das dieser zu einem Sim-Cockpit umfunktioniert hatte, lebte Gabrio Luftschlachten aus. Clara war einmal mitgegangen und nach Minuten angesichts der Geschwader-Großangriffe eines virtuellen Pazifikkriegs mit gegrölten Frontballaden geflüchtet. Zu Hause schaute er sich bis in die Nacht Präzisionsvideos von Drohnen-Bombardements in Syrien an. Das verschaffte ihr immerhin Atempausen. Was er nächtens sonst noch tat, war ihr jetzt egal, solange er sie in Ruhe ließ. Sie stand vor Morgengrauen auf, um seinen Angriffen zuvorzukommen.

Und dann kam das Angebot aus Madrid: die Boeing 777 statt der Bobby, der 737, in der alten Version von den Kollegen *fuel-to-noise-converter* oder Donnerschweinchen genannt. Sie packte ihre Sachen in zwei Taschen, legte ein Kuvert mit Scheinen für ausstehende Rechnungen auf Gabrios Arbeitstisch, checkte aus der gemeinsamen Wohnung in Barcelona aus wie aus einem Hotel.

Die Langstrecke war ein Aufstieg in der Hierarchie, Sprungbrett zum Kapitän, zum Kommando in einer fliegenden Kathedrale. Kein Machtgefühl, aber es gab ihr zumindest mehr Kontrolle. Die neue Basis Madrid-Barajas statt Barcelona-El Prat bedeutete auch, weg von Gabrio zu sein und mehr freie Zeit zwischen den langen Rotationen zu haben.

Große Maschine, große Distanzen. Große Illusion, kaum größerer Käfig. Erst kamen drei Wochen *Typerating*, die Grundausbildung für die neue Maschine in London, Simulatorchecks, danach zehn Tage Training in Dubai.

Ihre Zukunft rückte im Übermorgenland näher. Sie hatte nur kurzen Marmorbodenkontakt zwischen den Zeitzonen der Anzeigetafeln und den Alabasterspringbrunnen in der riesigen Passagiersortiermaschine. Ein glatt polierter Verschubbahnhof, meinte ein Kollege.

Die unterkühlte Wunderwelt, die in west-östlichem Stilgemisch ihre Prunksucht auslebte, war der Beginn eines klimatisierten Albtraumes, in dem sie die meiste Bodenzeit auf Flughäfen verbrachte. Alles war digitalisiert, mit elektronischen Türöffnern, Kontrollen. Es waren keine metaphysischen Orte mehr wie zu Beginn ihrer Linienfliegerei, trotz multikonfessioneller Gebetsräume, eher die schöne neue Welt eines fiktiven Parthenon, die Echoräume eines vernetzten Dranges, ihres eigenen.

Während eines Stopovers in Qatar machte sie ein paar Schritte vor die Glastür, fand sich inmitten einer Großbaustelle, die in der Hitze flirrte; vorne links wucherten Abfertigungshallen, Frachtterminals, horizontale Hochhäuser, rechts fließende Formen, futuristische Volieren mit Betonflair, Skelette mit der Illusion von Zuverlässigkeit. Dahinter erstreckte sich ein Niemandsland von Signaltafeln und Positionslichtern hinter Metallzäunen. Flughäfen waren für sie einst magische Orte gewesen.

Doch die Schwerkraft war nur scheinbar überwunden. Zurück in Madrid kam Druck von allen Seiten, von der Firma: Einteilung zum *Crew Ressource Management*, zum *Emergency and Safety Equipment Training*, dazwischen Anordnungen zu Flügen binnen zwei Stunden. Es gab keine Dienstpläne, wenig Information, kaum freie Tage. Gabrio machte Telefonterror, knackte das Passwort ihres E-Mail-Accounts, las Matthias' Post, tobte, drohte, sie zu vernichten.

Matthias schrieb: »Wo steckst du? Wann kommst du? Rede, sag wenigstens, was los ist.«

Sie drückte ihre aufsteigenden Schuldgefühle weg,

wehrte sich in Halbsätzen, erwähnte die unberechenbaren Flugpläne. Halbe Wahrheit war auch Wahrheit.

»Wann immer du zwei Tage freihast – komm! Ich bin da. *Ich* nehme mir Zeit!«

Statt zwei Tage nach München zu fliegen, fing sie sich eine Magengrippe ein, halluzinierte und kotzte in Madrid 16 Stunden am Stück.

»Nimm mal Kontakt mit der Flugkontrolle in Neufundland auf.«

Joaquins Stimme. Sie hielt das geschlossene Ringbuch noch immer in der Hand. Sie erreichte den Tower, driftete dann wieder ab.

Amelia Earhart hatte es geschafft, schon in den dreißiger Jahren als erste Frau alleine über den Atlantik, dann als erster Mensch über den Pazifik zu fliegen. Earhart hatte über den sichtbaren Horizont hinausgeschaut und war Claras Idol. Sie hatte alles über sie gelesen. Earhart hatte ihre »Lockheed Electra«; und einen Mann, der sie unterstützte bei der Verwirklichung ihres Lebenstraumes, oben, wo sich das Blau in Schwarz verlor.

Clara genoss die büschelförmigen Lichter an den Flügelspitzen und knapp vor ihr an der Schnauze des Flugzeugs. Hochfrequenzstrahlung überlagerte rauschend für Minuten den Funkverkehr, legte den Kontakt zur Zivilisation lahm. Winterliche Nordlichter auf der Nordroute in die USA zauberten Farbskulpturen, eine Sinfonie in einer schwimmenden Blase im Kosmos, hüllten sie in ein inneres Prickeln. Ein imaginäres, unformatiertes Reich hatte sich geöffnet. Dann kehrte wieder Ruhe ein, die Grenze zwischen ihr und der grönländischen Dämmerung war verwischt, sie ein Teil davon, in ungeschriebenen Nachtbüchern, bis sich von hinten erste Streifen um den Rand der Erde schoben, Schichten von Kirsch-, Papaya-, Orangen-, Zitronensaft, bevor sich die Sonne zögernd vom Horizont löste, während unten noch samtiges Dunkel lag. Momente wie körperliche Lust.

Aber selbst in diesen Nächten stieg in ihr nie das Gefühl auf, »das ist das Leben«. Die Nacht brachte ihr Trugbilder, Fantasiegebilde von Liebe ohne Worte. Saint-Exupérys Idee gefiel ihr in diesen Augenblicken, Liebe sei nicht, einander anzustarren, sondern in die gleiche Richtung zu schauen.

Insekten umschwirrten sie. Weit entfernt mahnte eine Glocke die Besucher von Sigiriya, in die Ebene abzusteigen. Sie stand auf, streckte sich. Die Felsen waren von Abendrot umflutet, während die Dämmerung lange Schatten auf die Ebene legte.

Nach dem Abendessen mit Reis und Curries in dem von der Tageshitze aufgeladenen, leeren Restaurant setzte sich der junge Hotelmanager zu ihr. Er fragte sie nach dem Woher-Wohin, ließ sich über die Niederlage der Tamilen-Rebellen aus, über Muslime, prophezeite Sigiriya dann gestenreich eine neue Zukunft, Lichtershows, Hundertschaften kostümierter Statisten. »Eine Flotte königlicher Boote wird durch Wassergärten fahren, darauf der unbeugsame Herrscher und seine Gespielinnen.« Der Manager ließ sich von seiner Begeisterung davontragen, wurde zum Traumhändler eines neuen Disneylands. Clara wollte zahlen.

»Sie sind heute mein Gast!«

»Nein, bitte!« Sie schaute auf die Seerosen im Becken neben dem Tisch.

»Doch, ich bestehe darauf! Und ich wohne im Haupthaus, am Ende des Ganges. Klopfen Sie, wenn Sie etwas brauchen.«

Sie sah ihn nicht an, war sich nicht sicher, ob in seinem Blick die Anzüglichkeit lag, die sie aus seiner Stimme nicht herausgehört hatte, und verabschiedete sich auf ihr Zimmer.

Schnarren, sie geht am nächtlichen Ufer des Wassergra-
bens, ein Floß mit einer Harfenspielerin gleitet neben ihr.
Mädchen lassen ihre Handgelenke kreisen, winden sich,
werden von nackten Männern gebunden. Die Männer win-
ken Clara zu, ihre Füße werden bleischwer, die Männer
haben statt Fackeln plötzlich Dolche in den Händen. Das
Floß treibt in die Nacht.

Das Weltall ist ein Kreis,
dessen Mittelpunkt überall, dessen Umfang nirgends ist.

BLAISE PASCAL

Himmel

Polonnaruwa, 27. April. Nach der Rückkehr aus Sigiriya
kurz vor Mittag hatte sie auf dem Markt einen Block gekauft, um ein Reisetagebuch zu beginnen, Ordnung in
das Panoptikum der Gedanken zu bringen. *Polonnaruwa,
27. April,* hatte sie auf die erste Seite geschrieben. Und *Gal
Vihara, lebender Stein.*

Sie hatte sich im Anblick der Figur verloren, war auch
wegen der Gewitterschwüle nicht weitergekommen. Sie
saß im Halbschatten eines Baumes, der jetzt, am Ende der
Trockenzeit, kaum mehr Blätter trug. Der Buddha von Gal
Vihara war der wesenhafteste, den sie je gesehen hatte, aus
dem Fels geschält, ausdrucksstark, androgyn; kein furcht-
erregendes Götterbild, kein unhaltbares Versprechen wie
die Heiligenbilder ihrer Großmutter.

Ihr T-Shirt klebte am Rücken. Ein Windstoß wirbelte ihr
die Haare ins Gesicht. Tropfen sprengten kleine Krater in
den Staub, ließen den alten Geruch von Regen nach langer Trockenheit aufsteigen, erinnerte sie an die Sommer-
gewitter am Staffelsee, wenn Tropfen auf der Holzveranda
zerplatzt waren, der Regen Abkühlung brachte und den
Sommer unterbrach. Nach ein paar Tagen Schlechtwetter
vergoldete die Morgensonne taufeuchte Halme und Spinnweben. Der Sommer bäumte sich noch einmal auf, aber die
Tage wurden unumkehrbar kürzer, Herbstgeruch lauerte
zuerst am Waldrand, beim Imker, bald auch am Frühabend

87

um das Haus. Sie war wieder in der Schule, bevor die ersten
Drachen stiegen.

Der Monsunvorbote öffnete alle Schleusen, prasselte
durch das dünne Blätterdach. Es war erst vier Uhr und
fast finster. Sie zog die Turnschuhe aus, presste Schlamm
durch die Zehen. Kindheitsempfindungen stiegen mit den
schmatzenden Lauten auf, Waten durch den Uferschlick
am Staffelsee.

Sie begann zu frieren, sah kaum mehr drei Schritte weit,
fand schließlich ein paar Buden, in die sich die Verkäufer
von Sarongs und nachgemachten Buddhas, denen der Zau-
ber der Vorbilder fehlte, geflüchtet hatten. Ihr Haar klebte
am Kopf. Kälte drang durch das klatschnasse T-Shirt. Sie
watete durch knöchel-, dann knietiefes Wasser zurück zum
State Resthouse am Polonnaruwa-See, schälte sich aus den
feuchten Hosen, rubbelte sich mit einem dünnen, löchrigen Handtuch trocken. Dann war der Wolkenbruch so ab-
rupt vorbei, wie er gekommen war. Sie zog ihren einzigen
Pullover an und setzte sich vor die quietschende Tür auf
einen Metallstuhl direkt am Seeufer. Ein paar Flughunde
ließen sich in einem Baum nieder. Letzter Regen tröpfelte
von den Palmen. Sie schaute auf den Klappspiegel aus Himmel und Wasser. Am westlichen Horizont wich das Grau
der Wolkendecke noch einmal Streifen aus Rot und Lila,
die auf das Wasser sickerten, mit Pinselstrichen in die Stille
getuscht. Eine aufkommende Abendbrise flocht Strähnen
in die glatte Oberfläche, verhundertfachte das Spiegelbild
des entfernten Ufers, löste das Bild auf.

Ein Haus am Wasser. Mehrere Monate hatte sie gezau-
dert, zwischen Spanien und München, Matthias und Fliegen, sie war ohne Wohnung, nachdem sie sich Gabrio ent-
zogen und von Barcelona nach Madrid gerettet hatte, mit
der Euphorie über ihren Platz in der 777. Sie beauftragte
keine Agentur, fragte kaum herum. Wozu brauchte sie

eine eigene Wohnung, sie war ohnehin 24 von 30 Tagen auf Langstreckenrotationen, in Madrid meist bei einer Freundin, entweder bei Berta, einer neuen Kollegin vom Bodenpersonal, oder bei Simona, die sich fast zeitgleich nach Madrid versetzen hatte lassen: auch sie auf der Flucht vor einem übergeschnappten Ex, der sich nicht abschütteln ließ. »Und von Madrid aus kriege ich leicht ein Ticket für ein spontanes Wochenende in der Karibik.«

Die Hälfte von Claras Sachen war noch bei Gabrio. Sie hob nicht ab, wenn er anrief, »sie haben elf neue Nachrichten«, dann stand er am Madrider Flughafen vor dem Firmenoffice. Ihre Dienstpläne waren kein Geheimnis.

»Ich will mit dir reden!«

»Gibt nichts zu besprechen.«

»Du fährst zweigleisig! Wenn ich deinen Scheißlover erwische!«

Sie atmete nicht, spürte nur ihre Mundwinkel zucken.

»Wo wohnst du?«

»Das geht dich nichts an!«

Sie gingen in die Crewcafeteria. Auf Gabrios Stirn pochte ein Ypsilon aus geblähten Adern. In ihren Händen zitterte die Kaffeetasse. Ihre Augen prüften, ob Kollegen sie sahen. Gabrios herrische Gesten, seine Hartnäckigkeit bannten sie. Ein Schwein, dachte sie einen Moment. Ein intelligentes. Starkes. Er blieb bis zum nächsten Tag.

Mit Matthias hatte sie neuen Erklärungskrampf, mit den Kollegen Konkurrenz. Gegenüber dem Personalchef, nach dessen unsichtbarer Pfeife alle tanzten, blieb sie freundlich und drehte Warteschleifen im Kopf, wann sie endlich auf die Kapitänsanwärterliste kommen würde. Bei den privaten Airlines galten traditionelle Beförderungssysteme nach Dienstalter nicht mehr. Außerdem hatte die Firma keine pensionsreifen Kapitäne, die jungen Copiloten Platz machten. Nur wenn die Fluglinie expandierte, gab es Chancen, für die Anpassungsfähigen.

»In einem Jahr. Bewähre dich auf der 777, Frau Kollegin.«
Konzentrier dich darauf.

Auf ihre Ambition, die mehr war als das Fernweh ihrer
Kindheit. Die unausgesprochenen Träume ihres Vaters,
seine Segelboot-Samstage am Starnberger See, wo nie Wel-
lenkraft aufgekommen war? Es gab keinen salzigen Horizont, nur eine in Öl gemalte Hafenfantasie in seinem kleinen Arbeitszimmer, darunter auf dem Schreibtisch eine
Yacht in einer Flasche, von der nur Clara verstand, welche
Kraft von ihr ausging. Manchmal lebten in Claras Kopf und
Bauch und Armen die Fantasiereisen mit Vera noch auf,
als im elterlichen Wohnzimmer die Teppichmuster Ozeane
und Inseln gewesen und sie mit Stoffstücken als Schiffen
in heiteren Namenskaskaden an Sehnsuchtsküsten ent-
langgesegelt waren, nach Calicut und Cochin, nach Kota
Kinabalu und zu den Zauberinseln. Malaiische Prinzen
existierten keine mehr, aber die Niemandsinseln Bonin,
Babeldaob, Bi-ki-ni und Bougainville gab es noch immer,
Pitcairn und Pucapuca, manche Inseln, die seit den Boun-
ty-Meuterern vielleicht niemand mehr besucht hatte.

Zwölf war sie gewesen, als Papa sie an einem Septem-
bernachmittag zu einer Flugshow mitgenommen hatte.
Es musste ein Samstag gewesen sein, Sonntag gehörte der
Familie, Oma. Doppeldecker veranstalteten über Blasmusik und Bratwurstdunst ein Feuerwerk akrobatischer
Kunststücke. Ältere Herren mit vielen Streifen auf den
Ärmeln marineblauer Jacken, mit goldumrandeten Son-
nenbrillen und ledernen Pilotenmützen bestiegen knat-
ternde Riesenvögel. Alle Männer waren anders als Papa,
entschlossener. Die Fantasiemaschinen verausgabten sich
zwei Stunden. Sogar Papa fasste Clara immer wieder auf-
geregt beim Arm, umklammerte dann das Absperrgitter.
»Etwas laut. Aber sonst wie Segelboote«, sagte er. Viel schö-
ner, dachte sie.

Die Anziehung der Ferne hatte während ihrer Flugbeglei-
ter-Rotationen in Sydney Tiefe und Klang bekommen. Die
Stadt pulsierte am Hafen, es gab sogar ein Opernhaus mit
Segeln, einen kulturellen Schoner, der, so fand Clara, Besucher wie Bewohner daran erinnerte, dass sie immer auf
Reisen waren. Häfen, auch Flughäfen, bedeuteten Aufbruch, nicht Ankommen. Das Bariton-Tuten der Schiffs-
hörner, das Kreischen von Möwen am Tag, das Fiepen der
Fledermäuse an den Abenden, eine Einschiffung zur Nacht
ließen in ihr Bilder aufsteigen, die sich einnisteten, auch
wenn sie später brüchig werden wollten.

Besser Rast- als Ratlosigkeit. Solange noch Schiffe fuhren, würde sie ihrem Geist keine Grenze setzen lassen. Segeln konnte sie seit den Kindheitssommern am Staffelsee.
Steuern würde sie lernen; die Vergangenheit im Heckwas-
ser sehen. Der Himmel war der Raum für die hellsten ihrer
Träume, und Fliegen die konsequente Verwirklichung.

Der letzte Lichtstreif über dem Polonnaruwa-See ver-
glomm, als die Neonleuchten des Resthouse angingen und
sie mit weißer Kälte aus ihren Gedanken holten. Sie war
hungrig geworden.

Die Chapatis waren pappig, der Reis zerkocht, die Curries
fade und so kalt, wie es die Schwüle zuließ. Das Essen im
stickigen Speisesaal des Resthouse war schal. Bei Tisch
las sie über einen erschöpften Arzt, der hier, in Polonnaruwa, während des Bürgerkrieges monatelang Minen-
opfer operiert hatte, ohne Strom, ohne Narkose, und daneben noch Kindern ans Licht der Welt half. »Alles, was er
sich wünschte, betraf andere.« Dieser Satz aus dem Buch,
der ihr so fremd war, umkreiste Clara. Jahrelang hatte sie
nichts anderes als Handbücher gelesen, Fachmagazine, die
im Office herumlagen, in ihrer Wohnung, am Boden, im
Klo. Es war seit Langem das erste Buch, das sie fesselte.

»Haben Sie etwas aus Sri Lanka?«, hatte sie den Händler vor drei Tagen unter dem ratternden Ventilator im Buchladen in Kandy gefragt.

»Nicolas Bouvier? Seine Fieberreise?«

Sie schüttelte den Kopf.

»Wie wäre es mit *Anils Geist*? Von Ondaatje? Der stammt aus Colombo.« Sie hatte halb genickt. »Die Geschichte spielt auf der Insel.«

Eine Gerichtsmedizinerin ging im Auftrag einer internationalen Menschenrechtsorganisation dem Schicksal eines Bürgerkriegstoten nach. Sie lebte mit Gewalt und von ihr. Wem konnte all die Wahrheit nützen, die ans Licht kam? Den Toten? In der Kindheit hatten Bücher eine überschaubare Welt erklärt, selbst die Göttersagen.

Clara hatte selbst nur einmal ein stinknormales Leben probiert, nachdem ihr Pubertätsmarotten, wie Zirkusartistin am Hochseil zu werden oder auf einer Ölplattform anzuheuern, ausgetrieben worden waren. Die ungewöhnlichen Mädchenträume hatten ihren Zweck erfüllt, ihr bei den Mitschülern Respekt verschafft, sie blieben ein Atlantis ihrer Fantasiewelt.

Die Schule war eine halbwegs sichere Insel gewesen, abgesehen von den Pausenspottkommandos im undankbarsten Mädchenalter. Freiraum hatte sie sich in ihren Fantasiereisen verschafft. Schon in der Grundschule suchte sie sich einen Platz in der vorletzten Reihe, meist am Fenster. Vögel vollführten da draußen Kunststücke, als das Schulgebäude den Hof schon mit Schatten belegte, nur die obersten Zweige noch beschienen waren und Ahornsamen in Spiralen zu Boden schaukelten. Dann fielen die Singvögel, die kleinen Fluchthelfer ihrer Träume, aus den Kronen, machten sich dorthin auf, wo die Sonne überwinterte, nahmen die Farben mit. Zurück blieb aschgraues Taubengeflatter. Sie dachte sich in eine fliegende Haut, hob mit einem Comichelden ab, der mit seiner Rakete durch

die Wolken stieß. Als sie an den Schmuddeltagen die Landschaft in Regenstreifen durch das Fenster sah, stellte sie
sich die Schule von oben vor. Der Herbst nach dem Boots-
haussommer. Sie schloss die Augen, drückte auf die Lider,
sah flirrende Dreiecke, ihr wurde schwindlig. Im Hof saß
ein letzter Vogel, den Schnabel geschlossen, kein Ton zu
hören.

Bei manchen Lehrern konnte sie unauffällig lesen, Jules
Verne, Stanley, Lindbergh. Später dann Amelia Earhart, die
Weltumfliegerin, ihr letzter Flug in den Pazifik.

Mit einem Ohr folgte Clara dem Unterricht, baute das
Gehörte in die Lektionen ein, die sie schon durchgelesen
hatte. Wenn ein Lehrer glaubte, sie ertappt zu haben, prä-
sentierte sie leise eine richtige Antwort.

»Du redest so wenig. Und schreibst so gute Aufsätze.«

Das war ihr nicht bewusst gewesen. Sie schrieb vom
Meer, wo sie als Kind kaum gewesen war, erweiterte wohl
Papas Träume, schrieb von Unterwasserwelten, Seeunge-
heuern, sagenhaften Vögeln. Die Lehrer mochten sie, auch
wenn sie mit ihren klaren, fast durchsichtigen grau-grünen
Augen schwer einzuordnen war, mit ihrer außergewöhn-
lichen Art, sich zu kleiden: weite Khakihosen und Papas
abgelegte Hemden, schwarze Rollkragenpullover, als ihre
Mitschülerinnen Miniröcke trugen und sie kurzzeitig beschloss, eine tragische Figur zu werden. Sie probierte Rollen, ohne dazugehören zu wollen, fiel dabei nicht unangenehm auf.

Sie war zu einer respektierten Einzelgängerin geworden.
Die Außenseiterrolle verschaffte ihr Bewegungsfreiheit.
Benimmregeln hatte sie rasch durchschaut. Darauf konnte
sie im Notfall zurückgreifen. Beim Gleitschirmfliegen
brauchte sie nur manuelle Geschicklichkeit und hatte alles
unter Kontrolle.

Karin war viele Jahre ihre beinahe einzige, in jedem Fall
engste Freundin. Umgekehrt nicht. Karin hatte wechselnde

beste Freundinnen, später Jugendlieben. Clara hatte keinen Exklusivitätsanspruch, wollte ohnehin nur sich selbst gehören und nicht über andere definiert werden. Niemand sollte von ihr Besitz ergreifen können.

Vor dem Abitur träumte sie von Australien, sie wollte Meeresbiologie studieren, dann schrieb sie sich für Mathe und Physik ein, obwohl ihr mit ihrem Notendurchschnitt alles offenstand. Mit Textarbeit, Schwafeleien hatte sie nichts mehr im Sinn. Naturwissenschaften basierten auf Messbarem.

Sie wollte nach Freiburg oder Heidelberg und ging mit Robert nach Stuttgart, wo er herstammte. Weg von zu Hause, wo sich ihr Vater, der lange an der Familie vorbeigelebt hatte, nach Mamas Sterben mit einer Aura melancholischer Unnahbarkeit umgab und in ein Schweigen abglitt, das er bis zu seinem Tod sechs Jahre später kaum mehr brach. Er verharrte zwischen seinen schiefen Wälzertürmen, Inseln in dem trüben Meer seines Gedächtnisschwunds. Zwischen Segelboot-Bauplänen und der Yacht in der Flasche erschien er ihr als gestrandeter Kapitän. Er veränderte nichts mehr in der Wohnung. Eine Bekannte kümmerte sich um seine Wäsche, mehr ließ er lange nicht zu. In der Ecke des Zimmers stand immer noch ein Koffer, halb gepackt mit einer abgestoßenen Arbeitshose, gestopften Socken, Hemden, auch dann noch, als zwischen seinem Hals und dem Kragen seiner letzten Hemden längst drei Finger Platz hatten. Clara suchte seinen gelben Blick, der hartnäckig einem Buch zugewandt war, wo er seit Minuten an einer Seite festklebte.

»Fährst du weg, Papa? Mit dem alten Zeug?«

Auf ihre Frage hin sah er sie seltsam an, murmelte »ja, nein«, ein andermal »neue nehmen sie mir weg, nehmen sie mir weg«.

Sie spürte ihren Kopf nicken, bemerkte, wie klein Papa jetzt war. Er sah etwas, was sie nicht sah, und er sagte nichts mehr. Eine ihr fremde Geschichte breitete sich in ihm aus, und selbst die wurde von seiner zunehmenden Vergesslichkeit unterspült. Er klammerte sich an sein Wasserglas, schien immer leichter zu werden, verharrte stumm über den Folianten und verschloss seine Schwere in sich, gab sie jenseits aller Worte weiter. Clara suchte Halt in seinem Blick und sah nur mehr Reste von Zerfahrenheit statt wie früher die Hand über seinen Augen am Boot. Vera begleitete ihn zum Arzt, bis er auch das verweigerte. Sie war nun für Papa eine Art Mutter, die er vielleicht nie gehabt hatte, zumindest war sie im Familiengeschweige kaum vorgekommen. Hätte er je der Vater sein können, den sie sich oft erträumt hatte? Selbstsicherer, präsenter, klarer? Der nicht bei seinen Geistern lebte?

Clara drückte sich vor der Bürde, wusste, dass ihre Besorgnis keine Verantwortung war, die Vera ohne große Diskussionen übernahm. Sie kümmerte sich auch um das Finanzielle, noch war genug da, auch um eine Betreuung zu entlohnen, als sie es allein nicht mehr schaffte und er zu schwach für Verweigerung geworden war. Nach den seltenen Besuchen in jenen letzten Wintermonaten fühlte Clara für Tage Nebel in ihrem Kopf und in den Lungen; obwohl er sie nicht an sich zog, zuletzt mehrmals sagte, flieg, mein Kind, ja, flieg, war sie halb erstickt von dem, was er nicht sagte. Das einstige Elternhaus war plötzlich eng, wie eine zu klein gewordene Bluse. Selbst Veras zittrige Wärme war nicht tröstlich. Am Abend ging ihr Flug.

In Stuttgart hatte sie mit Robert in einer kleinen Wohnung gelebt, die seinen Eltern gehörte. Mit Nachhilfeunterricht verdiente sie etwas dazu. Eigentlich hatte sie in einer Kneipe arbeiten wollen, aber man traute ihr weder schwere Tabletts noch Betrunkene zu.

Nach dem Abschluss und dem Gleitschirm-Schreck mit Paul machte sie einen Versuch als Referendarin an einem

Stuttgarter Gymnasium, mit rotzigen Jungs, deren Frechheiten sie erröten ließen und die sie um die Balgereien, um ihre Körperlichkeit beneidete. Die Schulglocke schmerzte in ihren Ohren, die Sackgasse der Verbeamtung war ein Gräuel: die Welt nur durchs Fenster zu sehen. Sie erinnerte sich, wie sie als Kind fantasiert hatte, das welke Blätterwerk der Bäume verwandle sich in Gefieder, um dann wie Vögel wegzufliegen.

Sie bewarb sich für einen Master of Science nach Australien, am Meer, weit weg. Im Handumdrehen hatte sie die Zusage in der Tasche. Dann las sie die Annonce in der Zeitung: »Flugbegleiterinnen gesucht«. Sie meldete sich spontan – und wurde genommen.

»Das ist was für Halbgebildete! Gescheiterte Models. Du hast fertigstudiert.« Ihre wenigen Freunde verstanden sie nicht. Robert hoffte wohl, es sei besser, sie würde Stewardess, da wäre sie wenigstens immer wieder da, als sie ginge ein Jahr nach Australien, gar zwei. Vera kommentierte ihre Entscheidung nicht. Sie kannte die Extravaganzen ihrer Schwester, wusste, dass sie ernst zu nehmen waren.

»Wo soll das hinführen?«, fragte sie nur.

»In den Himmel.«

»Du lieber Himmel.«

Zum Krieg zu schwach, kann ich nicht Frieden finden,
ich fürcht' und hoffe, frier' und glüh' im Brande,
zum Himmel flieg ich, schmacht im Erdenlande,
Nichts haltend, möcht' ich doch die Welt umwinden.

FRANCESCO PETRARCA

Wassermann

Nachdem Claras Flugbegleiterinnen-Laufbahn über Nacht begonnen hatte, teilte sie mit Farin und Brigitte im Münchner Stadtteil Haidhausen eine Hinterhofabsteige, in der selten alle gleichzeitig zu Hause waren. Brigitte, eine Kollegin, verbrachte ihre München-Nächte vorwiegend bei ihrem Freund, und auch Clara war zwischen Sydney und Stuttgart immer nur ein, zwei Nächte in München. Farin war eine üppige, Männer wie Frauen betörende Kombination aus persischer Sinnlichkeit und europäischer Direktheit: der Gegensatz von Claras leiser Schmächtigkeit. Dass sie beide vor mindestens zwei Tassen Kaffee am Morgen schwer ansprechbar waren, war eine ihrer wenigen Gemeinsamkeiten.

Farins schwarzer Wuschelkopf kam aus dem Schlafzimmer, verwischte Kajalspuren unter den Augen. Nicht abgeschminkt, ein verräterisches Zeichen für einen Neuen.

Clara zog die Brauen hoch. »Liegt er noch im Bett?«

»Frag später. Erst ein Kaffee.«

»Wie hältst du das bloß aus – zweimal die Woche ein anderer?«

»Im Gegensatz zu dir leb ich, du ätherisches G'schöpf.«

Farin hatte eine Münchner Mutter und einen iranischen Vater, theatralische Gestik, große Freizügigkeit, bayrischer Dialekt. »Wia soll i wissen, wer der Richtige is, wann i's net ausprobier?«

»Mit Fesselspielen?«

»Kinderl! Net alle Männer taugen! Meistens is' ja soo viel harmloser.« Farin kicherte.

»Ich hab auch Sex.«

»Ja, klar, Kloane. Alle paar Wochen für zwoa Tag, so si der Herr Robert grad einmal net den Forellen widmet. Du bist selber oane: net zum fassn. Oder führst oa geheimes Doppelleben?«

Clara schützte sich vor Farins spitzer Zunge hinter ihrem Lächeln.

»Zwilling! Mit Wassermann-Aszendent! Nur Luft! Und no' dazu fliagst. So wirst' nie landen. Du brauchst oan, der di da obaholt. Wirst ja nicht glei auf ewig festg'nagelt. Lass di aufischiaßn.«

Clara musste lachen, aber wozu landen? Einen finden, der mit ihr abhob, einen, der selbstbewusst war, nicht abhängig.

Farin hatte eine Dose teuren Reispuders geöffnet, »von oan französischen Apotheker g'mixt«! Ihre Hand zitterte, die Aludose fiel auf den Tisch, der Puder lag da wie verschütteter Staubzucker. Mit zwei Blättern Papier schoben sie ihn zusammen, lachten Tränen, »wenn uns wer sehn kennt! Als warat's Koks!«

Clara war von Anfang an auf der Langstrecke eingesetzt, erst auf langen Rotationen, dann, nach Mombasa, jeweils sechs Wochen mit Basis in Phuket oder Bangkok; dazwischen Jamaika, Puerto Plata, nur ein paar Tage Heimaturlaub. Wenn sie mehr als einen freien Tag hatte, fuhr sie nach Stuttgart, weil der phlegmatische Robert nicht nach München kommen wollte, geschweige denn nach Ceylon oder Thailand. Er war ihr erster Freund gewesen, der Einzige, der sich für die damals sechzehnjährige Bohnenstange interessierte. Mit Paul war sie mit Ausnahme der einen Nacht am Gardasee nur geflogen. Ihr Körper hatte seine Kanten nur zaghaft gerundet, ihre Brüste waren lange kaum wahrnehmbar geblieben, was sie geschickt unter Papas abgelegten Hemden versteckte. Als weigerte sich ihr Körper, sich zu entwickeln. »Du bist schön. Und lässt es niemanden wissen«, sagte Robert. Neun Jahre waren sie zusammen.

Seine Gelassenheit hatte ihr Raum gegeben, sie aber auch Jahre hindurch geärgert. Erwartungsvoll kam sie an einem Septembersamstag von einer Rotation nach Stuttgart, doch er war den ganzen Tag angeln. Sie schwang sich auf ihre 900er, Weinstraße bis Heidelberg und retour an einem Nachmittag, ohne anzuhalten. Dann umarmte sie ihn zögernd. Sie wusste, er war nicht der Mann ihres Lebens, aber er hatte sie sein gelassen. Robert fuhr weiter mit dem Fahrrad.

Wie sehr er ihr mit seiner forderungslosen Beständigkeit entgegengekommen war, dämmerte ihr erst Jahre später. Dass er akzeptierte, wenn sie auf langen Rotationen für Wochen kaum anrief oder schrieb. Bis sie ihn verriet. Zweimal. Zuerst mit Paul, für eine Nacht, dann, Jahre später, mit Gabrio.

Ein letztes Treffen mit Robert, in Vorabschiedsbefangenheit.

»Copilotin. In Spanien. Ich fliege übermorgen.«

Sie hatte eine emotionale Reaktion erhofft, gefürchtet. »Viel Glück«, war alles. Ein letztes Mal setzte sie sich auf ihr Motorrad, das schon verkauft war. Glück war jetzt nichts als das Schwinden des Abstands zwischen ihr und ihrem Ziel, der Fliegerei, wiederholte sie sich, und das ließ sich nur durch ihre Entschlossenheit verwirklichen, nicht durch Roberts Lethargie. Sie ließ den Verlust hinter sich, der Fahrtwind trocknete ihr Gesicht. Gabrio hatte sie nicht erwähnt, der hatte ihr den Job verschafft, da ging es bloß um die Fliegerei.

Nach dem schalen Abendessen im stickigen Speisesaal des Polonnaruwa-Guesthouse war ihr heiß und übel. Sie setzte sich noch einmal auf die Terrasse, weg vom grellen Neonlicht, das nach dem Regen von Insekten umschwirrt wurde. Das Gewitter hatte sich verzogen. Sie sah auf den schwarzen See, in dem sich die Sterne der noch mondlosen Nacht spiegelten. Ein unsichtbarer Fisch sprang aus dem Wasser, klatschte zurück. In der Ferne quakten Frösche um die Wette.

Matthias, Gabrio, der Kapitänskurs. Ihre Gedanken rotierten, ein Propeller, der die Drehzahl überschritt, Tagflug, Nachtflug, Drehzahl zurücknehmen. Wenn sie jetzt alles hinschmiss, landete sie noch wie ein Kollege spielsüchtig vor der Konsole. Hunderte arbeitslose Piloten hingen herum, bereit, zu jedem Dumpingpreis anzuheuern. Andere mochten zig Berufsmöglichkeiten haben, Piloten nur eine. Und sie waren längst keine Luftaristokratie mehr.

Matthias machte ihr nichts leichter. An einem Novembertag vor einem halben Jahr war er bei einem Kliententermin gewesen. Sie hatte versprochen, Mittagessen zu kochen, bevor er sie am Abend zum Flughafen bringen wollte, das erste Mal, dass sie für ihn kochte. Stattdessen stöberte sie in seinen Sachen, fand Fotos, er umschlungen mit einer Frau, schön. Seine Frau? War er überhaupt schon über sie hinweg?

Sie war unfähig zu packen, lief in der Wohnung herum wie ein Tier in einem zu kleinen Käfig, durchstöberte die Schubladen weiter, nach Zigaretten, brach drei Zündhölzer ab, bis sie es zu einer Flamme brachte. Sie rauchte selten, am Vormittag nie und jetzt in atemlosen Zügen. Es benebelte nur ihre Aufgewühltheit, ohne sie zu dämpfen. »Als hättest du einen Bullterrier im Nacken sitzen«, hatte Matthias einen dieser Anfälle kommentiert.

Tagliatelle kochen. Sie suchte einen Topf, nahm einen, der riesig genug war, um eine ganze Runde zu verkösten.

Dann schloss Matthias die Tür auf. Sie küsste ihn flüchtig, drückte ihn weg, lächelte. Er zog den Mantel aus, schaute fragend auf den ungedeckten Tisch, hob den Deckel vom Topf, steckte den Finger in das laue Wasser. Sie hatte die Kochplatte auf 1 gestellt.

»So ein Herd überfordert dich? Mehr als dein Cockpit?« Er setzte sein Verständnislächeln auf. Sie wünschte Topf und Tagliatelle zum Teufel und eine Portion Flugzeugstandardessen herbei. Meist hinkten ihre Gefühle dem Geschehen hinterher. Heute war es umgekehrt.

Ihm gelangen piemontesische Delikatessen, während sie an Tagliatelle und Dosenpesto scheiterte: Er war der einnehmende Gastgeber, an Abenden mit Freunden, die sie genoss, solange sie am Rand saß und jederzeit aufstehen konnte. Nie erhob sie den Anspruch auf ungeteilte Aufmerksamkeit unter ihren Pilotenfreunden, die über nichts redeten als die Fliegerei. Kollegen, die aus dem Beruf mehr als ein Vergnügen machten; eine Religion, bei der Außenseiter reinschnuppern durften, aber nicht eingeweiht wurden.

»Ich bin abgestürzt.« Ihre Lippen zitterten.

Matthias legte das Sakko seines dunkelblauen Anzugs über die Stuhllehne, mischte mit provokanter Selbstverständlichkeit das Pesto, erzählte im Plauderton von Klienten und pfiff dann eine Opernarie. »Erinnerst du dich? Das Bärlauchpesto am Chinesischen Turm?«

»Hm.« Ein Samstagmittag im kühlen Frühling. Erst waren dunkelbauchige Wolken wie Luftschiffe, dann föhnige weiße Locken über den Englischen Garten gezogen.

Der Traumblütenstaub war abgewaschen. Sie hielt die Gabel umklammert, brachte kaum einen Bissen hinunter, kein Wort heraus.

Sie ließ sich bedienen, rührte keinen Finger.

Seine Sache, wenn er alles machte.

Sechs Jahre lang hatte sie in Barcelona gekocht, gespült, geputzt, Gabrios Wäsche gewaschen; und war auch noch

Geliebte gewesen, alles neben der Fliegerei. Zum Dank für seine Lehrstunden, seine Unterstützung? Unterwerfung. Er hatte sie benutzt. Oder sie ihn.

Sie war bereit, zu zahlen.

In ihrem Mund hatte sich Speichel angesammelt, wie vor einem Zahnarzteingriff. »Warum zertrümmerst du nicht ein paar Teller?«, fragte sie lächelnd.

»In den Scherben bleiben? Wenn du längst wieder über den Wolken bist!«

Aufkommender Regen klatschte gegen das Küchenfenster. War gerade noch Ärger aufgestiegen, legte sich jetzt ein kalter Mantel über sie. »Du musst nach Spanien kommen.«

»Und für die tolle Copi den Hausmann spielen, wenn sie einmal zwischenlandet? Als Experte für Staubsaugerbeutel?«

»Bald bin ich Kapitän!«

»Kapitän.« Das Wort bekam aus seinem Mund einen fremden Klang. »Und was ändert das?«

Sie fühlte sich ungenügend und schwieg. Beziehungsarbeit? Ist Drecksarbeit. Hatte Gabrio gesagt.

»Was verlangst du? Was bist *du* bereit aufzugeben?«, setzte er nach. »Job, Land, Sprache? Freunde. Fertig?« Er war aufgestanden, räumte mit jetzt kaum verhaltenem Ärger seinen leeren, auf ihr Nicken auch ihren noch halb vollen Teller ab.

»Warum soll ich alles aufgeben?«

»Davon ist nicht die Rede«, sagte er barsch.

»Meine Fliegerei ist alles, was ich habe. Ein Jahr ohne Sim und die Lizenz ist futsch. Dann bin ich niemand.«

»Du hast zweimal verweigert. Du hättest Kapitän werden können.« Er lehnte an der Küchenzeile, schaute auf die Tropfen am Fenster, nahm dann seine Brille ab.

»Bei einer Regionalfluglinie.« Ein verdammter Abstieg wäre das, dachte sie, von der Boeing auf die kleine Dash, höchstens Canadair-Jets, wo schon Siebenundzwanzigjährige Kapitän sein konnten.

Sie trat an die Glastür zum Garten, hauchte die Scheibe an. Jeden Tag aus München in den Nebel von Warschau, Graz, Laibach fliegen. Warteschleifen drehen über Frankfurt; eine deprimierende Vorstellung, statt Varadero, Santo Domingo. Weit weg von Omas Staffelsee.

»Kann ich einen Pullover von dir nehmen?«

»Klar.«

Isla Margarita. Cancun. Sie musste keinen Koffer schleppen, die wurden von Pagen in Livree lautlos über rote Teppiche geschoben. Kein Klo putzen, die gebügelten Blusen dufteten nach Rosenwasser. Flughafenhotels hielten flauschige Handtücher bereit, mit dem Lächeln dienstbarer Geister.

Bist nicht mal Fremde unter Einheimischen. Fremde unter Fremden. Emotionale Obdachlosigkeit auf höchstem Niveau, verdammt, in der Ferienmaschinerie industrialisierter Gastlichkeit, wie Robert gemeint hatte. Hast keine Freunde außer Piloten, keinen Fixpunkt, nie den Duft von Zuhause. Keine Beziehung hält das aus. Hotelzimmer, an spurenlose Liebe gewöhnt. Nicht mal das. Laken, am Fußende festgezurrt. Schlaftabletten, von denen du nichts erzählst, niemandem.

»Du findest doch überall einen Job,« sagte sie, wischte mit dem Handballen über die Fensterscheibe.

»Als M&A-Anwalt? In Spanien? Die haben ein anderes Rechtssystem. Da kann ich nicht praktizieren.« Er hatte die Beine überkreuzt, atmete hörbar aus.

»Auch dort lassen sich die Leute scheiden. Du kriegst als Mediator genug zu tun. Und mit deinem Italienisch lernst du Spanisch im Handumdrehen.« Sie spürte noch in den Kiefermuskeln, wie schwer es ihr gefallen war, die Sprache zu lernen, während der Einstieg als Frau in die Macho-Pilotengesellschaft ohnehin qualvoll genug gewesen war. Und die Kollegen in Barcelona hatten zunehmend Katalanisch statt Spanisch geredet, auch wenn ausländische

Piloten dabei waren. Unter Gabrios Protektion hatte sie überlebt.

»Die Spanier haben nicht auf einen Teutonen wie mich gewartet, der ihnen zeigt, wo's in Beziehungen langgeht. Bei Trennungen. Bei Mediationsgesprächen brauche ich den nuancierten Einsatz der Sprache. Ich muss Zwischentöne hören können.« Er drehte sich halb zu ihr, gereizt. Der Wind klatschte neue Tropfen gegen die Scheibe. »Für den Rest meines Lebens Trennungen managen. Meine Zeit damit verbringen, ob er oder sie die Kanarienvögel kriegt. Danke nein!«

»Dafür verdienst du genug. Viel mehr als ich.« Kanarienvogelscheidungswaisen. »Warum willst du mich?« Kolibris. Lassen sich nicht domestizieren.

»Weil du unabhängig bist. Abenteuerlustig. Sehr, sehr anziehend. Brauchst du noch mehr?«

Ihre Schläfen klopften.

»Vielleicht brauchst du einen Piloten«, sagte er. »Verliebst dich in den Privatpiloten eines arabischen Multimillionärs. Wirst zweite Kapitänin. Gendert man das neuerdings? Kannst mit dem Kollegen sogar zwei Kinder haben, mit Kindermädchen und einem Schickimicki-Leben zwischen Costa del Sol und Karibik. Dazwischen ein paar Geschäftstermine in den Emiraten oder Hong...«

»Du spinnst.« Zum Kapitän gab's keinen verdammten goldenen Mittelweg. Sie fürchtete das Abklingen der Turbinen mehr als Vera das Ende der Musik.

»Sogar die Saudis haben ihre erste Pilotin. Hab' ich gelesen. Wo das wahre Leben mit einem Privatjet beginnt.«

»Hör auf. Ich ... ich ... liebe dich.«

»Höre ich nicht oft von dir.«

»Ich habe für Gefühle ... keine Worte«, sagte sie, heiser, aber laut.

»Zumindest eine minimale Planung muss doch drin sein«, sagte er.

»Willst du, dass ich mich unterwerfe?«

Seine Lippen wurden schmal. Sie schaute weg, suchte einen Lichtpunkt, ihre gelbe Regenjacke am Haken im Flur, atmete durch. »Was ist mit *deinen* Träumen?«

»Wir reden über uns«, sagte er.

»Ich will das aber wissen.«

»Kaffee?«, fragte er stattdessen.

Er ging zur Küchenablage, hantierte an der Kaffeemaschine, stellte sie auf die Herdplatte. »Cappuccino?«

Sie nickte. »Du bedienst mich?«

»Weil die Copi heute überfordert scheint. Du bist Gast. Oder ziehst du ein?«

»Klingt wie eine Drohung.«

»War ein Scherz!«

Die Maschine begann zu gurgeln, verbreitete Kaffeegeruch. Er goss erst Mokka in weiße Tassen, eine Schaumkrone darüber, und stellte die Tassen mit nonchalanter Grandezza vor sie hin.

Sie sah ihn an, ihr Blick zwischen Unsicherheit und Zorn. Seine Hand griff unter ihren Pullover; Knöpfe, Verlangen. Sie stolperten ins Schlafzimmer, sie schlang ihre Beine um seine Hüften, er leckt ihre Leisten entlang, ihre Erregung kippte in Widerstand, sie stieß ihn von sich, er packte ihren Nacken, nicht mit seiner Hand, sondern mit seiner Armbeuge, sie wendete den Kopf, biss ihn in den Oberarm.

Sie lagen halb auf, halb neben dem Futonbett. Ihr Fuß berührte seine Wade, seine Rechte unter ihrem verschwitzten Nacken. Die besten Momente ihrer Gemeinsamkeit.

»Musst du zurück in die Kanzlei?«

»Kein Termin heute Nachmittag. Aber ich check's nochmal.«

Sie sah ihm nach. Er suchte seine Brille, kramte das Handy aus der Anzugtasche, telefonierte mit seiner Assistentin.

Sie stand auf. In der Küche lag ihr T-Shirt unter seiner Hose, der Rest verteilt, von seinem Hemd ein Knopf abgerissen. Sie zog sich an, suchte nach einer Zigarette.

Aufeinander zu, voneinander weg.

Er kam nackt aus dem Bad, erstaunt, sie angezogen in der Küche zu finden, rauchend.

Sag nichts. Nimm mich in den Arm.

Er holte eine Jeans aus dem Schrank, hob sein Hemd vom Küchenboden, räumte wortlos die Geschirrspülmaschine ein. Sein vor Minuten noch gerötetes Gesicht hatte wieder Farbe verloren.

»Hab mich wohl nicht zufällig«, er blies einen Rauchschirm zwischen sich und das Küchenfenster, »in dich verliebt.« Er sah sie nicht an, sondern lange durch die Glastür in den Garten mit den glänzenden Blättern, von denen die Nässe abperlte, und blieb stumm.

Der Rauch ihrer im Aschenbecher vergessenen Zigarette stieg ihr in die Augen.

Sie sehnte sich nach einer Geste ihrer Gemeinsamkeit, die noch im Raum hing, sich auflöste.

»Du bist selten da. Meine Kinder auch.«

»Du hast wenigstens welche.«

Er räusperte sich, antwortete nicht, sah weiter aus dem Fenster. Ein großer Tropfen rollte von einem Blatt, ließ den Zweig hochschnellen. Matthias stand reglos wie eine unberührte Statue in seinem Wohnzimmer. »Vielleicht hab ich verlernt, zu träumen.«

»Eine frühe Midlife-Crisis, mit 44? Ich kann dich kaum auf meine Flügel packen.« Lahmer Scherz. Er verzog den Mund. *Ich will meine Ängste nicht bei dir gespiegelt sehen, verdammt. Sondern aufgelöst.* Kälte breitete sich von ihren Schläfen aus.

Er zögerte, ging nicht auf ihren knappen Satz ein. »Wir können gemeinsam planen. Wenn du mir etwas entgegenkommst – ist es für mich auch leichter.« Er lächelte sie an, mit angespannten Mundwinkeln.

»Wenn du weg bist, in deinem Kosmos; ohne Kontakt…« Er rührte im längst kalten Kaffee, trank einen Schluck, stellte die Tasse präzise in die Vertiefung der Untertasse.

»Ich rede dauernd mit dir. In meinen Gedanken«, flüsterte sie.

Er drehte sich um, sah sie fordernd an. »Und? Was sagt der Matthias – deiner Fantasie?«

Sie wandte sich ab, unfähig, etwas zu sagen, das nicht schroff klang.

Kontakt, dachte sie, Kontakt. Elektronik. Instrumente mussten in Kontakt bleiben. Untereinander. Sie mit ihnen. Sonst passiert was.

Zu viel Kontakt. Ohne Isolierband. Kurzschluss.

Einmal hatte er ihr ein amerikanisches Psycho-Buch in die Tasche gesteckt. Sie hatte reingeschaut, es weggelegt. Ihre Umstände erforderten Vernunft, keine Psycho-Belehrung. Erfolgsratgeber ja, die sie im Koffer in Simonas Wohnung versteckte, »Gaining Leadership Skills to Fly the Left Seat«, »Going Against Intuition to Develop Ten New Leadership Instincts«.

Er hob den Reklameaschenbecher von der Ablage, stellte ihn wieder zurück. »Ich könnte nach Madrid kommen. Übernächstes Wochenende.« Die Spülmaschine beendete das Vorprogramm, pumpte ab, schaltete auf Hauptprogramm.

»Ich weiß nicht.«

»Gabrio?«

»Lass Gabrio aus dem Spiel.«

»Dann lass du ihn.« Er stieß sich von der Küchenarbeitsfläche ab. Seine Stimme hatte sich gehoben.

In Ruhe lassen. Alle. »Du weißt, dass ich noch keine Wohnung habe.«

»Wir nehmen ein Hotelzimmer. Du zeigst mir die Stadt. Am Abend in ein Tangolokal?«

»Verwechselst du was? Buenos Aires?«

»Du hast von argentinischen Freunden erzählt. Ich kenne keinen von denen.«

»Das war noch in Barcelona.« Tangowolke. Zu traurigen Klängen schweben. Die vertikale Umsetzung eines horizontalen Verlangens; wie Gabrio trocken meinte.

Tango. Aneinander festgekrallt einander verfallen. Schweben in Begattungsstarre. Ohne Bodenkontakt keine Richtungsänderung. Ausgeliefert.

»Du bist ständig in der Defensive«, sagte er ruhig. Einmal mehr wäre ihr lieber gewesen, er wäre wütend.

Wenn sie mit Gabrio stritt, ignorierte sie ihre Angst, ließ ihn weiter toben. Das hatte sich bewährt.

Wie Papa. Widerstand, mit einem Lächeln, aber unerbittlich. »Das ist nicht meins«, war ein Standardsatz von ihm gewesen, wenn er etwas absolut nicht wollte. Etwa Fragen über seine Familie. Sein Lächeln hatte dann jedes Leuchten, jede Farbe verloren. Damit hatte er sich gegen Mamas Groll durchgesetzt. Sie hatte sich dann knirschend seinem Beharrungsvermögen gefügt.

Hatte sie den geerbt? Papas passiven Starrsinn.

Matthias' Zorn würde sie gerne spüren. Dagegen glaubte sie, sich schützen zu können; nie gegen das Scheißhinterland der Angst. Das Bootshaus. Nicht mal den Sommerhauskeller, in den Großmutter sie als Acht-, Neunjährige gesperrt hatte, in einen feuchten, halbhohen Verschlag, wo sogar die Schmetterlinge schwarz waren, bis auf ein paar orange Punkte, wenn sie die Augen zudrückte. Weil sie an einem Regennachmittag statt des verordneten Mittagsschlafs ihren Stoffhasen aufgeschlitzt hatte, sehen wollte, was da drin war. Oder an einem Nachmittag nach Bootshaus und Brombeerweg: »Wie siehst du schon wieder aus? Total zerkratzt! Wo hast du dich herumgetrieben? Marsch, in den Keller!« Die halbe Treppe hinuntergeprügelt, Piraten-Tagträume gelöscht, in Gespenster verkehrt, *hundert-dreizehn, hundertvierzehn, »du sagst nichts, Klarchen, nicht wahr?«*, seine Worte klebten ihr zwischen den Ohren, das Bootshaus kam zurück, sie fror von innen.

Selbst Mama war gegenüber Großmutters Strenge machtlos gewesen.

»Was bist du für ein schlimmes Kind! Ich werde dich Folgsamkeit lehren.« Oma Mathilde, die in ihrer Kindheit in der Vojvodina nie viel anderes gehört hatte als »Du bist was Besseres. Du bist eine Deutsche.« Die kleine Mathilde hatte mit ihrer Porzellanpuppe gespielt, behutsam, damit dem Familienerbstück nichts passierte, während sich serbische oder ungarische Nachbarskinder auf der staubigen Dorfstraße und zwischen Gebüschen vergnügten. »Mit aus Lumpen zusammengenähten Fingerpuppen und Fußbällen«, würde sie mit Abschätzigkeit und spätem Neid erzählen. Sie war wohl öfter verdroschen worden. Kaum vorstellbar, dass Oma mal Kind gewesen war. Nach dieser Kindheit hatte sie früh den Mann verloren; dann die Heimat; nur ihre dubiosen Ideale behalten?

Clara hatte sich kaum mit Mathildes Schicksal beschäftigt, hatte das Ganze als Prähistorie abgetan. Nur einmal, am See, da hatten sie Vertreibung gespielt. Clara hatte die Freunde mit einem Schilfrohr weggepeitscht, hatte einer Freundin Omas Namen gegeben. Es roch nach Sommer, und dann gab es Napfkuchen für alle. Doch jemand petzte, Oma verdrosch Clara erst mit dem Teppichklopfer und sperrte sie dann in den Keller.

Familiengeschichten. Mehr Familiengeschweige. Im Grunde wusste sie nichts. War Oma schon als donauschwäbisches Überbleibsel in der Vojvodina einsam? Später erst recht als Flüchtling? Deutsche Opfer durfte es ja keine geben. Und wenn, dann waren sie selber schuld. »Waren ohnehin alle Nazis«, schwang bei Diskussionen mit, dachte

Clara jetzt. Omas verdammte Erinnerungsorte waren nicht Nürnberg oder Dachau. In der neuen deutschen Fremde war wenig Platz. Vertriebene hatten kein Recht zu trauern. Heimatverlust ohne Anerkennung, ohne Spurensuche. Omas Reminiszenz nannten wir Revanchismus. Omas Geschichten passten schlecht in meine Schulgeschichte und in unsere aufgeklärten Studentenkreise. Oma hat sich hartnäckig gegen jede verordnete Gedenkkultur behauptet. Wenn im Radio von der Nazizeit geredet wurde, hat Oma abgedreht, »und was die Serben mit uns gemacht haben, davon red' keiner!«

Oma hat ihren Opfermythos gepflegt. Allein, schamvoll. Vielleicht. Mama war ihr durch die Flucht verbunden. Ausgeliefert. Als Kind spürst du die Bitterkeit gut; verstehst sie nicht, dachte Clara jetzt. Und schützen kannst du dich erst recht nicht davor. Unausgesprochene Botschaften, unerledigte Erbschaften, stille Post, länger als unsere Biografie. Verlorene Spuren. Kind von Vertriebenen. Das war nicht cool. Das war peinlich. Und immer lag ein Braunschleier über Mamas Flüchtlingsherkunft.

Und doch waren da auch warme Erinnerungen an ihre Großmutter, ein Depot an Nostalgie. Wenn Oma ihr Lieblingsessen gekocht hatte, Mohnnudeln, die liebte auch Vera, dann lachten und stritten sie, wessen Portion größer war. Honigbrote, bis zu dem Sommer, nach dem ihr vor Honig graute. Das Knistern des bunten Seidenpapiers, wenn sie Omas Blutorangen auspackten, der Duft von Kandis, Nelken, Vanillekipferln im Advent. Unerreicht. Wie sie einen Apfel in Schiffchen schnitt oder ihr als kleines Mädchen Märchen vorlas. Sie erinnerte sich nicht mehr, was Oma las, nur, dass sie sich im schwachen Licht ihrer Aufmerksamkeit geborgen fühlte. Die aschfarbenen Haare waren mit Nadeln über dem faltigen Gesicht zu einem Dutt gesteckt, aus dem beim Kuss auf Claras Stirn eine Strähne herausfiel, die sie tröstlich berührte. Selbst die kurzen Abendgebete, gefolgt von einem Streicheln mit der welken, von Adern überzogenen Hand deuteten keinen strafenden, sondern einen beschützenden Gott an. Dazu der ferne Klang von Wiegenliedern für Vera, mit slawischen Motiven, die all die Jahre in Oma überwintert hatten.

Und am nächsten Tag stopfte Oma wieder mit vorwurfsvoller Miene Strümpfe, »zerreiß nicht immer alles«, »sei achtsam und fromm«; volksdeutsche Bedachtsamkeit in kratziger Wolle und dickem Flanell, die sie vor Fährnissen des Schicksals schützen sollte. Hat Oma nichts gebracht. Außer Bitterkeit, die sie uns spüren ließ, und Teppichklopferschläge auf der Kellertreppe. Omas zornentbrannte Augen: »Was bist du für ein schlimmes Kind! Ich werde dich Folgsamkeit lehren.«

Kellergespenster. Oma hat mich Rebellion gelehrt, weil sie mich folgsam haben wollte. Auch wenn ich kein leichtes Kind war. Aber wer ist das schon.

Mein Leben beeinträchtigt? Mit Energie aufgeladen. Ich kann abheben, werde mich nie unterkriegen lassen.

Noch als kleines Kind, erinnerte sich Clara, hatte sie sich in der Elternwohnung in München auf den Küchenboden geworfen, getobt, wenn ihr etwas nicht passte oder gelang. Niemand konnte sie bändigen, bevor sie nicht ihre Enttäuschung abreagiert hatte, während Vera das Tischbein umklammert hielt und heulte. Bis zu jenem Sommer der schwarzen Schmetterlinge.

Die Eltern wussten mit ihrer Widerspenstigkeit nicht recht umzugehen. Appelle an ihre Vernunft hatte sie weggetrotzt. Später war sie leise, wenn andere laut wurden, sie beobachtete Männerverhalten, ohne zu reagieren. Sie war stolz auf ihre Unerschütterlichkeit, wenn Gabrio die Beherrschung verlor.

»Eine Mauer aus Ironie«, sagte Matthias in die angespannte Stille eines Münchner Nachmittags, »klar, dass man da ausrastet.«

Sie versuchte, an die Kätzchen auf Omas Nachbargrundstück zu denken. Denen sie ein Dach über dem Nest gebaut hatte. Die sie elf Tage gehegt hatte.

»Du bist wie ein Igel, der Stacheln braucht, um sein Innenleben zu schützen«, setzte Matthias nach.

Sie fuhr mit dem Ringfingernagel durch ihre schmale Zahnlücke, massierte einen Muskelstrang zwischen Nacken und Schulter, erinnerte sich.

Der Imker hatte die Kätzchen auf Omas Anordnung zum See getragen. Clara hatte sie noch maunzen gehört, während sie auf Omas Geheiß Mittagsschlaf halten sollte.

Der nächtliche Polonnaruwa-See lag glatt wie ein schwarzer Spiegel.

Ihre Gedanken kehrten zu Matthias zurück, zum bangen Abflug in München. Sie hatte sich zum Gehen gewandt, unschlüssig innegehalten. Die Worte blieben in ihrem Mund kleben. Lächle. Halte dich gerade, auch wenn dir der Rücken wehtut. Schau nicht zurück. Sonst beginnen deine Hände zu flattern. Eine Pilotin mit bibbernden Fingern, das war absurd wie ein zitternder Chirurg.

Sie war gegangen, ohne sich noch einmal umzudrehen, über Laufbänder, entblößt, als wäre sie auf einem Laufsteg. Menschenströme teilten sich vor ihr in trübseliger Kontrolliertheit, dirigiert von elektronischen Anzeigen. »Unbeaufsichtigtes Gepäck wird entfernt und zerstört.« Lautsprecher-Schleifen umkreisten sie, Warnungen, die Sicherheit suggerierten, eine Orgie von Reflexen, Geräuschen in der schattenlos verspiegelten LED-Welt. Sie zog Schallwellen hinter sich her, die sie einholten, der Nachhall ähnlicher Abschiede.

Im Flugzeug faltete sie sich in den Sitz, presste die Stirn an das Plastikoval des Fensters, sah sich durchsichtig, verlängerte die Vibration in ihren Kopf. Nur in Bewegung war sie im Gleichgewicht; auf dem Motorrad, egal wohin, nur dass es weitergeht, nicht stehen bleiben, damit der Himmel nicht einstürzt, die Nacht nicht kommt. Nie mehr Bootshaus.

Nichts als ein Schleier; eine Gedächtnispanne.

München hatte sich im Dunst aufgelöst. Sie schaute durch die zerkratzte Scheibe in die Wolkenfetzen, vermisste in ihren böigen Gedanken für einen Moment lang den festen Boden.

Fliegen. Dein Luftschloss, Wolkenkuckucksheim-Bewohnerin. Oder du wählst eine Liebe, die dich erstickt, eine Flamme ohne Sauerstoff. Liebe als Geschenk, dachte sie. Ein verdammter Mythos; du zahlst in jedem Fall den höchsten Preis.

»Wie geht's dir?« Vera, Tage später am Telefon.

»Gar nicht.«

»Entscheide dich. Sonst läuft dir Matthias davon.«

»Ich mach' mir selbst schon genug Druck!« Sie spürte ihre heisere Stimme.

»Warum spinnst du immer, wenn ich dich nach deinen Beziehungen frage?« Sie spürte hinter dem Hörer Veras forschende Augen, noch mehr Fragen.

Sollte sie sich vor ihrer jüngeren Schwester entblößen? Sie schaltete das Smartphone aus.

»Du kontrollierst mich!« Sie bebte. Matthias rief im ungelegensten Moment an, eine halbe Stunde, bevor sie der Crewbus in Madrid abholte. Sie stolperte in Simonas Miniwohnung über ihren halb aus-, halb eingepackten Koffer, in einer Hand das Smartphone, in der anderen ihre Uniformbluse, die noch unbedingt gebügelt werden musste. Jeder Pilot hatte eine Frau, die das für ihn machte. Noch die Schuhe polieren. Das andere Paar nicht vom Schuster geholt, total vergessen, und bei dem hier war ein Schnürsenkel gerissen. Simonas Katze namens Clitoris war eigentlich ein Kater und entsprechend verwirrt. Er huschte zwischen ihren Beinen.

Katzen mögen negative Energie. Scheiße.

»Wann bist du aus Cancun zurück?«

»Mittwoch! Aber heute geht's nach Dubai.« Mit dem Telefon in der Halsbeuge versuchte sie, einhändig das Bügelbrett aufzustellen. Es krachte zusammen, klemmte die Bluse ein, wenn die jetzt wieder dreckig war!

Simonas neuester Lover – Clara hatte sich noch nicht einmal seinen Namen gemerkt – lümmelte am Frühstückstisch. Simona schlief noch.

»Kann ich dir helfen, Clarice?« Ohne Anstalten, seinen Hintern wirklich zu erheben. Nur Simona durfte sie Clarice nennen.

Ihren letzten Liebhaber hatte Simona vor kaum vier Wochen mit einem Kleiderbügel vertrieben, als sie den Duft einer anderen an ihm gerochen hatte. »Ich habe noch in der Tür auf ihn eingedroschen. Dabei ist er kaputtgegangen.«

»Der Typ?«

»Der Kleiderbügel.« Simona hatte die Geschichte in ihrer theatralischen Art zum Besten gegeben, und die Freundinnen hatten sich krummgelacht. Wahrscheinlich hatte sie den Kleiderbügel erst nachträglich gegen die Wand gedonnert. Die zersplitterten Reste lagen jedenfalls noch immer in einer Ecke, Simona hingegen hatte die andere Frau ausgekundschaftet und verführt, um zu sehen, was der Ex an ihr fand.

»Hast du schon den nächsten Dienstplan?« Matthias aus dem Hörer.

»Hätte ich dir gesagt.«

»Hast du denn überhaupt einen Plan?« Er schien einen Moment lang wütend.

»Wofür?«

»Überhaupt.«

»Ich will den Kapitän! Und keine Grundsatzdiskussion!«

»Du hattest dir schon einen geangelt. Also willst ihn doch selbst machen?«

»Sehr witzig.«

»Wann?« Sie hielt das Telefon weg, der Abstand einer Armlänge war noch zu nahe.

»Bald. Spätestens nächstes Jahr«, schrie sie.

»Und dann?«

»Weiterfliegen. Wo auch immer. In Australien? Und du? Bist mit deinem Anwaltsjob verdammt unflexibel.«

»Falsch! Ich bin bereit, meinen Job aufzugeben. Im Gegensatz zu dir!« Jetzt schrie auch er, das erste Mal.

»Klang unlängst nicht so!«

»Genug Erfolg gehabt. Ich hab' Lust auf was Neues.«

»Was?« Sie spürte, dass sich ihr Gesicht straffte.

»Ausland. Für ein internationales Unternehmen arbeiten. Von Gesellschaftsrecht verstehe ich ja – mehr als von Pilotinnen.«

»Sehr witzig … Entscheide dich!« Sie klappte das Telefon zu, bügelte die Bluse, ignorierte den amüsierten Blick von Simonas Freund, der den schnurrenden Clitoris kraulte, als es wieder läutete. Sie hatte für Matthias' Nummer ein Festnetzläuten als Klingelton eingestellt, ich ändere das, dachte sie, ging nicht ran, wollte ihn auf dem Weg zum Flughafen anrufen. Sie tat es nicht. Sie steckten im Stau und der Zorn blieb bis zum Start in ihr.

Beim Überprüfen der Hydrauliksysteme machte sie einen Fehler. Einen kleinen, nur auf der Checkliste.

»Was soll das, Clara?« Ausgerechnet von Ricardo, dem arrogantesten Arsch aller Kapitäne. Sie sagte nichts, konzentrierte sich, fixierte sich auf Checkliste und Anzeigen.

Im Crewhotel in Dubai sechs Stunden später bestellte sie einen Tee aufs Zimmer, aß Cracker, übergab sich, legte sich angezogen aufs Bett, schaute an die Decke, dann in den Raum, wusste minutenlang nicht, wo sie war, in einem Zimmer mit Klimaanlage, deren Steuerung sie überforderte. Das Fenster ging in einen sauberen Betoninnenhof mit vier Palmen und einem weißen Springbrunnen.

Sternenhimmel. Nacht. Im Badezimmer war nicht einmal eine Kachel gesprungen. Sie war von polierter Ästhetik eingekreist, glatt gebügelt wie die saubere Bettwäsche, während ihre innere Uhr auf Madrid eingestellt war und sie ihre Beklemmung im sonst leichten Gepäck mitschleppte. Sie war unterwegs und kam nicht vom Fleck.

Sie entkam sich auch nicht in den Schlaf, ging den Gang entlang an halb leeren Tellern und silbernen Hauben vorbei, fuhr mit dem geräuschlosen Glaslift ins Parterre. Die Lobby war von Markenkettenläden eingekesselt, in einem Schaufenster die Sprechblase einer Elektronikwerbung, *life's good*. Die Drehtüre schaufelte eine neue Gästegruppe herein, es war halb elf. In der hallenden Cafeteria bestellte sie ein Clubsandwich, Zigaretten, »leider, Sie dürfen hier nicht rauchen«, im Gedächtnis blieb nur das Lächeln des schnauzbärtigen Pagen, der ihr den Weg wies: »Wie gefällt Ihnen die Stadt?« Er stellte die Frage noch einmal, ihr war nicht klar, ob das mitfühlend, nachsichtig, ironisch, devot oder herablassend gemeint war, oder einfach nur freundlich.

Als sie endlich am Einschlafen war, läutete ihr Handy. Sie hob nicht ab, hatte vor Wochen den Anrufbeantworter deaktiviert, fand nicht mehr in den Schlaf, die Einsamkeit hatte sie eingeholt. Zwei Stunden später ging es zurück zum Flughafen. Ein Hydraulikschlauch war geplatzt. Sonntagnacht, vier Stunden Wartezeit, bis das Ersatzteil eingeflogen war. Der Kapitän bat sie, die Passagiere zu vertrösten, obwohl sie *DCM* war, außer Dienst, »du bist so diplomatisch«. Sie kochte, wo war das verfluchte Bodenpersonal, ach ja, hierher fliegen wir zu selten und leisten uns keines.

Sie ließ die Purserin die Leute informieren, streifte durch den Flughafen, der suggerierte, dass man in dem funktionalen Paradies mit Shopping, Kosmetik, in klimatisierter Perfektion mit Kaviar, Champagner und Pralinen, mit Duschen und Hotelbetten sogar leben könnte, überlegte sie in einem Anflug von absurder Heiterkeit. Man wäre befreit von Krankheiten, ja, von allen profanen Herausforderungen wie Unterwäsche waschen, in einem Loop von Inszenierungen glatter Ästhetik und unserer Zerstreuung. Jetzt zog eine Frau mit Kopftuch und in einem bodenlangen, schwarzen Überkleid mit einem Wischmop gleichmütig schillernde Bahnen über den glänzenden Boden.

Noch drei Stunden, mindestens. Im labyrinthischen Transitbereich suchte sie vergeblich nach einem Ausgang in die Nacht. Weihnachtslichter blinkten und tauchten die Vorübergehenden rhythmisch in bunte Farben. Im überbelichteten Überangebot herrschte ewig eine gleiche Temperatur trotz gefälschter Jahreszeiten, dachte sie beim Herumirren, mit Plastiktulpen im März, falschen Herbstblättern im September, Kunststoffchristbäumen und rotweißen Weihnachtsmännern ab November, wie vorletzte Woche in Peking, nein, in Mexiko. Echte Pflanzen starben in der künstlichen Atmosphäre, die war aseptisch, kein Airport wollte, dass ein Virus eingeschleppt und dann verbreitet würde. Flughäfen sind eigentlich nur Apparaturen, dachte sie, und dann werden sie mit Kitsch zugemüllt.

Sie kaufte ein Modemagazin, fand eine ruhige Ecke, weit weg von den Passagieren, den Crewkollegen, blätterte lustlos. Heute hatte sie keine Verantwortung, spürte sie dennoch in jeder Zelle. Nach jeder Landung in den Emiraten fühlte sie sich mit ihrem uniformgepanzerten Körper in eine künftige Zeit gebeamt, wo Personen funktionierten wie sorgsam programmierte Triebwerke.

Das Ersatzteil war endlich da, es ging retour, als DCM, *Deadheading Crew Member* im Airlinejargon, als fliegendes Personal außer Dienst im engen Passagiersitz. Zurück zur Homebase ohne Zuhause, einem der Airports, die ihr früher suggeriert hatten, dass Heimat immer nur eine von vielen möglichen Welten wäre. In Madrid hatte sie weiterhin keine Wohnung, keinen Schutzraum gegen die Anforderungen. Ankunft um drei Uhr früh, Aufstehen um halb zwei, Bruchstücke von Nächten in Bertas Wohnzimmer, in Simonas Bett, wenn die außer Haus schlief, dann wieder Crewhotels. Nie bei sich.

Halte durch, sie brauchen jetzt bald neue Kapitäne, flexibel, belastbar. Die Luftburg wurde zur Taucherglocke, auf die Anweisungen einprasselten. Ihr pochendes Kopfweh, die Bauchkrämpfe hatte sie mit Pillen betäubt, nur der Nachhall von Schmerzen blieb, an keiner bestimmten Stelle, nur überall. Den Betriebsarzt konnte sie nicht aufsuchen, sonst war sie *unfit to fly* und weg von der Kapitänsanwärterliste. War es Arbeits-Lust-Sucht-Zwang, oder nur noch Gewohnheit? Auf jeden Fall hatte sie keine tiefen Eindrücke mehr außer Bauchschmerzen. Hunger, Tag, Nacht, innere Uhr, Raster aus Rhythmen, ihr Stoffwechsel war durcheinander. Auf drei Tage Verstopfung folgte in Santo Domingo Durchfall; sie kam die zwei Rotationstage nicht aus dem Hotel, wie eine Schabe, die stundenlang am Abfluss klebte. Gestern vor einem Jahr wurde Ana begraben, oder heute, je nach Zeitzone.

Sie konnte mit niemandem über die emotionalen Restbestände reden, als die Selbstüberschätzung, die sie dem 777-Typerating verdankte, bröckelte. Jeder Stromkreis im Flieger hatte ein Back-up, dachte sie, nur meine blöden Nervenbahnen haben keines. Stimmen kamen ohne Warnung, zerflatterten, Selbstvorwürfe zerrannen in ihrem Körper.

Sie erwachte in Madrid, aus vier Stunden Schlaf nach einer Rotation aus Sharm-el-Sheik, erschöpft wie nach einer Nacht im Sandsturm, schluchzte wie ein Kind, schaute auf ihre Hände, auf einen ersten Pigmentfleck. Drei Fingernägel waren eingerissen. Der mit Sandablagerungen verstopfte Wasserhahn vibrierte in ihrer Hand wie die Hebel des Cockpits.

Du bist. Eine beschädigte. Turbine. Kannst jederzeit ausfallen.

Sie duschte, die einzigen Momente, die sie für sich allein hatte, rutschte aus, in ihrem Hirn liefen Motoren. Sie schüttelte den Druck aus den Ohren, der im Kopf blieb, betäubt vom Jetlag, hypnotisiert von der Aussicht auf den Kapitän. Wie viele Stunden hatte ihr Leben; ihr Leben – ein Entwurf, Wurf, freier Fall.

Sie nahm das stumm geschaltete Handy, vier Anrufe in Abwesenheit, Matthias, Matthias, Vera, Matthias. Heute war ein Zwischentag, ein Fingerhut voll Zeit. Ein Uniformknopf war anzunähen, der Airline-Ausweis zu verlängern. Wie jung sah sie auf dem Bild aus; aber wer glich schon seinem Passbild? Sie schminkte sich die letzten Monate aus dem Gesicht, bis sie annähernd die Person sah, die sie auch ohne Uniform sein wollte, und traf Gabrio zu Mittag, bestellte nur Kaffee.

»Nichts wärst du ohne mich! Nicht mal Privatpilotin! *Without me there is no yo*u!« Sie öffnete das Zuckerbriefchen. Früher hatte sie es geliebt, wenn sich der Kerosingeruch mit dem von frischem Kaffee mischte. Ihr wurde übel.

»Ich gehe.« Ihre Stimme dröhnte in ihrem Schädel, lallend und zittrig zugleich. Sie war kein Küken mehr, das nach Kapitän Gabrios Aufmerksamkeit gierte.

»Hast wohl Probleme zwischen den Kopfhörern?« sagte er, mehr als fragend. »Wie der Germanwings-Kollege, der den Airbus in den Berg gesteuert hat? Ein starker Abgang. Ein echter Hunne, der coole Fritz.«

Sie ging nicht. Für alle in der Firma waren sie noch immer ein Paar. Sie war ein- und ausgeschlossen. Die männlichen Kollegen wären auf Gabrios Seite, auch die Firmenleitung, Seilschaften, die ohne viele Worte funktionierten, die am Abend zusammen soffen und sich am Morgen zugrinsten. Ihr Ziel stand fest, sie würde Kapitänin werden, mit den neuen Möglichkeiten auf der 777; weiterhin als Dienerin fremder Herren, dachte sie einen Moment lang, nachdem Gabrio grußlos gegangen war. Sie stand auf, zahlte, auch seinen Kaffee, spürte nicht einmal mehr sich selbst.

Am Anfang hatte Matthias nur zur Kenntnis genommen, dass es Gabrio noch in ihrem Leben gab. Dann hatte er auf sie einzureden begonnen, »was ich über den Typ höre, klingt destruktiv«.

»Spielst du den Retter? Hast Ambitionen, gordische Knoten zu zerhacken?« Behelligst mich mit Empfehlungen. Bevormundungen.

Der letzte Streit mit Matthias schwebte weiter zwischen ihnen, als hätte er sie in Besitz genommen.

Die Übersiedlung nach Madrid hatte nichts gelöst. Erst war das Typerating für die 777 gekommen, Training in Dubai. Die dortige Skyline war ihr bei der ersten Landung als Fata Morgana in der Flut der Anforderungen der Riesenmaschine erschienen.

Als die Firma einige Monate später zwei zusätzliche 777 leaste, war auch Gabrio von Barcelona nach Madrid auf die Tripleseven gekommen. Er grinste sie an: »In Barcelona reden sie jetzt eh nur mehr Catalan, die Spinner. Nicht mit mir.« Binnen drei Tagen hatte er eine Bleibe.

»Wann ziehst du ein?«

»Gar nicht.« Sie machte ihren Blick kalt, aber sie war wieder in Gabrios Einflussbereich. Sie kämpften; er gegen ihre Verweigerung, sie gegen seinen Jähzorn.

»Dein deutscher Lover wird dein Leben ohnehin nicht aushalten.«

Sie hatte nicht mehr genug Energie, um wütend zu sein. Durch seine Beziehungen und seine Kaltschnäuzigkeit gelang es Gabrio, wieder mit ihr auf Rotationen eingeteilt zu werden, das Cockpit war eng, er schaffte es bis an ihre Hotelzimmertür. Aber noch behielt sie die Situation unter Kontrolle; dann lauerte er ihr an Orten auf, wo er sie in taktischer Rohheit wehrlos machte, sie warf ihn später raus, spuckte seine Geilheit in die Waschmuschel, schaffte es auch am Morgen nicht, sich im Spiegel anzusehen; weg, raus, fliegen; und vergessen, um weiterzuleben. »Besser, du bist am Boden und wünscht, du wärst in der Luft, als umgekehrt«, lausige Fliegerweisheiten. Und bei der nächsten Rotation, im Hotelbett allein, war Gabrio nicht aus ihrer Erinnerung verbannt, sondern die war noch voll von ihm. Am Morgen, in halb wacher Benommenheit vor dem Badezimmerspiegel war ihr übel und sie war wütend, wie verworren Anziehung und Abscheu waren. Im Unterschied zu Matthias demaskierte Gabrio sie wortlos.

Im Flug musste sie sich nicht festlegen, sich nur im Gleichgewicht zwischen Zeitlücken halten, die Zukunft war ohnehin interessanter als das Jetzt. Doch die Zukunft war nicht von Dauer, reichte höchstens bis zur nächsten Landung an einem austauschbaren Ziel. Ihr Energiekonto war weit überzogen. Der Ton einer unsichtbaren Stimmgabel hatte sich durch das ganze Flughafenlabyrinth ausgebreitet, raubte ihr das Gehör. Nicht sie zitterte, sondern der Boden, die Wände bebten.

»Mit Gabrio ist es aus. Wir leben nur noch so zusammen. Piloten-Wohngemeinschaft«, hatte sie Matthias gesagt, es selbst glauben wollen; nichts als ein Rückzugsgefecht, trotz der Grenzüberschreitungen ihres einstigen Liebhabers, Machthabers, oder gerade deshalb, wenn sie Begehren und Unterwerfen nicht mehr auseinanderhalten konnte.

Zwei Tage später schrieb sie eine anonyme E-Mail an den Personalchef: »Gabriel Estevez hat bei Santo-Domingo-Rotationen etwas mit Minderjährigen.« Etwas. Würde hängen bleiben. Sie schwitzte, verging in Panik, es würde herauskommen, wo das Mail-Konto eröffnet worden war, sie würde in die eigene Falle tappen und Gabrio sie totprügeln. Dann klaute sie, als sie seinen Pilotenkoffer im Office sah, in einer Kurzschlusshandlung seine Papiere, versteckte sie, er würde in die USA fliegen müssen, um sich neue zu besorgen, und sie war ihn ein paar Tage los. Die Ausweise brannten in ihrer Tasche, unsichtbar wie die Strahlung des Wetterradars. In Bertas Badewanne zündete sie die Papiere an, die Plastikanteile verschmorten auf dem weißen Email, sie schrubbte, ihr brach wieder der Schweiß aus, ein brauner Rest blieb zurück: Du wirst erwischt werden. Nichtmehrdrandenken, saug mir ein Loch ins Gehirn.

Der Stress tötete die Vorstellungskraft nicht ab, ihr Bewusstsein tauchte durch die fiebrige Amnesie der Schlaftabletten. Sie hatte nur geträumt, der rachsüchtige Dämon ihrer Selbstdemütigung. Sie stand auf, machte Kaffee, wollte ihre Fantasien und die darauffolgende Erinnerung aus dem Gedächtnis löschen, und hob nicht ab, als Matthias viermal hintereinander anrief. Die Mailbox hatte sie abgeschaltet. Computer einschalten, neue Mails, alte Vorwürfe von Matthias, ein Mail von Vera: »Wir studieren grad neue Boleros ein, musikalische Möbiusschleifen, Vergangenheit und Gegenwart und Zukunft verschmelzen, genial schön!« Sie wollte sich ins Cockpit zurückziehen, ihre Zunge war schon Metall. Ihr wurde schlecht.

Ihre tosenden Ohren werden beim Kuba-Flug am nächsten Tag von den Kopfhörern ins Hirn gedrückt. Die Maschine scheint über dem Atlantik stillzustehen, während sich die Erde dreht. Ihre Zeit wird zerdehnt, das Licht hört nie auf, auf dem Rückflug schieben sich die Tage ineinander, die Nacht drängt ins Cockpit, in die blecherne Hülle, ihre eigene Leerstelle, mit Technik gefüllt. Das Spiegelbild der Instrumentenlichter an der getönten Kanzelscheibe verschwimmt mit den Sternen, die werden zu Irrlichtern ihrer Orientierungslosigkeit. Rauschen, Signale, Elementargeister schwingen sich durch Frequenzbereiche, die Codes aus den Instrumenten driften durch ihre Aufmerksamkeit, geben ihr ein Verhalten vor und wachen doch jenseits ihres sedierten Körpers nicht über sie. Ihr Gefühl für ihren in diese Trutzburg gezwängten Körper zerfällt in der anästhesierenden Klangwolke. Ihr Unterleib ist taub, die Beine eingeschlafen. Wann wird es soweit sein, dass eine verpflichtende App das unterdrückte Zittern deiner Stimme und Mikrosensoren deinen biometrischen Status online an ein Kontrollzentrum weiterleiten? Dann bist du ein Datenpaket, ein Algorithmus wird mehr über dich wissen als du selbst; du wirst dich in einer Datenwolke auflösen, wirst ersetzt werden, was digitalisiert werden kann, wird digitalisiert, die Maschine wird dich nicht mehr brauchen und selbst fliegen, vielleicht verlässlicher als ein verrückter Copilot, der den Flieger in einen Berg crasht. Aber du bist ja jetzt schon eine Maschinenfrau, denkt sie im Cockpit, lacht noch fahrig, du siehst nicht einmal mehr die Wolkengebilde draußen, denkt sie, bevor ihr entfleischtes Ich im Taumel der aerodynamischen Gaukelei letzte Reste von Körperempfinden verliert.

Die Turbinen, die Lichter ausschalten, außer Hörweite der Erinnerung im rettenden Dunkeln schweben.

Der Schlaf holt sie von hinten ein, überholt sie, rast davon. Wach- und Albtraumzustände zerfließen in einem Graupelsturm von Geräuschen, 12-, 24-, 48-Ton-Musik ohne Anfang, ohne Ende, Echomomente, »dein Platz ist besetzt« kreischt ein Roboter, »wasch dein Hirn beim nächsten Sim«, »knie dich hin«, die Stimme Gabrios, die des Imkers, *Bootshaus, achtzehn, siebzehn,* ein Tonband läuft in einer Madrider Nacht rückwärts.

Sie hatte sich die Fliegerei erschlossen und war nun darin gefangen wie ein Zauberlehrling, war Werkzeug technischer Vorgaben, digitaler Wirklichkeit geworden. Ihr Schädelknochen leitet Vibrationen weiter, dass ihr fast der Kopf zerspringt, ihre Wachheit reicht kaum mehr über das Cockpit hinaus, sie taumelt zeitlos, ichlos durch fremde Flughafengänge, sucht den Ausgang, ihre Konzentration ertrinkt im Rauschen von Stimmen, Ansagen, da berührt sie eine Flugbegleiterin am Arm; sie kann ihr Zittern nicht in Worte pressen. Flughafen, Fluchthafen. Fluchhafen.

Der übernächste Tag beginnt am Abend, zweimal Red-eye-Kurzstrecke Mallorca, die Verspätung beim ersten Abflug zieht sich durch die Nacht. Displays, Knöpfe, Schalter sind ihr vertraut, ihre Hände und Arme nicht mehr. Die Armaturen fokussieren, aber bändigen ihre Unrast nicht. Endlosschleifen ohne Landeerlaubnis, sie wird von einer Überinformation an Zahlen geflutet, von Checklisten, Manövern, Wiederholungen, dem ewigen Countdown, alles immer wieder von vorne, eine digitale Sanduhr in Chaos und Leere. Sie erwacht am Nachmittag in Madrid nach sechs Stunden Pillenschlaf. Sie findet keinen natürlichen Rhythmus, nur jenen der Flugpläne, sie orientiert sich über Apparaturen, wird geleitet von Funkfeuern, Codes, die klar zu befolgen sind, *Overlay Approach, Differential GPS-Precision Approach, Stand Alone Approach.*

Crescendo, Sforzato, die Startgeräusche werden zu Geschossen in ihren überwachen Ohren. Santa Cruz, Teneriffa, Arrecife, eine Landebahn löscht die nächste nicht aus, sondern überlagert sie. Sie werden zu mehrdimensionalen Gebilden in ihrem Kopf; kein Kunstwerk, nur technisiertes Bewusstsein ohne Zusammenhang. Zahnräder fehlen, um ihre Gedanken aufeinander abzustimmen, Gewinn- und Verlustrechnungen, Matthias. Geborgenheit, Wärme. Der Gedanke an einen Kuss, seinen Kuss lässt sie zittern.

Sie findet keine Löschtaste für ihre Erinnerungen, spürt Magensäure in den Hals gedrückt, Eindringlinge in ihrem Kopf, *einunddreißig, zweiunddreißig, dreiunddreißig,* ihr monströses Spiegelbild rast im schwarzen Cockpitfenster neben ihr durch die Nacht, dann das von Matthias, sie will etwas sagen, findet ihre Zunge nicht mehr. Träume mutieren zu Trugbildern, Flugzeuge zu Reisepatronen, zu einer Artilleriehülse, bei der Landung zum Bohrhammer, dann zu einem stählernen Tier, *accelerate-stop distance available, thrust reversal,* sie klammert sich an ein keuchendes Monster in aufheulender Schubumkehr, das zu einem

Traktor mit Blaulicht im überreizten Trommelfell wird, während ein drehender Zeigefinger ihre Schläfe anbohrt. Der Wecker läutet, sie ist schweißgebadet, hat wieder geträumt, rahmenlose, bodenlose Träume.

Sie reist nicht mehr, sie ist die Kanzel, die einst ihr Rettungsboot war, ist darin gefangen, nicht einmal ein Gefängnis, in dem sie Runden drehen konnte, nur Gedanken wälzen sich um. Lärm füllt ihre Tage, Nächte, kein Piano Allegro mehr; Forte Fortissimo, immer neue digitale Bilder vom Screen werden in ihr Hirn eingespeist, bohrende Wiederholung in den Fächern des Kopfes, sie ist der Lärm selbst. Jenseits der Kapsel aus Schall ist Leere, ist nichts, die Cockpitscheibe flimmert, ein defekter Bildschirm, der Autopilot ist infiziert von Erfahrungen, programmiert mit künftigen Ängsten. Farben verblassen in der wie durch Milchglas getrübten Sicht. Heute wird Ana begraben, nein, das war längst. Zumindest quatscht selbst Ricardo nicht mehr über Quotenpilotinnen.

Sommer, drei Atlantikflüge nach Puerto Vallarta, Nordroute, die Sonne geht am Hinflug nicht unter, nicht beim Rückflug, keine magischen Nordlichter wie einst, nur zerdehnte oder aneinandergeklebte Tage ohne Nächte, dann wieder Dubai. Im Flughafen sieht sie keinen Abfall, kein Graffiti, keinen Schorf, nicht die verrostete Rippe eines Heizkörpers, sie muss laufen, laufen, zu Terminal B. Sie stolpert nicht, rutscht nur einmal auf den glatt gebohnerten Marmorplatten aus. Es sind keine Bretter, die ihre erträumte Welt bedeuten, es ist eine endlose Falltür, die unter ihr nachgibt, oder nur ihre Knie, in der blendenden, schwankenden Kunstwelt des Emirate-Airports, den sie wie durch eine Webcam wahrnimmt, Triumph des Fortschritts, des Ölgeldes, der Geschwindigkeit. Von oben hineinstürzen ist kein Ankommen, denkt sie in seltener Hellsichtigkeit, sie ist ein Figürchen im Flussdiagramm der tadellosen Abfertigungsprozesse. Beim Blick auf die Digitaluhr im Terminal verliert sie den Halt, sucht vergeblich nach einem Sitz.

Blut pocht in ihren Schläfen wie Stimmen in der raunenden, zähflüssigen Menge bei der Passkontrolle eine Viertelstunde später, der Crewschalter ist geschlossen, Durchleuchtung des Bordgepäcks, sie wird weitergeschoben, schluckt den Schall, Matthias' Predigten, Gabrios Tiraden, sie kann kaum mehr ausatmen. Ihre Nase, ihre Augen sind mit Reizen überschwemmt, mit Kerosingeruch. Ihre Mittagspause war ein Boxenstopp im Zeitkorridor ohne Leerlauf; auftanken, just-in-time, sie geht scheinbar souverän mit ihrer Zeit um, das Sandwich schmeckt nach Kreide. Die Chilischärfe des Asiamenüs zwei Stunden später an Bord wird auf ihrer belegten Zunge zur einzig wahrnehmbaren Nuance inmitten von Geschmackshalluzinationen, aber in der dünnen Kabinenluft flachen die Aromen ohnehin ab. Ihr Magen stemmt sich dagegen, Wellen von Übelkeit, sie würgt, darf nicht kotzen, nicht im Flieger, in die blaue aseptische Lauge der Edelstahlmuschel, keine Pilotin darf kotzen, sonst ist sie weg von der Liste. Eine Faust bohrt sich vom Zwerchfell in die Speiseröhre, schiebt Sodbrennen hinauf, unvermeidbare Lügen, um Matthias und Gabrio im Gleichgewicht zu halten. Der Kapitän links von ihr sieht sie seltsam an. Etwas Übersinnliches spielt mit ihrer Zeit, dehnt sie nach Westen, lässt sie beim Rückflug wieder zusammenschnellen. Jedes ihrer immer weniger werdenden Worte klingt in ihrem Schädel nach wie ein Gong, selbst die Hintergrundmusik im transitorischen Territorium zwischen den Schiebetüren des Flughafens schmerzt, wie heißt der Airport heute? Er ist ein gläserner Durchlauferhitzer, ein Science-Fiction-Labor, wo sie, von den Irisscans, den Libellenaugen der Überwachungskameras umzingelt und von Elektrosmog-Permastrahlung durchseucht, erst Schmerzen hinter die Augen, dann Gedanken eingepflanzt bekommt, »du bist nicht gut genug, bist nicht«. Und doch nichts Konkretes spüren, nur noch Wirkungen, keine Ursache mehr. Der Rest Leben am Boden, nicht ihres, nicht das einer anderen, in Abu Dhabi, Madrid, Miami, verkommt zu Resonanzräumen, einer unwirklichen Restexistenz, stets verfolgt von Argus, dem schlaflosen Flughafen, dem gnadenlosen Riesen, der seine hundert Augen nie schließt, der sie durchschaut, wo ist Vera mit ihrer Musik, um die Kakofonie in ihrem Kopf zu ersetzen, um Argus einzuschläfern und all die Augen in ein Pfauenrad zu verwandeln. Ein paar Nächte in Flughafenhotels, Hingabe an kleine runde Ruhebringer, ich optimiere nur meinen Schlaf, und bald fehlen ihr ganze Wochen der Erinnerung.

Bis ihr nicht einmal mehr die Täuschung gelang. Sie war nach Wochen in den Randzonen des Nichts zu erschöpft, um sich ihre eigenen Ausreden zu merken. Matthias stellte Fangfragen in der auf Flugpausen zusammengepressten Jetztzeit, zerquetschte sie im schmalen Terrain zwischen Begehren und Nachdruck. Sie stieß ihn weg, bevor er ihr Lust machen konnte. Bis sie ihn ertappte, wie er ihr Smartphone in der Hand hielt, Nachrichten las, während sie unter der Dusche war, 22 Stunden München, von der knappen Erholungszeit in Madrid gestohlen, für ihn, nicht für eine dämliche Prosecco-Firmen-Vernissage, zu der er sie unbedingt schleppen wollte.

»Du wagst es? Spionierst erst in meinem Hirn rum. Und jetzt noch das.« Röte schoss ihr ins Gesicht, Wut sammelte sich in ihrem Mund. »Du wirst Gabrio immer ähnlicher!« Ihre Stimme war seit Tagen belegt.

»Wenn du mir nichts sagst?«

Zur Hauptsaison seien in den Crewhotels die Zimmer knapp, hatte sie angedeutet. In Wahrheit machte kein Mann einen Schritt über ihre Schwelle, Kapitäne holten sich lieber eine pflegeleichte Flugbegleiterin ins Bett. Außer Gabrio. Wenn Liebe und Lüge Schwestern waren, dann war die Provokation eine missvergnügte Stiefschwester, die sich einmischte.

Der Aufenthalt in München brachte keine Heimkehr, keine Perspektive. Ihr fehlte die Kraft für Auseinandersetzungen mit Matthias. Keine Liebe mehr in ihr, auch die war jetzt Teil der erweiterten Kampfzone.

Sie flog zurück nach Madrid, ihr kämpferischer Teil war aufgebraucht, sie wollte auf einer weichen Couch landen, in eine Wanne voll warmen Wassers gleiten, sich hinter Badeschaum verstecken, die Zeit drosseln, Verantwortung abfließen lassen, abgerubbelt werden wie ein Kind, eine Geschichte vorgelesen bekommen, Trostlied statt Sim-Check, Papas Schweigsamkeit, abtauchen in die Stille, die Panik wegschlafen, um wieder Kraft zu finden für die Kämpfe, die in Madrid und in der Luft noch vor ihr lagen. Matthias würde sie auffangen, ihr aber die Flügel stutzen, statt sie zu stärken, um einen Weg durch das mehrdimensionale Labyrinth zu finden.

Keine Sehnsucht mehr, nicht mal Sehnsucht nach der gekillten Sehnsucht. Über ihrem linken Auge pochte es, das Lid zuckte. Sie hatte seit Wochen ihr Konto nicht gecheckt, fiel ihr ein, kaum ihre Kreditkartenabrechnung. Sie schrieb Matthias: »Ich ersticke an deiner Liebe.«

Seine Antwort, in sieben WhatsApp-Nachrichten zerhackt, und der Abschluss »hab' Zutrauen, lass dich fallen – ich liebe dich« war für etliche Stunden Klebstoff über ihren Gehirnzellen und machte sie dann rebellisch.

Deine Liebe. Ein Saugnapf. Ein Mann ist kein Tintenfisch. Lass mich, ich mache schon. Ich weiß selbst, was ich zu tun habe. Oder auch nicht. Aber es ist meine Sache. Ich habe ein verfluchtes Recht auf meine Lügen. Zumindest verschweigen dürfen, was schwierig war.

Dann brachte sie nichts mehr heraus, das stimmig war. Was nicht ausgesprochen wird, ist auch nicht, war sie lange überzeugt. Nach der ersten Unwahrheit mochten weitere leichter sein, aber ihre matte Verstellungskunst ertrug keine Nähe. Sie war spröde, porös, von Matthias durchdrungen. Jetzt wurden die harmlosesten Worte zur Falschheit, wenn sie nicht alles sagte. Gabrio fickte sie bei einer gemeinsamen Rotation, nicht mal obszön, nur wütend, ohne Fragen zu stellen, und verschwand dann auf sein Zimmer. Sie starrte an die Decke und empfand – nichts.

Sie kündigte ihren Besuch bei Matthias für einen Freitagabend an; und flog nicht, rief nicht mal an. Zwei übrig gebliebene Tage in Madrid, zwei Nächte. Sie zwang sich, nichts zu spüren, wusste nicht, ob sie wieder aufwachen wollte, schreckte auf, starrte auf die Digitalzahlen des Weckers, wer hatte die Zeit angehalten? Sie wälzte sich, ließ ab halb fünf in der Früh Simonas Waschmaschine dreimal laufen, die schließlich nach der Brandung in Sulawesi klang. Wenn sie endgültig am Ende sein würde, würde sie nicht an einem Strand ausschlafen, es würde ein Kolbenfresser sein wie bei einem ungeschmierten, überhitzten Motorrad.

Sie aß eine China-Instantsuppe, meldete sich nicht, als Bertas, dann Matthias', dann Gabrios und wieder Matthias' Nummer auf dem Display erschien, hätte losgeheult, ging joggen, versuchte den Rhythmus von Lauf und Atem wiederzufinden, verweigerte voller Gewissensbisse jede Antwort auf seine SMS, in unausgesprochener Treulosigkeit. Wellen von Zorn und Reue überrollten sie, mündeten in eine neue Nacht, brachten aber keine Zeit für Einkehr.

»Mach deine Pläne ohne mich. Warte nicht auf mich! Ich komme klar. Klar?«, war das Einzige, das sie ausspuckte, als er sie am Mobiltelefon im Crewbus inmitten von Kollegen erwischte. Die Lichter des Abendverkehrs huschten über ihr Gesicht, blendeten sie, sie fühlte sich von jedem gescannt. Ihr fiel kein Ausweichmanöver mehr ein; eine Fahrt in die Wut.

Warte. Aber lass mich. Ich mach schon. Nur wegen der Firma. Gabrio. Kann mir schaden. Was stimmte, aber nicht alles war. Gabrios Rücksichtslosigkeit erregte sie noch immer.

Wer hatte die bockige Thermik erlebt außer Segelfliegern, den Strudel nach oben, an Wolken gefesselt zu sein in Vernichtungsangst, wenn der Boden entschwindet, die Luft dünn wird, Atemnot, das Herz rast. Dieselbe Panik, wie wenn jemand einen unter Wasser drückt, bis die Luft wegbleibt.

Am Polonnaruwa-See kam Nachtwind auf und brachte ihre Gedanken zurück zur Terrasse. Ein Tierschrei rollte mehrmals über das Wasser, und verstummte wieder. Sie starrte mit müden Augen in die Schwärze, bibberte, streckte ihre steif gewordenen Glieder und ging in ihr Zimmer.

Der Mensch ist weder Engel noch Bestie,
und das Unglück will es, dass, wer einen Engel
aus ihm machen will, eine Bestie aus ihm macht.

BLAISE PASCAL

Surya

Der See war schwarz und glatt. Ein Reiher schwebte knapp über seinem Spiegelbild. Schattenrisse von Palmen und Sträuchern am Ufer sahen im aufkeimenden Morgenlicht aus wie Gefieder, Tuscheskizzen einer Landschaft, die nichts zu atmen schien außer Ruhe. Sie teilte die Wasserfläche, kraulte bis zu einem Felsen, schwamm zurück, als die Sonne den filigranen Horizont wegblendete und das geriffelte Wasser mit Orange überschwemmte.

Sie frühstückte und brach noch vor acht Uhr auf, Richtung Nordosten, auf die Schattenseite der Insel, auch wenn es an diesem brennenden Tag in der Steppe kaum Schatten gab. Polonnaruwas steinerne Buddhas waren nach Süden gewandt. In die flache Trockenzone des Nordens verirrten sich kaum Touristen. Stattdessen nahm die Militärpräsenz zu. Von den ersten Kontrollposten wurde sie durchgewunken. Auf den Sandsäcken einer Stellung am Straßenrand rekelte sich ein kleiner Junge. »Kriegsstillstand«, hatte ihr der Guesthouse-Rezeptionist mit seiner seltsamen Wortwahl versichert, die Tamilentiger seien ausradiert. »Und mit den Moslem-Jihadisten räumen wir auch noch auf.« Er lachte, schien von Claras Unternehmungsgeist beeindruckt. Die Straße nach Trincomalee, der größten Ansiedlung an der Nordostküste, war offen.

Vor elf Jahren hatte Surya sie einige Tage lang geführt. Sie hatte sich damals acht Tage Urlaub genommen, um die

Insel zu entdecken, da das während der kurzen Flugbeglei-ter-Rotationen kaum möglich war: Am ersten Tag hieß es ausschlafen, am vorletzten rechtzeitig zurück sein, und dazwischen nichts Gefährliches unternehmen, höchstens einen Ausflug zu Edelsteinminen und Schmuckgeschäften im Süden, und für einen Kaffee ins koloniale Galle.

Surya hatte sie in Kandy kennengelernt. Nach der Fahrt in einem Lokalbus von Colombo in die Berge hatte sie keine Lust mehr gehabt, mit ihren langen Beinen in Enge und Hitze eingepfercht zu sein. Sie hatte nach einem Fah-rer gefragt, der mit ihr nicht nur Souvenirgeschäfte ab-klappern sollte.

Surya war ihr sympathisch. Er war Nachfahre der Tee-pflücker, die die englischen Kolonialherren im 19. Jahr-hundert aus Südindien geholt hatten. Von der Regierung würden sie staatenlos gehalten und von den einheimi-schen, kastenbewussten Tamilen im Norden der Insel nicht als ihresgleichen anerkannt, erzählte Surya mit ruhiger Stimme. Er war Lehrer gewesen, nun Taxifahrer, Fremden-führer; ein kleiner Mann, Wanderer zwischen den Welten der Tamilen, Singhalesen und Touristen. Er entstammte wohl keinem Fürstengeschlecht, strahlte dennoch eine natürliche Würde aus. Während ihrer gerade fünftägigen Reise lernte sie seine großväterliche, unaufdringliche Art schätzen, seinen poetischen Blick.

Mit der Zurückhaltung eines Menschen, der seine Ge-sellschaft abgeklärt betrachtete, zeigte Surya ihr die heiligen Stätten der Hindus und der Buddhisten. In melodiösem, leicht nasalem Kolonialenglisch erzählte er von den Reisen der Singhalesen aus Nordindien, der Tamilen aus Südin-dien auf eine von Drachen und Dämonen bewohnte Insel, das verzauberte Königreich eines zehnköpfigen Ravana. Er schenkte ihr eine englische Ausgabe des Ramayana, ging mit ihr Alleen ab, Plätze, wo sich einst Könige huldigen lie-ßen. Er zeigte ihr Dämme alter Bewässerungssysteme, die noch verwendet wurden. Kinder planschten im teebraunen Wasser, eine Frau wusch einen roten Sari.

Nach Sonnenuntergang, wenn die Nacht aus den Tälern aufstieg und sich die Teehügel wie Katzenbuckel in den Himmel schmiegten, der für Minuten wie eine Buddharobe aufglühte, beschrieb Surya seine hinduistischen Götter und ihre irdischen Intrigen. »Du kannst in der Form der Insel eine Mango sehen oder eine Träne.« Surya spannte einen Bogen von Klängen und Farben, vom Mangogelb über Jacarandablau zum Kriegsrot.

Tagsüber, bei der Fahrt über die Insel, saß sie im Schneidersitz in Suryas nicht klimatisiertem Morris Minor, der Dutzende Male repariert worden war.

»Ich habe das immer interessant gefunden.« Er zögerte, strich über das Holzlenkrad. »Dass eure Gesellschaften materialistisch genannt werden. Ich habe den Eindruck – verzeih, Clara, ich mag mich täuschen –, dass bei reicher Fülle weniger Respekt für die Materie besteht. Bei uns wird ein Auto so lange repariert, bis der Rost es nicht mehr zusammenhält. Und die Reste werden noch einer Wasserpumpe einverleibt.«

Sie verstand die Liebe zu alten Autos; zu Motorrädern, Flugzeugen.

Sie sah aus dem offenen Fenster von Suryas Morris. So friedlich. Es täuschte. Die Insel befand sich im Krieg mit sich selbst. In der Fliegerwelt war das damals nur ein Randthema, wenn es den Tourismus betraf, die Frequenz der Charterketten. In Zeitungen stand wenig.

»Surya? Kannst du sie unterscheiden? Tamilen, Singhalesen?«

»Sicher.«

»Wie?«

»An ihrem Namen.«

»Nein, ich meine, auf der Straße?«

»Die Frauen. Meistens.«

»An der Gestik. Am Faltenwurf der Saris?«

»Nein, das ist ziemlich gleich. Aber Hindufrauen tragen einen roten Punkt. Jedenfalls die verheirateten.« Er deutete auf die Stirn. »Erkennt ihr euch an der Augenfarbe?«, fragte er. »Deutsche, Franzosen?«

»Nein. Natürlich nicht.«

»Eben.« Er lächelte wieder. »Unsere Haut hat die Farben von Tee, hellbraun bis ebenholz. Tamilen wie Singhalesen.«

An einem Abend, am offenen Kamin einer Lodge im Teehochland, wo er herstammte, zeigte ihr Surya einen Atlas von Sri Lanka, der in der Lobby lag. Siebzig farbige Karten, jede zeigte einen anderen Aspekt der Insel, Vegetation, Bewässerung, Sprachen, Religionen, Zahl der Schulen, Telefonanschlüsse.

Die in ihrem Kopf gespeicherten Karten hingegen waren Jeppesen-Pläne, Pilotenkarten, die sie sich schon als Flugbegleiterin gekauft hatte, heimlich. Alle hätten sich das Maul zerrissen, wenn sie das gewusst hätten, Kolleginnen wie Piloten.

»Jeder von uns sieht etwas anderes«, sagte Surya, den Blick über Claras Schultern in die Ferne gerichtet. Er zog an seiner Beedi, die er sich nach dem Abendessen gönnte. »Jeder biegt seine Geschichte, wie es ihm in den Kram passt. Und glaubt irgendwann selbst an seine Lügen.«

Nach dem Abend am Kamin war sie in die Nacht hinausgetreten und hatte in das Funkeln im schwarzen Hochlandhimmel geschaut, das den Boden nicht erreichte. Die Stille verdichtete die Finsternis. Sie suchte den ihr vertrauten Abschnitt im Norden, verband die Sterne durch imaginäre Linien zu Bildern. Kälte drang durch ihren Pullover, trieb sie zurück in das Steinhaus, wo das Kaminfeuer heruntergebrannt und Surya schlafen gegangen war.

Am nächsten Abend erzählte er von Inselkämpfen in mythologischen Zeiten und von aktuelleren Konflikten, Terror im Süden, Tamilenrebellen im Norden. Er sprach ruhig, beinahe stoisch von Kastrierten, mit Autoreifen um den Hals Verbrannten, von Alleen auf Stecken aufgespießter Köpfe. Im Reiseführer hatte sie die wenigen Zeilen über den Konflikt überflogen. Vom Nahen Osten war dauernd die Rede, zu diesem Krieg hier hatte es lange keine Reisewarnung gegeben, kaum Bilder. Nur einmal hatten sie zwei Tamilen an Bord gehabt, die abgeschoben wurden. Die beiden sprachen nicht, aßen nichts, wollten nur Wasser, während ihre beiden Bewacher unbekümmert zulangten.

In Crewhotels zappte sie manchmal, Kriege, zerschossene Häuser, Flüchtende huschten über den flachen Schirm, gepresst in 70 Sekunden CNN-Erklärungen der Fakten und Hintergründe. Videoclips von einem anderen Stern. Sie konnte ihre Wahrnehmung der Welt mit der Fernbedienung, mit einem Wischen am Smartphone wechseln.

»Jede Nacht war Ausgangssperre. Dann wurden Leute geholt.« Suryas Stimme klang rauchig, belegt.

Clara versuchte, ihren Nacken zu strecken.

»Wir waren keine politische Familie.« Surya machte eine lange Pause, zog an seiner Beedi. Das Feuer im Kamin knisterte und ein Kellner putzte im Schein einer schwachen Glühbirne hinter der Bar lautlos Gläser. »Unser ältester Sohn hat in Colombo Pharmazie studiert. Wir waren stolz auf ihn. Ich weiß nicht, ob er politisch aktiv war. Möglich… ja. Damals waren Studenten aufgewühlt.« Surya rückte seine Brille zurecht, hinter deren Gläsern, dick wie Flaschenböden, seine braunen Augen beengt wirkten. »Wir hatten kein Telefon. Sie haben bei unseren Nachbarn angerufen. ›In der Nacht abgeholt.‹ Das Letzte, was wir von ihm gehört haben.« Seine Augen entfernten sich. Clara schwieg entgeistert.

»›Eltern eines Subversiven‹. Ich habe versucht, meine Frau zurückzuhalten.« Seine Finger waren verschränkt, als wollte er die Erinnerung bändigen.

»Seid ihr zur Polizei gegangen?«

Ihre Stimme war ihr fremd, die Fremdheit breitete sich aus, in ihrer Brust. Der Kellner warf eine Handvoll dürrer Zweige in den Kamin. Das Feuer loderte noch einmal auf, spiegelte sich in Suryas Brillengläsern, erleuchtete den Raum flackernd gelbrot.

»Zur Polizei«, wiederholte er. Er schwenkte den Kopf in einer Nachdenklichkeitsschleife, hob die Mundwinkel, ein Lächeln, das sich wohl aus der Tiefe seiner Erinnerung aufschwang. Er rieb ein Ohr, schaute über die Hornbrille eine Weile ins Dunkel. »Zur Polizei.« Er machte einen tiefen Atemzug. Die vergessene Beedi zitterte zwischen seinen teefarbenen Fingern, das Rauchwölkchen zerfaserte. »Wir haben den Mund gehalten.« Er nahm die Brille ab. »Es gab keine Stelle, wo man sich beschweren konnte. Keine Begründung. Auch nicht dafür, dass ich von der Schule gewiesen wurde.« Flammenschein fingerte über sein Gesicht. »Eine Zeit lang war ich Vertreter für Toiletteneinrichtungen.« Er lachte kehlig, für einen Moment lachten sogar seine Augen. »Wenn wir keinen Ärger machten, blieb der Schimmer einer Hoffnung; dass er zurückkehrt.« Surya zog ein letztes Mal am Stummel der Beedi, bevor er ihn ausdrückte. »Verabschieden konnten wir uns nie.« Seine Augen lagen tief in den Höhlen, vom Kaminfeuer nicht erreicht, er lächelte fast, ein leichtes Zucken der Lippen. »Ich hab' versucht, nichts zu denken. Nichts zu empfinden.« Er schloss die Lider, schloss Clara aus.

Jetzt, elf Jahre später, wartete sie bei einer Militärkontrolle. Krüppel bettelten neben einem Bus, der vor ihr in der Fahrzeugschlange wartete. Sie hockte sich auf ihre Fersen. Ein Mädchen humpelte einbeinig auf sie zu, balancierte auf aus Brettern gezimmerten Holzkrücken. Clara kramte, drückte dem Mädchen einen Geldschein in die gekrümmte Hand, ohne in ihre Augen zu schauen. Das Mädchen zog seinen Körper in schlangenartigen Bewegungen weiter.

Sie lief, flog. Haderte mit dem Schicksal. Und spürte den Wunsch nach Suryas unaufdringlicher Präsenz.

»Tausende sind ausgelöscht worden. Und alles wurde unter den Teppich gekehrt«, hatte Surya berichtet, mit brüchig gewordener Stimme, unterbrochen von langen Pausen. »Die Folterknechte? Nie ermittelt.« Seine Schilderungen waren kontrolliert, fast schüchtern. »Einfach sagen: ›Was war, das war‹, klingt ja gut, nach vorne schauen. Aber der dunkle Fleck ist da. Grübeln ohne zu reden. Ist nicht gut.«

Jetzt, am Militärposten in Sri Lanka, wo sie nichts anderes tun konnte als warten, fielen ihr Suryas Worte von damals ein. »Vertuschte Vergehen fallen auf den Einzelnen zurück, manchmal auf die Sippe. Beteiligt sich unsere ganze Gesellschaft am Verschweigen, dann rächen sich die Götter am Volk. Das erzählen uns unsere Mythen seit Generationen. Dass die Verdrängung die Saat des Todes in uns pflanzt, während das Lächeln auf unseren Gesichtern brennt. Vielleicht haben wir deshalb eine gewaltige Selbstmordrate, höher als bei euch in Europa. Habe ich gehört.«

Sie hockte im Baumschatten am Checkpoint zwischen Polonnaruwa und Trincomalee, vermisste ein Buch, wollte aber nicht wieder Anils Geist treffen. Jahrelang hatte sie nicht gelesen, außer Flight Manuals. Als Kind verschlang sie alles, Kon-Tiki, Piratenabenteuer, sogar Oma Mathildes deutsche Heldensagen. Die Helden waren Männer. Für die Frauen blieben Prinzessinnen- oder Hexenrollen; ab und zu eine Brunhilde. Klar, dass sie sich für die Männerrollen entschied, die nahmen das Leben in die Hand.

Die wenigen Jugendfotos von Großmutter Mathilde zeigten eine attraktive, junge Frau; rote Haare; bleich. Ihre knochigen Hände waren grazil. Die Finger verträumt über

Klaviertasten gleiten lassen? Statt den Teppichklopfer fest-zuhalten. Im fernen Transkarpatien habe Oma eine Ju-gendliebe gehabt, hatte Clara von Mama gehört. Ein char-manter Hochstapler mit dünnem Filmstarschnurrbart, wie es hieß, der dem jungen Ding die Welt versprochen hatte und nach Amerika abgehaut war. Giftige Anspielungen der Nachbarn, dass es wohl einen Grund für die Flucht gege-ben haben müsse.

»Mieses, faules, falsches, verantwortungsloses Pack. Kein Wunder, dass man sie in Polen vergast hat!«

Man. In Polen. Omas heisere kleine Vogelstimme, ihre hilflosen Tiraden, dachte Clara jetzt.

Großvater, nach der Hochzeit rekrutiert, als Volksdeut-scher zur Waffen-SS. Kam nicht mal bis Charkow, war toter Held und Opfer in einem. Die eigene Vertreibung dann, Omas seltene Erzählungen, von Gehenkten am Wegrand, Deserteuren, blinden Soldaten im Schlamm, von ihren Betreuern verlassen; Partisanen und Russen im Nacken. Hungern, betteln, stehlen. Eine Heimat erreichen, die keine war, nie eine wurde. Deutsche Fremde, Oma allein mit ihrer kleinen Tochter. Täter, Opfer, Frau sein, als Zua-groaste ihren Mann stehen. Gebückte Feldarbeit für ein Schmalzbrot für ihre Tochter. Wie war das für Mama, ohne Vater aufzuwachsen? Durch Omas Heiligsprechung musste er unantastbar gewesen sein. Immer präsent, aber wenig hilfreich. »Schäme dich! Wenn dich Papá sehen würde!«, hatte ihn Oma immer als Erziehungsmittel verwendet.

Hätte auch er zum Teppichklopfer gegriffen? Oder war Opa ein sanfter Mann, den der Krieg überrollt hatte? Eine steif gefrorene Leiche mit aufgerissenen Augen?

Zu viele Bilder. Wenige Worte. Umschwiegene Lücken.

Sie erhob sich aus der Hocke, streckte Knie und Kreuz durch. Weiter vorne am Checkpoint durchsuchten Solda-ten die Ladung eines Lastwagens, Kisten mit Seife und

Limonade. Einer dieser Militärposten zwischen steingefüllten Teerfässern hatte vor elf Jahren ihren Versuch vereitelt, nach Trinco zu kommen, im damaligen Bürgerkrieg, von dem sie so wenig gewusst hatte.

Die Rekruten waren gelangweilt gewesen. Oder überreizt, in Erwartung eines Rebellenüberfalls. Die Soldaten hatten Claras Rucksack genommen, ausgeleert, den Inhalt am Straßenrand verteilt, T-Shirts, Tampons. Unter Gelächter drückten sie gerade den Inhalt der Zahnpastatube in einer obszönen Geste aus, als ein Offizier erschien, alle anschnauzte und sich bei Clara entschuldigte.

Aber sie durchwühlten Suryas bescheidene Reiseutensilien, filzten ihn so, dass Clara vor Scham in den staubigen Boden sinken wollte. Was hatte er schon mit? Wäsche zum Wechseln, zwei Bücher. Hatte ihn das verdächtig gemacht? Taxifahrer lesen keine Bücher, dachte sie. Er hatte sein Auto halb zerlegen müssen, während die Soldaten zwischen Gelächter, Kommentaren, die sie nicht verstand, und demonstrativer Langeweile wechselten.

Dann durfte er es wieder zusammenbauen, bevor die Militärs sie zurückschickten. Er sollte sich hier nicht noch einmal blicken lassen. Sie hatte hilflos gelächelt; wie Surya, der es gewagt hatte, sie in den Nordosten der Insel zu fahren. Für ihn wäre es der erste Besuch seit Jahren in Trinco gewesen, wo eine Nichte lebte. Suryas Lächeln war schicksalsergebener als Claras. Die Erfahrungen seines Lebens hatten seinen Zorn vielleicht verzehrt.

Es gibt zwei gefährliche Abwege:
die Vernunft schlechthin abzulegen
und außer der Vernunft
nichts anzuerkennen.

BLAISE PASCAL

Sinkflug

Sie machte ein paar Schritte die Autoschlange entlang, um sich die Beine zu vertreten und die Gedanken zu verscheuchen. Kein einziger Morris Minor war mehr dabei, nur neue japanische und koreanische Wagen.

»A Coke, Madam?« Ein Junge klopfte auf eine Styroporbox.

»Mineral water?«

Seine Hand suchte geräuschvoll unter den Dosen und wurde fündig. »Forty Rupees, Madam.«

Ihr war nicht nach Handeln. Sie gab ihm das Geld, nahm ein paar Schlucke, ging zum Motorrad zurück.

Rupien. Wie in Mauritius, fiel ihr wieder ein, im vergangenen Juli. Vor neun Monaten. Sie hatte noch einmal Hoffnung geschöpft, ihrer Misere zu entkommen, auf einer entrückten Insel, wo Hindus, Christen und Moslems zusammenlebten und die Widersprüche in einer tropischen Idylle zerflossen.

Der Auszug aus der gemeinsamen Wohnung, die Flucht nach Madrid schien gelungen, der Trennungskrampf mit Gabrio noch nicht. Varadero, Punta Cana, Caracas, die Destinationen, Einflugschneisen, Pisten verschwammen. Sie verschlief kurze Nächte in Madrid bei ihren Freundinnen, wollte niemanden sehen, nur weiche Lärmstopper spüren, schlafen, vergessen. Instrumentenanzeigen blink-

141

ten, Synthesizer piepsten, Positionslichter trieben durch ihren durchlöcherten Schlaf, Flugzeuge, der metallische Wagenpark eines Wanderzirkus, der Gabrios Befehlen gehorcht. Kapitänskollegen wurden zu hämischen Gauklern, sie ging fremdgesteuert im Stechschritt, torkelte, das Publikum lachte, applaudierte, sie ist ein gefesseltes Tier, zuckt, erwacht schweißgebadet.

Du bist nicht mehr 25, das ist alles. Reiß dich zusammen, andere können das auch.

Sie richtete sich auf, funktionierte. Die Cockpitrituale gaben ihr einen Rest von Halt. Dahinter lauerte die Befürchtung, Matthias verloren zu haben, zwei Wochen hatte sie sich nicht gerührt.

»Warum rufst du ihn nicht mal an?«, fragte Berta, der Clara andeutungsweise von ihrem Dilemma erzählt hatte.

»Ich will mich nicht rechtfertigen.«

Sie setzte sich an den Laptop, schrieb ihm eine Mail, öffnete das Fenster, begann wieder, schrieb noch einen Satz ins Leere. Sie deutete die zurückliegenden Wochen an, lud ihn ein, für sechs Tage auf eine Rotation nach Mauritius zu kommen, schickte die vier Sätze ab, kein Schriftbild würde ihre Erregung verraten.

Er sagte zu.

Sie bekam Angst vor ihrer eigenen Courage. Kurz flammte die Möglichkeit auf, dass es nicht klappen würde – der Flieger war überbucht. Matthias kam einen Tag später mit einer anderen Maschine.

Die weiche Luft eines subtropischen Winters lag über der Insel. Auf einer einspurigen Straße ohne Leitplanken schwammen sie mit dem Wagen durch wogende Zuckerrohrfelder, vorbei an Holzhäusern und riesigen Weihnachtssternen. Die Spannung glitt von ihren Schultern. Gegen Ende des Tages blieben sie in einem Bergwald in einer Furt stecken. Es schüttete. Der Auspuff lag in lehmigem Wasser, der Motor gab noch ein Blubbern von sich, starb dann ab. Regen prasselte auf das Autodach. Das lückenlose Grün zu beiden Seiten wurde rasch dunkler.

»Was jetzt?« Das Mobiltelefon hatte keinen Empfang.

»Erst einmal eine Zigarette«, sagte er.

»Gib mir auch eine. Ein guter Anlass, meine Abstinenz zu unterbrechen.«

Sie sahen dem Rauch nach, der erst glatt, dann kräuselnd durch einen Spalt im Seitenfenster entwich. Der Regen wurde schwächer. Sie krempelten die Jeans hoch und stiegen aus. Schiebend und drückend bekamen sie das Auto aus der flachen Furt und brachten es auf der abschüssigen Strecke wieder zum Fahren.

Er steuerte sie durch die Nacht. Tropfen klatschten von den Bäumen auf das Autodach, sie alberten hinter den beschlagenen Scheiben. Die Scheinwerfer tanzten über Stämme, Moos, Lianen. Dann neigte sich die Straße in einer langen Geraden zurück in die Ebene. Matthias stellte den Motor ab. Sie öffnete das Fenster, streckte einen Arm hinaus. Es nieselte auf die Windschutzscheibe, auf ihren Unterarm, wie Sommerregen im Nadelwald, als sie Kind war, bis die Reifen im Tiefland letzte Pfützen zerteilten und Fächer aus Wasser öffneten.

Die Straße glänzte silbern, die Nacht war dunkelblau, als sie sich der Küste näherten. Sie zog die Tennisschuhe aus, stützte die nackten Füße auf die Vorderablage, sog die warme, feuchte Luft ein, einen Hauch von Melasse, Moder und Orangenblüten. Die Zusammengehörigkeit in der fremden Nacht breitete sich im Auto aus, verschmolz später im Hotelzimmer unter der Dusche. Bisse, das Wasser floss von seinem Mund zu ihrem zurück, sie hinterließen Spuren vom Bad zum Bett. Seiner Fingerkuppen regneten auf ihren Rücken, sie war nass, gab sich hin, stachelte ihn an, als er sie fordernd nahm, sie sich wand, während in ihrer Fantasie ein fremder dunkler Körper aus dem Hintergrund zusah, ein weiblicher Körper sich dazugesellte. Die

Fantasiefrau, sie konnte sie nicht selbst berühren, strich mit ihren Brüsten über Claras; ihre Lippen wandten sich dann ihm zu, nein!! Das nicht.

Sie lagen im Bett, ihre Finger berührten sich noch. Sie fixierte die weiße Zimmerdecke, glitt aus der Berührung, bevor die Erregung in Schwermut umschlug, nahm ihre Brille, warf nackt und verschwitzt ihr Notebook an, um sich an Handfestes zu klammern. Die halbjährliche Simulatorprüfung, als wäre sie am nächsten Tag und nicht erst sechs Wochen später. *Rejected takeoff. Single engine takeoff. Single engine landing,* Videos zur Selbstoptimierung, nicht zum Vergnügen.

Matthias blies Rauchringe. Sie schaffte keine Zeile, kam ins Bett zurück, gab sich ihrer flatternden Erregung hin, ihren noch unsicheren Kosenamen. Er holte zwei Biere aus dem Kühlschrank, strich ihr mit dem Flaschenboden langsam den Rücken entlang, das Kondenswasser löste kaum gekannte Schauer aus.

Später saß sie mit angewinkelten Knien auf dem zerwühlten Laken, das an ihren Schenkeln klebte, umschlang ihre fröstelnde Nacktheit mit den Armen, halte mich, nicht zu fest, nie, machte ihrerseits Fäuste, legte sie leicht auf seine Augen. Ihre Körper trieben ermattet in die Nacht, Palmen raschelten im beständigen Passat und warfen am nächsten Morgen zerfranste Schatten durch die Jalousie auf die Holzwand gegenüber ihrem Bett.

Für zwei Tage fuhren sie an die Nordspitze der Insel. Matthias war am Strand spazieren. Sie blieb auf dem Hotelrasen im Windschatten zur Vorbereitung der Simulatorprüfung. Sie suchte Abstand, nach der gestressten Unbezogenheit der vorangegangenen Wochen und der plötzlichen Nähe. Er blieb länger weg als angedeutet. Der Wunsch nach seiner Anwesenheit breitete sich von ihren suchenden Augen in den Bauch aus. Als sie ihn sah, als Punkt, dann als Silhouette, klopften ihre Schläfen. Sie löste sich aus der

Trance, packte das Handbuch in den Sarong, knotete den Stoff zusammen und zog ihren Pullover gegen den Abendwind über.

Sie gingen den Strand entlang, vorbei an verwaisten Ferienhäusern unter Palmen und Jacarandabäumen, Orchideen in Töpfen und rostigen Ölkanistern. Etliche schmucklose Häuser hatten Blechdächer, einige waren protzige Säulenvillen, andere alternde Schönheiten, die in großen Stücken abblätterten, alle mit breiten Veranden, manche Türen verbarrikadiert, die Fensterläden vernagelt.

Auf einer Holzterrasse rauchte ein älterer Mann Pfeife, blickte in Richtung des Pastellmeeres und sprach durch die offene Tür mit einer unsichtbaren Person im Haus. Clara verstand nicht, vernahm nur den warmen Klang seiner Stimme.

»Kommt rein! Es wird kalt!« Die schlanke Silhouette einer Frau ein paar Häuser weiter, sie rief zwei Jungen, die einander ähnlich sahen, obwohl der eine hell- und der andere dunkelbraun war.

»No, non!« Die Kinder sträubten sich, zappelten, liefen noch einmal zum Wasser und trabten dann zum Haus mit unscheinbarer Fassade, wo die junge Mutter oder ein Kindermädchen mit zwei Badetüchern wartete. Der Kleinere ließ sich in eines der riesigen Tücher einhüllen, der Größere riss das andere an sich und rieb sich bibbernd ab. Clara schaute weg.

Hier. Leben. Ein Haus. Zwei Rotationen im Monat fliegen. Nicht mehr tausend Einzelteile im Kopf, dreihundert Tonnen Schub in der Hand, alles unter Kontrolle.

Die Abendbrise riffelte die Wasserfläche, fedriges Rot sammelte sich am Horizont, Flieder, zuletzt metallisches Blau, eine amphibische Zeitzone. Fledermäuse flogen knapp über ihnen durch die Beinahedunkelheit, Palmen zerfransten knisternd. Der Indigohimmel erlosch, die Häuser verschwammen mit der aufgefalteten Nacht.

Beim Abendessen im verglasten Pavillon, am Felsen über dem Wasser mit seinen Lichtfunken, zögerten ihre Worte zuerst, strömten dann im Kerzenlicht, das ihre Geständnisse schwerelos machte. Ein zweites Glas Weißwein, Matthias hörte zu, schob ihre Haare zur Seite, streifte die kleine Narbe unter dem Scheitel; zu den sichtbaren Malen gab es eine Geschichte. Sie versuchte, das Zittern aus ihrer Stimme herauszuhalten, sah ihn kaum vor ihren verschleierten Augen. Das erste Mal, dass sie darüber sprechen konnte; was ihr passiert war, im Nightmail, in Mombasa, dass ihr das passiert war, nicht einer anderen, einer Fremden, deren Stimme sich in ihr eingenistet hatte. Beides ohne Details ihrer Empfindungen, danach. Sie sagte Matthias noch nichts vom Bootshaus, das lag in anderen geologischen Schichten, »davon erzählst du niemandem, Klarchen, niemandem«, der Imker hatte ihr den Mund verklebt.

Ihre Worte versiegten, Tränen, dann Lachen. Sie waren die letzten Gäste, der Kellner wartete hinter der Bar. Sie bezahlten, gingen aufs Zimmer.

Matthias ließ seine Finger über ihre Schultern laufen, drehte sie um, seine Lippen flüsterten in ihren Bauch; Geschmack von Salz und Schweiß, geborgen verloren. Ebbe setzte ein, das Meer toste in der Ferne.

Sie war früh wach gewesen, mit trockenem Mund. Matthias' Nasenflügel hoben und senkten sich, ein Arm hing aus dem Bett. Seine Haare waren zerzaust, die Laken zerknittert. Die Nähe, der Geruch der Nacht erstickte sie. Sie glitt aus dem Bett, zog sich den Bikini an und lief zum Strand. Sie rannte, bis ihre Lungen schmerzten, hechelte für Minuten, als sie auslief.

Überdreht kam sie ins Zimmer zurück. Matthias knurrte im Bett. Sie ging unter die Dusche, ihr Gesicht der schwachen Brause zugewandt, schüttelte danach in einem Anfall von Übermut ihre Haare über ihm aus.

146

Seine Lider waren halb geöffnet, er griff wortlos nach ihrem Arm, um sie ins Bett zu ziehen.

»Kommt nicht infrage. Steh auf!«

Er zog sie mit einem Ruck ins Bett, wollte sie küssen. Sie entwand sich. Die Schwingen, die sie vor Stunden getragen hatten, legten sich als Schatten über sie. Wo lag die verfluchte Steuerung.

Im Bauch. Kein Zugriff. Bootshaus. Geschichten, so tief im Sumpf versunken, dass du sie kaum selbst mehr weißt.

»Was ist los?«

»Ich will frühstücken,« sagte sie gereizt.

Sie zogen sich wortlos an, gingen ins Freie zum Buffet.

»Hast du nie an Therapie gedacht?«

Nie hätte sie erzählen sollen. Kerzenlicht. Machte nur anfällig für betrunkene Geständnisse. Die würden sich noch tiefer fressen, wenn sie sie widerrief. »Vermutlich hätte ich nach Mombasa, nach …« Sie suchte nach Worten, um alles zu sagen. »Wenn ich rede, falle ich. Ich fliege.« Ihr Blick folgte den roten Ameisen, die unter dem Tisch ein Stück Weißbrot zerlegten. Hinter ihr Besteckgeklimper, Stimmen.

»Du schleppst die Wut mit dir herum«, sagte er.

»Ich dachte, du hättest in Jura promoviert. Nimm mich, wie ich bin.« Sie begann, die Ameisen zu zählen.

»Mach' ich doch. Verzeih.«

Sie griff nach der Kaffeetasse, zitterte. »Irgendwas hat immer mit irgendwas zu tun! Dafür brauche ich keinen Psychoonkel, dem ich dafür noch jede Stunde fünfzig oder hundert Euro in den Hintern schiebe. Meine private Linie zahlt nicht so gut wie die Iberia.« Sie würde nicht fürs Wiederkäuen bezahlen. Höchstens fürs Vergessen. Ekel. Scham. Die Hand des Scheißimkers. Seine Stimme, sein – ihr Gedanke stockte, das gestern Nacht Nichtgesagte verwandelte sich in Schnipsel von Papierservietten und Zuckerbriefchen neben ihrer Espressotasse.

»Und überhaupt, Pilotin auf der Couch!« Sie blickte auf, suchte an einem Kondensstreifen Halt. »Ein Pilot muss – schneller agieren als ein Arzt. Du denkst nur an das, was vor dir liegt.« Sie merkte, dass sie jetzt leise sprach, gepresst.

»Was?«

»Nichts. Ich will weiterfahren.« Erst jetzt spürte sie ihre Wut.

»Wir sind erst gestern angekommen.«

»Lass mich.« Etwas blieb in der Nacht verloren.

»Sag zumindest was.«

Nicht mehr wahr. Ein totgelegtes Nebengleis. Der Ekel hätte sie überwältigt, ihr Hass hätte Matthias gekillt.

Er sah sie reglos an, sein Blick sezierend.

Neue Wege, in die Flugrichtung von meinem verdammten Leben, nicht zurück. Da können sich die Scheißgedanken nicht in blöden Gedächtnisschleifen zum Staffelsee hinunterspinnen. Wenn du wieder dran denkst, hörst du nie mehr auf, dran zu denken. Fliegen. Du schaust nach vorne. Hinaus. Nicht hinein.

Sie wollte ihm etwas Aufrichtiges sagen. Aber welche Aufrichtigkeit aus dem Mückenschwarm in ihrem Kopf, Fluggier, Verlangen nach Sex Zärtlichkeit Verstehen Geborgenheit Hang Drang Begehren Abwehr Angst, ihre Unentschiedenheit. Mehr das Unbestimmte zu lieben als das Bindende.

Ihre Augen wichen seinen aus, suchten das Meer.

Das Klirren des Löffels in seiner Tasse störte sie.

»Zu laut hier. Zu viele Leute.«

»Als ob dich eine Glaswand umgeben würde! An der ich mir den Schädel einrenne.« Machtlosigkeit lag in seiner Stimme, im Versuch, die nächtliche Nähe wiederzubeschwören. Er streifte über den Tisch, griff nach ihrer Hand.

»Dann renn eben nicht dagegen!« Sie zog ihre Hand zurück, zählte die Ameisen rechts vom Tischbein, versuchte, sie mit dem Absatz ihres Schuhs von ihrer Straße abzulenken, zeichnete Fluchtpläne in den Staub.

»Für eine Therapie ist es nie zu spät.«

»Me too? Not me! Ich werde nicht wehleidig rumopfern.« Mich vor einem Shrink entblößen, wie Gabrio sich ausdrückt. »Afghanistan, Irak. Posttraumatische Belastungsstörung«, hat er mal gehöhnt. »Bullshit. Früher haben Männer nicht geflennt und ihren Scheiß in die Welt hinausposaunt.« Ja. Seelenklempner. Da ist der Zahnarzt besser, er schiebt deine Zunge zur Seite, hat eine Lösung. Keine lästigen Fragen, nur praktikable Tipps: Zähneputzen, weniger Zucker.

Die Ameisen schleppten die letzten Brotkrümel weg, Nachzügler zogen suchende Kreise, zerstreuten sich.

Die müssen nicht denken.

Werden zertreten.

Selbst wenn Matthias recht hätte. Nicht jetzt, zwischen den Flügen. Später. Sie rettete ihren Blick auf das Meer. Ein Pilot auf der Couch, dachte sie. Wie ein seekranker Schiffskapitän.

»Ich führe das Logbuch. Im Cockpit. Das reicht.«

»Willst du Tee?«, fragte Matthias.

»Nein.« Ihre Wut war in Missmut zerflossen. Das Eingeständnis gestern Nacht hatte sie mit Matthias zusammengeschmiedet und entfernte sie jetzt. Sie bekam den letzten Schluck Kaffee nicht mehr runter, sagte nur: »Ich gehe noch eine halbe Stunde joggen.«

Laufschuhe, sie rannte an den Strand, lief, schrie, blieb stehen, stützte ihre Hände auf die Oberschenkel, schaute in die Wellen, schrie, die Brandung übertönte ihr Schreien, sie lief weiter, lief.

»Beschissene Erinnerungen – nur Seelenfett. Kannst du dir abtrainieren.« Gabrio. »Mein Großvater war vielleicht ein Viehdieb. Hat eine Chica vergewaltigt, wie das heute so heißt. Was geht das mich an. Verdammte Verwandte. Kraken. Du musst dich aus ihren Saugarmen retten. Alles, was du über sie nicht weißt, lässt dich ruhiger schlafen«, hatte er gesagt. Vielleicht war er vergangenheitstüchtiger, der Mann der Tat. Der Tätlichkeiten. »Me-too-Getue. Und alle heulen mit. Wenn eine für ihren Aufstieg das Bett als Trampolin verwendet? Ihre Sache«, hatte er kürzlich ausgespuckt. Beschissene Erinnerungen. Abtrainieren. Laufen, dich nach vorn bewegen. Schweben unter einem weiten Himmel, ohne Erwartungen.

Sri Lanka. Militärposten. Seit bald einer Stunde wurden vorne am Schlagbaum ein Bus und alle Passagiere kontrolliert. Sie blinzelte sich den Staub aus den Augen.

Neun Monate her. Matthias. Elf Jahre. Surya. Was suche ich? Das Ende der Welt, weil ich es in der Mitte nicht aushalte. Dort ist Kitsch oder Scheißerinnerung. Die Grenzen ausdehnen? Bis ich frei bin. Vogelfrei.

Sie spürte sich auflachen, sah auf die Soldaten, die geduldige, devot wartende Menschenschlange, schaute dann in die dorngelbe Landschaft. Die Welt oder was auch immer nicht verbessern, dachte sie. Nicht einmal verstehen; beobachten; nicht zurückschauen. *Brombeerweg, Bootshaus, vierunddreißig, fünfunddreißig*, Klarchen im Dornengraben, randscharfe, dann flirrende Bilder.

Ist nicht mir passiert. Einem Körper. Der nicht mal eine Deformation zeigt. Immer nur eben das Notwendige aus dem Gedächtnis fischen.

»Glaub nicht, Clara, dass das Leben vor dem Krieg idyllisch war«, hatte Surya mit seinem Lächeln gesagt. »Wir verklären das gerne im Nachhinein. Unser Leben ist bestimmt durch unsere Geschichte. Die Herrschenden übernehmen keine Verantwortung, und unten sind wir fatalistisch. Unsere Ehen sind arrangiert. Unsere Lieder sind voll unerfüllter Liebe.«

»Ziemlich eng«, war Matthias' Kommentar, als sie ihre Schwester in München besucht hatten.

Clara war erleichtert, dass es ihm ging wie ihr. Sie hatte Vera nach Papas Tod selten besucht, später ihre kleine Nichte Geli unsicher im Arm gehalten, in die Vergissmeinnichtaugen geschaut, froh, bald wieder weg zu sein. Vera erdrückt die Kleine mit ihrer Bemutterung, fand Clara am Anfang, und dann: Sie schenkt Geli Geborgenheit. Und Musik, die atmet. Schwebt. Vera, mein Zerrspiegel.

Vera war als Kind die Hübschere gewesen, ist in den Tönen gereist, hat auch im Sommer Unterricht genommen, während ich bei Oma war. Sie hat ihre Sinnlichkeit in den Violinbogen gelegt. Ruhelosigkeit in Obertöne verwandelt, ihnen helle Schmetterlingsflügel verliehen. Wo ich unmusikalisch war, die Pubertät verlesen habe, dann gerannt bin, gefahren, geflogen. Vera hat nicht mal den Führerschein gemacht. Und hat Partituren als Nachtlektüre gelesen. Wunderkinder waren wir beide keine. Aber wir hatten einander, haben einander gehalten, auch in den Nächten am See. Bis Vera in jenem Sommer nicht mehr mitkam; bei ihrem Musiklehrer in München blieb. Und ich sie im Herbst dann abwies.

Erinnerungen flammten auf, Veras leichtes Hinken, ihre flüchtigen Gesten, ihr scheues Blinzeln. Clara hatte Vera nie gefragt, was ihr die Musiktherapie gebracht hatte. Was sie zähmen musste. Befreien. Sie hatten nie darüber geredet.

Und jetzt Einbauschrankidylle.

Aber sie war zufrieden, wieder schwanger, und spielte weiter. Veras Bewegungen waren Clara lange Zeit zu eng erschienen. Dabei war sie selbst in der Instrumentenhöhle eines Cockpits gelandet, mit überkontrollierten Abläufen, einst fliegendes Schloss, jetzt Käfig.

Veras suchende Anfänge, die kratzende Melancholie der Geige früher Tage, waren für Clara die Vertonung ihrer Einsamkeit. Vogelrufe. Mit Veras Therapieausbildung kamen dann ganz neue Töne, Zitate eines Aufschreis, dann laute Girlanden. Clara war damals genervt aus der Wohnung gerannt; wie sie jetzt beim Militärposten den Impuls spürte, auf die Maschine zu springen und zu fahren. Später stiegen sandige Klänge aus Veras Geige auf, verschlungene Muster, verträumte Leichtigkeit, nicht schmusige Klangbilder, während sie die Geige schief hielt wie eine Fidel, und dabei glücklich aussah – die wenigen Male, als Clara sie noch spielen sah. Vera ging nach innen; dann nach außen. Clara hatte sie lange nicht gehört.

Die Passagiere eines weiteren Lokalbusses wurden offenbar absichtlich langsam kontrolliert, ein Spiegel auf Rollen mehrfach unter den Bus geschoben. Dann winkten sie die Soldaten einfach durch. Sie zog ihren MP3-Player aus der Satteltasche, suchte nach David Bowie, fuhr im Zickzack zwischen sandgefüllten Fässern, *Ground control to Major Tom … now it's time to leave the capsule if you dare.*

Die Schatten des Nachmittags lagen auf der Landschaft, als sie Trincomalee erreichte. Perle der Nordostküste, hatte sie in einem alten Reiseführer an der Rezeption des Polonnaruwa-Guesthouse gelesen. Sie sah niedrige Häuser wie halb kaputte, schmutzige Legosteine daliegen, sah wenige Menschen vor ärmlichen Läden, erschlafft in gelber Müdigkeit. Sie suchte das Meer, einen Punkt, von dem aus sie sich Überblick verschaffen konnte. Vor einem Hügel beim Hafen wurde sie angehalten. Eine Gruppe Soldaten musterte sie, dann das Motorrad. Sie waren jung und wirkten weniger martialisch als unsicher, lächelten und versprachen, auf Maschine und Gepäck aufzupassen.

Graue Äffchen beäugten sie auf dem Fußweg durch ausgedörrten Buschwald. Auf der Kuppe des Hügels stand ein hinduistischer Tempel. Davor hockte eine dürre, zahnlose

Bettlerin mit harngelben Augen, fedrigem Haar und wimmerte wie ein altes Kind. Es roch nach erkalteten Räucherstäbchen.

Sie sah weg, ging zu einem rostigen Geländer. Der Hügel ragte als Landzunge ins Meer. In einer weiten Bucht tanzten Fischerboote und Wolken im blauen Wasser mit türkisen Nuancen. Mauritius, aber ohne die verdammte Idylle.

Sie ging zurück, bedankte sich bei den Soldaten, fuhr durch die Stadt, die im staubigen Nachmittagslicht gesichtslos blieb. An einem Straßenstand erstand sie zwei gefüllte Teigtaschen, die nach ranzigem Öl schmeckten. Die zweite warf sie einem mageren Hund zu, der erst misstrauisch an dem unvermuteten Leckerbissen schnupperte und ihn dann verschlang. Die Häuser strahlten die Tageshitze ab. In einem Dreiradtaxi schlief der Fahrer.

Es wurde spät; hier wollte sie nicht übernachten. Sie verirrte sich, kam an den zerschossenen Ruinen der Universität vorbei. Vor dem Gebäude zupfte eine Kuh trockene Grasbüschel. Sie orientierte sich an der tief stehenden Sonne und fand aus der Stadt hinaus, die Küste entlang Richtung Norden, wo es noch Strandhotels aus der Vorkriegszeit geben sollte. In den ausfransenden Wellblech-Vororten starrten ihr hohlwangige Menschen nach.

Sie fuhr über eine Kuppe und bremste die Maschine. Rechts unter ihr bewegten sich an einem leeren Strand Palmen im Abendwind wie riesige Fächer, dahinter lag das graublaue Meer. Links standen Hausruinen, verkohlte Türstürze in seltsamen Winkeln. Dann kam eine Ansammlung von braunen Palmwedelverschlägen, Plastikplanen, durch verrostete Bleche verstärkte Behausungen, die im Passat schepperten; eine Art Flüchtlingslager. Ein kriegszerstörtes Land hatte sie noch nie hautnah erlebt. Kaum brach irgendwo ein Aufstand aus, wurden als Erstes die Charterketten eingestellt.

Reste von Kanälen und Gestrüpphecken zeigten ehemalige Reisfelder. Kaum fand sie Anhaltspunkte, in welchem Jahrhundert sie war, wären da nicht immer wieder waffenstarrende Militärposten gewesen, die sie durchwinkten.

Die Straße wurde zu einem löchrigen Asphaltband in einem siechen Stück Landschaft. Sie fuhr der tief stehenden Sonne entgegen und war beschäftigt, nicht in eines der halbmetertiefen Schlaglöcher zu stürzen. Im zimtenen Abendlicht trug ein ausgemergelter Mann eine Rolle rostigen Stacheldrahts auf nackten, nur mit Lumpen geschützten Schultern. Zur Umkehr war es zu spät.

»Nilaveli Beach Hotel«, verkündete eine verbogene Metalltafel. Es klang nach »Nirwana« und hatte geöffnet.

In der Rezeption hing ein vergilbtes Werbeplakat im Stil der sechziger Jahre: Ein jugendliches Paar lief über den Strand, er mit Koteletten, sie in einem altmodischen Bikini. Darunter stand *Visit Nilaveli – your private Beach in Ceylon*. Das Land hieß seit 30 Jahren Sri Lanka, dachte sie. Das Schlüsselbrett war voll, das Hotel offenbar leer. Sie bekam einen Bungalow mit Strandblick. Es roch nach Staub und altem Holz. Das Kabel des vorsintflutlichen Fernsprechers mit Wählscheibe auf dem Nachttisch war durchgeschnitten. Für ein Bad im Meer war es inzwischen zu dunkel. Sie wusch sich Staub und Schweiß des langen Tages von der Haut. Das Wasser, das durch die angerostete Badewanne ablief, war braun, und ihre Kehle rau.

In dem weitläufigen Areal waren keine Gäste zu sehen. Ein junger Angestellter in Uniform fischte im Zeitlupentempo Blätter aus dem schwach beleuchteten Pool. An der Bar ertönte Musik von Creedence Clearwater Revival, kratzig, offenbar von einem Plattenspieler.

»Nein, danke, keinen Drink. Wasser. Kein Eis. Bitte.«

Der Barkeeper in seinem makellos weißen Hemd wischte die mit Kondenswasser angelaufene Flasche mehrmals ab. Sie trank in langen Zügen, betrachtete die blank geputzten Schnapsflaschen, deren Etiketten meist unleserlich oder ganz verschwunden waren. Ihre Lebensgeister kehrten zurück. Sie wollte noch eine Wasserflasche fürs Zimmer bestellen, aber der Kellner war verschwunden. Sie stand auf, zog die Sandalen aus, machte einen Umweg über den kühlen Sand, von dem sich die Flut zurückgezogen hatte, ging auf ihr Zimmer, nahm zwei kleine blaue Ruhebringer, um dem Minenfeld der Träume auszuweichen.

Dumpfe Hitze weckte sie. Sie sah träge auf ihren Wecker, sprang aus dem Bett und in ihre abgeschnittenen Jeans, zog ein T-Shirt über, fuhr sich durch die Haare und hastete zum Restaurant, fürchtete, es könnte kein Frühstück, keinen Kaffee mehr geben. Der offene Speisebereich war leer. Ventilatoren hingen reglos von der Decke.

Frühstück gab es noch. Der Kellner brachte ihr ein »amerikanisches« mit einer großen Kanne Kaffee. Ausgerechnet hier schmeckte er tatsächlich amerikanisch, so dünn, dass man den Tassenboden sehen konnte. Blümchenkaffee hätte Mama ihn genannt, Oma schlicht Kaffe. Vier Tassen weckten sie zwar physisch, aber sie spürte wenig Unternehmungsgeist. Entschlusslos kramte sie in den Satteltaschen und holte dann ihre Badesachen heraus. Sie tupfte Sonnencreme auf die schon von Schweiß feuchte Haut, die außer im geröteten Gesicht und an den gebräunten Unterarmen bleich war, packte ihre Utensilien in ein Tuch, ging an den leeren Strand und legte sich in den Schatten einer Palme, deren Wedel im Passat wogten wie Straußenfedern.

Sie nahm sich »Anils Geist« vor, las sich fest, legte es wieder weg. Die latente Gewalt, die psychologische Vielschichtigkeit überforderten sie, das Engagement der Protagonistin irritierte sie. Sie versuchte, sich mit Musik abzulenken, knipste herum. Nicht einmal Manu Chao konnte ihre Stimmung heben.

Ihre kreisenden Gedanken kamen zum Stillstand, wie ein Mauersegler, der aufs Fliegen programmiert ist und mit dem Ruhezustand nicht zurechtkommt. Den Moment im Blick, lag ihre Gegenwart schon immer zwei, drei Flügelschläge in der Zukunft. Jetzt wünschte sie sich ein Cockpit, Beschäftigung für Kopf und Hände. Apparaturen, klare Herausforderungen, kühle Entscheidungen. Die Zeit war erträglicher, wenn sie mit Vorgaben vollgestopft war.

Ohne Fliegen. Verfalle. Ich. Dem Wahnsinn.

Nein. Nicht einmal mehr die Uniformbluse hatte sie richtig zuknöpfen können.

Auch nach dem Flughandbuch, sonst ein Rettungsanker, mochte sie nicht greifen. Die 777 kannte sie mittlerweile gut genug, und der nächste Simulatorcheck stand erst für September an.

Die Morgenbrise hatte sich gelegt. Der Horizont war eine feine Linie zwischen dem gelbfiebrigen Meer und einem bleiernen Himmel. Beide hatten nichts von Freiheit oder Verheißung. Sie wickelte sich den Sarong um die Hüften und ging an die Bar, bestellte Kaffee und ein Sandwich.

»Musik, Madam?«

»Nein. Aber etwas Chili.« Der junge Kellner sah sie unsicher oder ironisch an, als sie »zum Hähnchensandwich« hinzufügte, nickte, lächelte.

Der Kaffee war besser als der zum Frühstück, aber das Brötchen, auf das sie eine gute halbe Stunde warten musste, schmeckte trotz Chilisauce lasch. Sie nahm noch eine Flasche Wasser, unterschrieb die Rechnung, bedankte sich mit einem Kopfnicken und ging wieder an den Strand. Der Horizont war inzwischen geschmolzen, ein weißes Nichts.

Sie suchte den raschelnden Halbschatten einer Palme, versuchte zu dösen, startete nochmals einen Versuch mit »Anils Geist«, gab nach einer halben Seite wieder auf. Das weiche Abendlicht verstärkte ihre Niedergeschlagenheit. In jeder Verzweiflung sollte ein Stück Hoffnung liegen. Sie schaute auf die jetzt dunkle See, Wolkenfedern über einem

Meer aus Tinte. Die Grenze zwischen Himmel und Unter-
welt war im Dunst ausgelöscht.

Sie packte ihre Sachen, ohne schwimmen gewesen zu
sein. Das violett schimmernde, zuletzt fast schwarze Meer
hatte mit seinem beständigen Wellenschlag einen zunehmenden Sog ausgeübt. Sie ging unschlüssig am Pool vorbei
zum Restaurant, ihre Leinenschuhe wie mit Blei beschwert.
Drei Kellner rückten auf den Tischen mechanisch Bestecke
zurecht, falteten Servietten; unnütze Eleganz einer Kunst,
die seit Jahren nicht gewürdigt wurde. Kein Küchengeruch
hing in der schwülen Luft.

Sie ging auf ihr Zimmer, schaltete kein Licht, nur den
Deckenventilator ein, fiel aufs Bett. Ihre Kehle war trocken,
zugeschnürt. Sie zitterte in fast tränenlosem Schluchzen.

Sie taumelte ins Bad, wusste nicht, wie lange sie geschlafen
hatte. Sie war in der gleichen Stellung aufgewacht, halb zu-
sammengekrümmt, das Sirren einer Stechmücke im Ohr.
Das T-Shirt klebte, ihre Haare ebenso. Ihr Kopf fühlte sich
an wie ein eingeschlafener Fuß, in den langsam das Blut zu-
rückströmte. Ihre Schläfen begannen zu pochen. Sie hielt
sich am Waschbeckenrand fest, sah in den Spiegel, sah rote
Haut, sprödes Haar. Schlammgrüne Augen. Tränensäcke.
Wie Picassos Jacqueline-Portraits, hätte Matthias gesagt.
Im besten Fall. Im Moment eher Schiele.

Fleißige Träumerin. Reisen. Dich selbst verschleppt. Der
Fremde anheimgefallen. Von der Flugbegleiterin zur Pilotin des Absurden.

Sie sehnte sich zurück in helle, schattenlose Flughäfen.
Funkfeuer, klare Vorgaben.

Sie hatte kaum bemerkt, dass sie zusammengesunken
war, die Arme um die Knie geschlungen. Sie löste sich vom
Badezimmerboden. Ihre Glieder kehrten langsam zu ihr
zurück. Sie schwankte zum Bett, rollte sich ein, versuchte,
im eigenen schmalen Körper Trost finden.

Geckorufe begleiteten sie in zerzauste Träume. Der Deckenventilator durchpflügte die Schwüle, schaufelte Szenen von wilden Hunden, einer Hetze durch eine nächtliche, tote Stadt, dann von Pferden. Schwarze Hengste galoppierten zwischen ihren Schläfen. Nach dem Ende eines Turniers oder einer Parade schlugen ihnen Reiter die Köpfe mit Säbelhieben ab. Die schweißnassen Rümpfe zuckten kaum, gingen in die Knie. Die Reiter stiegen gelassen ab, die Pferde erstarrten, wurden zu versteinerten Schildkröten.

Ich weiß nicht, was mich in die Welt gesetzt hat,
ich weiß nicht, was diese Welt ist, noch, was ich selber bin.
Ich lebe in Unkenntnis aller Dinge …
Ich sehe mich von den Abgründen des Weltalls umgeben
und finde mich an einem winzigen Punkt inmitten
seiner unermesslichen Ausdehnung gefesselt, ohne zu wissen,
warum ich hier und nicht anderswo bin
und warum der winzige Zeitraum, der mir zu leben vergönnt ist,
gerade an diesem und keinem anderen Punkt gesetzt wurde –
der Ewigkeit, die mir vorangeht und die mir folgt.

BLAISE PASCAL

Mahilan

Am Morgen war sie gerädert. Sie duschte Steifheit und Traumreste weg, wusch ihre Haare, ging frühstücken. Obwohl sie am Abend nichts gegessen hatte, brachte sie außer Kaffee und einer halben Papaya nichts herunter.

Sie blickte auf das vergilbte Plakat in der Rezeption, dann vor das Gebäude. Auf einem Wassertank streckte sich eine Katze, Affen turnten die schütter belaubten Bäume entlang. Sie ging zum Motorrad, prüfte Öl und Reifen, startete die Maschine und fuhr die geschotterte Hotelzufahrt entlang, vorbei an einem verlassenen Tennisplatz, am Wachposten, zur Hauptstraße, Richtung Süden, bog ein paar hundert Meter weiter wieder in eine Sandstraße ein. Der Weg ließ nur Schrittgeschwindigkeit zu. Eine dicke Staubschicht drückte auf die Bäume. An einer Hausruine reparierte ein Mann die Mauer. Er hielt mit der Kelle in der Hand inne, lächelte und rief ihr zu, als sie beinahe vorbei war.

»Hello. Where are you from?«

Sie hielt an, mehr wegen seiner Stimme, dunkel, freundlich, als wegen der Worte. Die Standardfrage hatte sie immer geärgert.

»Germany«, sagte sie reserviert, und hielt die Maschine im Gleichgewicht.

»Nein! Ich war sieben Monate in Heidelberg.«

»Oh. Ihre Deutschkenntnisse sind aber sehr gut!«

»Auch etwas Goethe-Institut in Colombo. Kalte Getränke habe ich keine. Ich könnte Tee anbieten. Oder Instantkaffee.«

»Ich komme wieder.«

»Versprochen?«

»Hmm. Und lieber Tee.«

Sie fuhr ein Stück weiter, bis die Schotterpiste an einem Bretterverschlag endete, drehte um, blieb im Sand stecken, lenkte die Maschine am Wegrand zurück zur Baustelle und schüttelte die Hand, die der Mann ihr entgegenstreckte, nachdem er sie an einem Fetzen abgewischt hatte.

»Mahilan Perera.« Ihre Blicke trafen sich. Sein Händedruck war für die Insel untypisch kräftig.

»Clara Fink.« Er war untersetzt und trug eine ausgewaschene Drillichhose, ein Polohemd mit Schweißflecken unter den Achseln, Turnschuhe ohne Schnürsenkel. Er hatte den Teint dunkler Tamilen und prägnante Gesichtszüge mit einer schmalen, gebogenen Nase. In seinen Augen, noch dunkler als die Haut, waren Iris und Pupillen kaum zu unterscheiden. Sie schätzte ihn auf Anfang vierzig. Mit seinem Schnurrbart und den haarbüschelbesetzten Ohren war er nicht attraktiv, zumindest nicht auf den ersten Blick.

»Perera? Klingt portugiesisch.«

»Koloniales Erbe.«

Ein Teil der Ruine war frisch in Gelb gestrichen und hatte ein neues Wellblechdach. Kaum Hausrat, zwei Kartons. Mahilan klimperte in einer Ecke, kochte auf einem Campingkocher Wasser, goss es in zwei Gläser, hängte umständlich zwei Teebeutel hinein.

»Bitte entschuldigen Sie meine Fingernägel«, sagte er.

»Sie arbeiten.«

»Zucker?«

Sie schüttelte den Kopf.

Er musterte sie, lachte. »Europäerinnen, immer auf ihre Figur bedacht. Sie könnten es schon vertragen.«

»Ich hoffe, das ist als Kompliment…«

»Verzeihen Sie, bitte! Ich wollte Sie nicht kränken! Im Gegenteil.«

Männerkommentare, ungebeten.

Sei nicht so unleidlich. Simona oder Berta kommentieren auch ständig alle Männer, die im Office auftauchen.

»Schon o.k. Aber bitte, fragen Sie mich nicht aus. Ich bin nicht in Erzähllaune. Aber ich höre gerne von Ihnen.«

»Was interessiert Sie?«

»Alles, was sich tut, hier. Was Sie tun.«

»Das erste Mal hier? Schon zu viel gefragt?«

»Nein, nein.« Sie lachte, zum ersten Mal seit Tagen. »Aber sonst immer im Süden.«

»Urlaub?«

»Mehr oder weniger.«

»Darf ich Clara sagen?« Er lächelte auf ihr Nicken, zog die Teebeutel aus den Gläsern, stellte eines auf einen Stapel Betonziegel vor Clara hin. »Zum Urlaubmachen kommt ja niemand her.«

»Du bist Tamile?« Sie wechselte zum Du.

»Ah. Ja. Meine Großeltern sind von hier. Ich habe meine Schulferien hier verbracht. Das Jahr über war ich in Colombo. Meine Familie hatte dort ein Geschäft.«

Clara fasste ihr noch immer heißes Teeglas vorsichtig am oberen Rand, stellte es wieder ab. Auf ihren fragenden Blick hin setzte Mahilan fort, erst auf Deutsch, bald auf Englisch, die Erzählung erinnerte Clara an Surya, obwohl sich die beiden kaum ähnelten. Surya hatte ein unauffälliges, eher rundes, fein geschnittenes Gesicht, eine zurückhaltende Mimik, ruhige Augen, glatte Haare. Mahilan dagegen hatte büschelige Locken, großporige Haut, kantige Züge. Die Augen, deren Weiß ins Gelbliche ging, flimmerten, als er erzählte, wie ein Mob in Colombo das Geschäft seiner Eltern in Brand gesetzt hatte. »Eine Nacht, die zwanzig Jahre gedauert hat.«

»Versicherung? Gab es …«

»Versicherung.« Er lachte auf, nicht zynisch, eher beherrscht, nur seine Augen waren starr. »Das ist bei uns die Familie, in die du ein Leben lang einzahlst.«

»Rache?«

Eine flüchtige Regung in seinem Gesicht. Als er zögernd weitersprach, löste sich seine Anspannung wieder. »Ja. Ja. So was ist gut, um sich mit Heldenmut anzustecken.«

Sie war nicht sicher, ob sein eigentlich gutes Englisch gepresst klang oder ob ihr der nasale, singende Tonfall der Srilankesen nur so vorkam.

»Und?«

»Jede Familie musste den Tigern einen Sohn geben oder eine Tochter. Kinder. Lassen sich gut für ihren Selbstmordkult benutzen. Den unsere Kämpfer erfunden haben, lange vor Al Kaida und IS.« Er klang wieder distanziert, wie ein Soziologiedozent. Er stand auf, rührte in einem Eimer, seine Hand so fest um das Holzscheit gelegt, dass sich das Weiß der Knöchel abzeichnete, setzte sich wieder. »Ich hatte hier einen Laden aufgemacht. Auf dem Grundstück meiner Großeltern. Konnte mir sogar ein Moped auf Pump leisten.«

Sie sah ihn an, spürte, wie ihr Schweiß den Nacken hinunterlief, und gleichzeitig eine vage Dankbarkeit für die Ablenkung.

»Dann ging's hier los. Erst in der Nacht, mit Morden an Kollaborateuren. Private Abrechnungen. Unsere Freiheitskämpfer. Hast du mal jemanden gesehen, dem eine Mine grad die Beine weggerissen hat?«

162

Ihr klebte jetzt auch das T-Shirt am Bauch, sie spürte den Impuls, zu gehen, streckte sich.

»Wir saßen in der Scheiße. Eines Vormittags kamen Soldaten. Sie haben uns auf einen Lastwagen gepackt, wo schon zwei Dutzend Leute saßen, ohne Plane. Es hat geschüttet an dem Tag. Auf halbem Weg haben sie uns aussteigen lassen. Niederknien. Erst Gesicht zum Lastwagen. Ein bisschen Angst. Ein paar Fragen, Tritte in den Rücken, Gesicht in den Dreck; sonst nichts.« Pause, nur seine Augen zuckten. »Drei haben sie weggeführt. Schüsse. Fünf.« Wieder Pause. »Niemand von uns hat ein Wort gesagt. Und ich hab' bloß an mein Moped gedacht.« Seine Augen hatten jetzt ein Schwarz, das ringsum Schatten warf. »Den Rest von uns haben sie nach Trinco gebracht. Nicht eingesperrt. Nicht gefoltert. Nur nicht mehr zurückgelassen.«

Er erhob sich und sprach am Eingang mit einem dürren Mann, den sie nicht bemerkt hatte. Er trug kaum mehr als ein paar Lumpen und keine Schuhe, verbeugte sich mehrmals und entfernte sich dann rückwärts.

»Flüchtlinge, weiter aus dem Norden«, sagte Mahilan. »Haben in meinen Trümmern gehaust, bis vor drei Wochen. Ich habe ihnen ein paar Meter Blech gekauft, für eine eigene Hütte. Geld von deutschen Freunden.« Er sah zur Seite.

»Du hast hart mit ihm gesprochen? Aber was weiß ich. Geht mich nichts an.«

Mahilan wiegte den Kopf, auf srilankische Art bejahend. »Er wollte wieder etwas. Er wird nie genug bekommen. Ich verliere mein Gesicht. Ohne Loyalität zu gewinnen. Ist wahrscheinlich schwer verständlich.«

»Sorry. Ich war nur neugierig.«

»Wenn ich's schaffe, bekomme ich ohnehin wieder Besuch. Wird nicht so leicht abzuschütteln sein. Oder so angenehm wie deiner.«

Clara sah ihn fragend an. Seine Züge hatten sich gestrafft, nur seine Augen wirkten neblig.

»Steuereintreiber. Sind nicht zimperlich. Offizielle. Oder Revolutionssteuer. Und frage nicht, ob einer von denen dir je hilft, wenn du sie brauchst.« Seine Lippen passten nicht genau aufeinander, wenn er sie schloss. »Langweile ich dich?«

»Überhaupt nicht!« Ihr Mund war trocken. Sie trat an den Rahmen in der noch unverputzten Wand, sah auf braune Erde, Steine, staubiges Buschwerk.

»Hast du etwas Wasser?«

»Ja. Tut mir leid.« Er sah sich um, füllte aus einer Plastikflasche einen Becher, reichte ihn ungelenk, biss sich mit den Zähnen auf den Schnurrbart. »Ich habe lange mit niemandem von außen drüber geredet. Hast du Lust auf einen Rundgang? Oder lässt du mich mit deinem Motorrad fahren? Ist Jahre her.«

»Die Maschine zieht nach links. Spürt man gleich.«

Abzusperren gab es nichts. Sie saß hinten auf, und er fuhr sie bis zu einem Bretterverschlag, wo sie abstiegen. In den graugrün verfärbten Ruinen des einst stattlichen Baus lebten offenbar Leute, zumindest stand Hausrat herum, und zerlumpte Kinder spielten.

»Die Rezeption des Moonlight. War ein nettes Hotel. Der Besitzer des Nilaveli hat sich arrangiert. Der hier nicht. Seinen Laden haben sie abgefackelt.«

»Wer?«

»Die Tiger. Wahrscheinlich.«

Eine dürre Kuh graste im Gestrüpp. Der Pool war zur Hälfte mit einer grünen, schleimigen Masse gefüllt. Stahlträger ragten aus Ruinen, Treppen führten ins Leere. Sie wollte eine der bröckelnden Stiegen hinaufgehen.

»Lass das! Da liegen noch Tretminen rum. Manchmal erwischt es ein Tier.« Er fasste sie am Oberarm, ihre Blicke trafen sich, sie rührte sich nicht, seine Hand glitt zu ihrer Schulter, sie sprang von den Betonstufen ins vertrocknete, kniehohe Gras.

Es war Mittag, nur handbreite Schatten lagen um die Mauern. Wortlos gingen sie zum Motorrad zurück.

Im Hotel angekommen, kaufte sie eine Flasche Wasser, lieh sich Taucherbrille, Schnorchel und Flossen, bestellte ein Boot und ließ sich in die weite Helle zu einer Miniinsel vor der Küste fahren. Kein Mensch war zu sehen, nur stacheliges Gestrüpp hinter einem mit ausgebleichten Muscheln übersäten Strand.

Sie zog ihr längstes T-Shirt gegen dieses Übermaß an Sonne an und tauchte aus dem harten Frühnachmittagslicht in eine flüssige Welt. Ein Mobile bunter Fische schwamm durch Seeanemonen, versteckte sich sternschnuppenschnell zwischen farnigen Korallenfingern. Sie ließ sich zu einem Seestern absinken, atmete langsam aus, wie weit war sie weg von der ausgeleuchteten Kunstwelt der Flughäfen, tauchte durch einen Schwall von Blasen auf, schwamm weiter hinaus, ließ sich wieder absinken, in vergangene Tage mit Matthias in Indonesien, sank ins immer tiefere Blau. Die Welt könnte nach ihrem Untergang so aussehen.

Und wenn du unten bleibst?

Das submarine Leben verlangsamte ihren Geist, bis ihre Finger ganz zerknittert waren. Sie wankte an Land, streckte sich zitternd auf dem Sand aus, wählte Niña Pastori und Rosalía auf ihrem alten MP3-Spieler, ließ sich von der Sonne trocknen und von *El Mal Querer* einschläfern, bis das Boot sie eine Stunde später wie vereinbart abholte.

»Warum bist du nicht in Deutschland geblieben?«

Mahilan zögerte. »Kaffee?«

»Heute gerne.« Am Morgen war sie unschlüssig gewesen und nach Mittag zu Fuß wieder zu Mahilan gegangen. Er setzte Wasser auf, spülte die Gläser in einem Metallkübel aus. Seine fleischigen, rauen Finger erinnerten Clara an einen dunklen Seestern.

»Meine Frau war unglücklich. Und unsere beiden Töchter haben gekränkelt und gequengelt.«

»Du bist verheiratet? Hast Kinder!«

»Sehe ich so gottverlassen aus? Wie dieser Platz?«

»Nein, nein.« Sie schaute auf den Lehmboden.

»Für mich war's … war's o. k., in Deutschland. Ein Abenteuer.« Er drehte sein Kaffeeglas. »Ich hatte zwar alles verloren, zweimal. Aber ich war in Colombo nicht unmittelbar bedroht. Ein paar Freunde, politischer als ich, hatten in der Schweiz Asyl bekommen.« Er trank in langsamen Schlucken, wiegte den Kopf, sagte dann unvermittelt: »Kennst du Heidelberg?«

»Ja. Bin lange nicht da gewesen.« Ihre Worte gingen im Regen unter, der das Blechdach erbeben ließ. Das Dröhnen verdichtete sich zu einem Grollen. Sie stand auf, ging zum Türrahmen. In kaum einer Minute versank der sandige Vorplatz des Hauses. Nur ein frisch gepflanzter Papayabaum sah heraus, weiße Frangipani-Blüten schwammen vorbei. Für Momente peitschte der Regen seitlich herein.

»Was war dann?«

»Nach meiner Rückkehr? Wir haben in Colombo Unterschlupf gefunden. Ich hatte Glück, habe mit meinem bisschen Deutsch einen Projektjob bekommen. Das Südasieninstitut der Uni Heidelberg hatte dort ein Büro. Hilfsdienste nur, aber immerhin. Das war in den Jahren schon was wert. Niemand war mehr sicher. Die konnten jede Nacht Leute holen.« Sein weicher Akzent polsterte die Worte. »Ich konnte an einer Studie mitarbeiten. Über die Jugend. Ein Hohn, mitten im Krieg. Die Uni Colombo hat das ausgeheckt, die UNO, die Friedrich-Ebert-Stiftung.« Er lächelte, fast verklärt.

Daher sein Fachwissen, dachte sie. Geruch von Frangipani und feuchter Erde drang herein.

»Es war wahnsinnig spannend, so viele interessante Leute. Und wir hatten so etwas bei uns noch nie gemacht.

So was Banales. Tamilischen und singhalesischen Kids die gleichen Fragen stellen.«

Sie sah ihn nur an, sagte nichts.

»Wir leben nebeneinander; und sind so ineinander verbissen, dass wir einander nicht mehr erkennen. Feiern dieselben Feste, essen die gleichen Curries, sehen indische Seifenopern, lieben Cricket. Und sind verbohrt, reden die kleinen Differenzen groß. Informationen reisen mit Lichtgeschwindigkeit. Sogar hier. Aber wenn der Krieg ausbricht? Wird die Wahrheit in die Knie gezwungen. Jeder fälscht die Geschichte, wie's ihm gefällt.«

»Ich weiß nicht, ich nehme dir… dieses Abgeklärte… nicht ganz ab.«

Matthias. Sie benutzte Matthias' Worte. Und Mahilan reagierte, wie sie es getan hätte. Er ließ die Finger knacken, seine Lippen verengt, ein fast unmerkliches Zittern am Hals. »Ja, ja. Nein. Wer seine Schwester gesehen hat, die… der… ist…« Er klang wie ein hilfloser Angeklagter vor dem Richter. Er strich sich mit Zeigefinger und Daumen über die Augen, wandte den Kopf ab, verharrte eine halbe Minute lang stumm. »Jeder war bereit, Minen zu legen. Wir hatten viel Wut in uns. Blutdurst, wir nannten es Heldentum. Ich hatte keine Angst mehr. Nur mehr vor mir selbst.« Er wirkte wie ein zum Sprung bereites Raubtier, deutete dann, übertrieben schief lachend, auf die leicht verunstaltete Lippe. »War ich selbst. Keine Polizeifolter.« Ein Nachbeben ging durch seine knochigen Schultern.

»Was hat dich bewahrt? Deine Familie?«

»Die hat in Colombo durchgehalten, ein neues Geschäft aufgebaut«, sagte er ruhiger. »Mein Bruder hat sogar studiert. Arbeitet in einer Telekom-Firma. Hat sich arrangiert. Immer arrangiert. Und unsere Familie entzweit.« Seine Augen waren jetzt klein, seine Mimik im fahlen Licht starr. »Oder doch der Krieg.« Er stockte.

»Entschuldige. Die Fragerei.«

Es dauerte, bis er weitersprach, abgehackt. »All die Wut, wessen Land ist das, wer war zuerst da, wer hat angefangen. Ist doch absurd. Krieg war meine sinnloseste Erfahrung. Selbst streitende Kinder hören irgendwann auf: Sind wir wieder gut? Bald 40 Jahre.«

»Und? Hört es auf?« Clara stand festgenagelt im Türrahmen, schaute kurz ihn an, dann wieder auf die gewaschenen Palmen, von denen das Wasser tropfte.

»Sie haben uns niederkartätscht. Jetzt haben wir Frieden – sagt die Regierung. Die Trümmer des Friedens hast du ja gesehen. Ein Rachefriede, der alle Aussöhnung zunichtemacht. Im Norden eröffnet die Armee eingezäunte Touristenresorts. Eine Bombe in Colombo wird bei uns im Norden gerächt. Und der Krieg ist wieder da. Wir sind mittendrin. Er in uns. Von meinen einstigen Freunden hier leben noch zwei.« Er sprach jetzt fast ohne Gestik, nur ein Schweißstreifen glänzte im staubigen Gesicht. Sein gestriger Stoppelbart war abrasiert. »Der Krieg endet. Und dann der Frieden. Geschichte. Bomben. Zeitzünder…, die auf Ewigkeit eingestellt sind.« Abgehackte Worte. »Singhalesen drangsalieren Hindus, Moslems, Christen. Unsere Fanatiker attackieren Moslems. Moslems blasen Christen weg. Unser Land ist von Kriegen zerfressen. Wie der Körper meiner Mutter von Metastasen.« Eine Speichelblase saß auf seiner Unterlippe. »Unsere Legenden. Ein einziger Erinnerungsbürgerkrieg.« Er zögerte. »Früher war unsere Götterwelt vielstimmig. Heute glauben alle an eine einfache Lösungsformel. Gewalt. Bei euch an romantische Liebe, vielleicht.«

Ein langes, unbehagliches Schweigen folgte. Sie starrte auf den Schmutzrand unter seinen Nägeln. Wann hatte sie Putz von den Wänden gekratzt. Im Sommerhauskeller? Wann wie oft wie lange?

»Und jetzt?«, durchbrach sie heiser die Stille.

Er ließ sich mit der Antwort Zeit. »Schauen. Das Haus. Meine Frau holen, aus Colombo, die Kinder, vielleicht. Sind schon größer. Postkarten verkaufen. Ein paar Fahrräder anschaffen, an Touristen vermieten.« Er stockte, lachte heiser. »Hier ist nichts los, nicht mal in Trinco. Aber dann schneit – so sagt man doch bei euch, oder? – jemand wie du vorbei.« Er hatte die letzten Sätze stockend auf Deutsch gesagt, wandte sich ab, sah durch den Türrahmen auf die Straße, wo über dem Lehm dünne Schleier schwebten. »Im April hält er nie lang an.«

»Was?«

»Der Regen. Gehst du mit mir Abendessen?«

»Wohin?« Die Aussicht, im leeren Nilaveli zu essen, erschien ihr nicht verlockend.

»Wir haben nicht viel Auswahl. Ein Bekannter macht demnächst ein Lokal auf. Ich schaue, ob er uns was machen kann. Ich hol dich im Hotel ab, gegen sieben.«

Sie ging langsam zurück. Der Regen hatte den Staub in Schlamm verwandelt, der in Klumpen von ihren Sportschuhen fiel. Sie ging direkt zum Strand, zog sich bis auf den Bikini aus und schwamm weit hinaus.

Das T-Shirt klebte wieder, als sie kurz nach sieben zur Lobby kam.

»Geöffnet«, sagte Mahilan. »Extra für uns! Sunil freut sich auf seine ersten Gäste. Kann ich uns fahren?«

Der Holzbau hatte keine Wände, stattdessen hochgebundene Flechtmatten zwischen Pfosten. Ein paar Holztische, weiße Plastikstühle, daneben ein frisch gemauerter Ofen, Pfannen, ein Blechtopf. Ein kleiner, vielleicht vierzigjähriger Mann und eine schlanke Frau erhoben sich, begrüßten sie mit gefalteten Händen, schnitten dann wieder Gemüse. Eine Horde Kinder war zusammengelaufen. Sie umstanden das Motorrad und ließen sich vom Wirt unter Lachen vertreiben, ohne Clara länger zu beachten.

»Sunils Ältester war bei den Tigern«, sagte Mahilan leise.

»Freiwillig?«

»So freiwillig das eben war. Das Leben gehört einem hier nicht allein.« Er zögerte. »Ich hab' ihn gesehen, als er ging. Ein zitternder Held.«

»Und?« Aus den Augenwinkeln schaute sie auf die Frau.

»Im Internet zirkuliert ein Video. Gefesselte Leute, von hinten erschossen. Nackt. Jemand hat ihn erkannt. Aber die beiden«, er bewegte unmerklich sein Kinn, »haben es nicht gesehen.«

Die Frau lächelte Clara an.

»Bier?«, fragte Mahilan.

Auf ihr Nicken holte er zwei Dosen aus einer Styroporkiste. »Wusstest du, dass das Wort ›Curry‹ aus dem Tamilischen kommt?«

»Nein.«

Rund um eine Schüssel Reis arrangierte die Wirtin Schalen mit Gemüse, Fisch, Kokos-Chili, so bedacht und elegant, dass selbst die Armreifen um ihre schmalen Hände kaum klimperten. Es wurde das beste Essen, das Clara auf der Reise genossen hatte. Mahilan schien erleichtert, dass sie an der Minimaleinrichtung unter dem geflickten Dach keinen Anstoß nahm. Der Bau war im Krieg nicht zerstört worden, nur arg vernachlässigt.

Die Frau murmelte rasch etwas auf Tamil. Mahilan lächelte.

»Was hat sie gesagt?«

Er zögerte. »Dass du wenig Kapha hast. Und viel Vata.«

Clara hob die Augenbrauen.

»Dein Typ. Ayurveda.«

»Sie hat nicht mit mir geredet!« Clara hatte die Köchin kaum angeschaut, nur ihren dunkelrot gemusterten Sari, den langen, geölten Zopf bemerkt, und sich auch nicht von ihr beachtet gefühlt. »Vata? Klingt nach einer Batteriemarke.«

Mahilan lachte. »Nicht so falsch. Vata-Typen sind energiegeladen, fantasievoll; begeisterungsfähig. Vata steht für Raum, Bewegung. Bringt Ideen. Wenn's zu viel wird – Sorgen, Schlaflosigkeit. Erschöpfung.«

»Was denkst du?«, fragte sie.

»Du hast nichts von dir erzählt.«

»Und Kapha?« Clara spürte Ärger hochkriechen.

»Zufriedenheit. Vertrauen. Kapha-Schwäche kann Mangel an Geduld bringen, an Widerstandskraft, an Fruchtbarkeit.«

Ihr Kopf nickte von selbst.

»Du musst mir doch verraten, was du machst«, sagte er.

»Pilotin.«

»Ich habe mir so was schon gedacht... was Außergewöhnliches. Wirst es nicht leicht gehabt haben, dorthin zu kommen.«

Er interessierte sich für die Fliegerei, schien ihre Technik-Faszination zu verstehen, fragte nicht weiter nach ihren Lebensumständen, fabulierte stattdessen mit beiden Armen über die Eleganz von Kranichen, ihre Funktion als Vishnus heilige Boten.

Sie musste lachen. »Mahilan, du bist ja Philosoph.«

»Übertreib nicht. Ich konnte in Colombo auf eine gute Schule gehen. Und hatte die Chance, Zeit in Europa zu verbringen.« Er hustete, trank einen Schluck Bier.

Er ließ sie nicht bezahlen. »Kommt nicht infrage. In Deutschland war ich Gast, hier du. Aber lass mich zum Hotel zurückfahren.«

Beim Wachposten am Eingang tauschten sie ihre Adressen aus. Sie war verlegen, versprach, mit ihm in Kontakt zu bleiben. Er stand abseits des schwachen Neonlaternenkegels, um den Motten rasende Balztänze aufführten, versuchte, sie an sich zu ziehen. Sie machte einen Schritt zurück, stolperte, er fing sie auf, sie entwand sich. Nein. Nein!

»Nein, Mahilan.«

»Ich dachte...«

Dachtest. »Nein. Ich hoffe, ich hoffe – deine Familie kann bald kommen.«

»Ich hatte ein… so eine Ahnung«, sagte er, zögerte. »Kleine Schwester.«

Sie drehte sich um, ging, die Beine taub, die Schläfen pochten. Im Zimmer öffnete sie die Fenster, sank zu Boden, keuchte, umklammerte ihre Knie, atmete, duschte kalt, schaltete den Deckenventilator auf die niedrigste Stufe, legte sich dann auf das Bett, die Hände unter dem Nacken verschränkt. Der Ventilator zog beständige Kreise, wie der Rotor einer Cessna, nur leiser, langsamer.

Welche Chimäre ist also der Mensch! Welche Neuheit,
welches Monstrum, welches Chaos, welches Gefäß
des Widerspruchs, welches Wunder! Richter aller Dinge,
armseliger Erdenwurm; Verwalter der Wahrheit,
Kloake der Unsicherheit und des Irrtums:
Herrlichkeit und Auswurf des Weltalls.
Wer wird diese Verwirrung lösen?
BLAISE PASCAL, EIN PARADOXON

Kupferstunde

Rhythmisches Kratzen weckte sie. Sie stand auf, schob die Vorhänge beiseite. Eine hagere Gestalt kehrte im Halbdunkel vor den Bungalows Blätter zusammen.

Sie war trotz der drei Biere am Vorabend halbwegs frisch, nur mückenzerstochen. Sie zog den Bikini an, lief im kurzen Zwielicht über den noch kühlen Sand, auf dem der Rechen geriffelte Spuren hinterlassen hatte, bis zum Ufer, schaute auf Farben, die sich anordneten, und schwamm. Regelmäßige Wellen glitten in großem Abstand über eine glatte Wasseroberfläche. Sie ließ sich treiben. Feiner Dunst lag über dem Ozean. Sie kraulte zurück, wusch sich noch beim Hotelpool das Seewasser aus den Haaren, lief zum Zimmer, zog sich an. Angeregt bestellte sie beim Kellner ein »Sri Lankan Breakfast«.

»Ah … Ich weiß nicht, ob …«

»Ich bin sicher, Sie können«, lächelte sie ihn an, »bringen Sie mir einfach, was Sie an einem guten Tag zum Frühstück essen.«

Tatsächlich kam er eine Viertelstunde später mit einem großen Tablett, Kaffee mit Satz, String Hoppers, dazu Gemüsecurries. Sie ließ sich noch ein Lunchpaket zurechtmachen, packte, zahlte, bemerkte die Lachfältchen des älteren Herren hinter der Holzrezeption erst, als er ihr eine gute Reise wünschte, und brach auf, die Küste entlang nach Norden.

Alle paar Kilometer gab es Militärposten, die sie durchwinkten. Etliche der Uniformierten waren junge Frauen. Ansonsten schwarze Pfosten, glaslose Fensterhöhlen, Schmierereien, ins Knie getretene Türstürze, Ziegelhaufen, geknickte Bäume. Hier hatte der Krieg gehaust, sich leergewütet, war aus Erschöpfung eingeschlafen, um sich nach der Verschnaufpause wieder zu erheben. Zweimal hatte sie den Impuls, das löchrige Asphaltband zu verlassen und in eine Schotterstraße einzubiegen.

Keine ferne Peripherie mehr, kein mystisches Land, kein Gral mehr zu entdecken, dachte sie. Die Grenze würde zurückweichen, Längengrade, Breitengrade, weiter, weiter, und sie selbst von Erinnerungen eingekesselt bleiben. Nach einem Dutzend Kilometer kehrte sie um, verließ das Hinterland des Krieges.

Zwei Stunden später tankte sie in Trincomalee, kontrollierte das Batteriewasser, ließ sich vom freundlichen Tankwart die Kette nachspannen und schmieren. Im Fernsehen lief eine indische Filmschnulze. Sie band sich ihr Tuch um die Stirn, tupfte Sonnencreme auf Nase und Wangen, warf einen Blick auf die Landkarte und machte sich auf den Weg Richtung Westen durch Staub und Hitzedunst, nördlicher als die Hauptstraße nach Colombo, über die sie gekommen war.

Die Straße wurde zu einer ausgewaschenen Geröllpiste durch Buschsavanne. Über Dutzende Kilometer sah sie blinde Villen, zerschossene Mauerreste, in deren Spalten und Hohlziegel sich Disteln krallten. Sie fuhr durch verlassene Orte, deren Namen sie nirgendwo angezeigt sah. Manchmal war der Brandgeruch jahrelanger Zerstörung von grünen Matten überwachsen, einmal von einer blühenden Bougainvillea. Krieg war in ihren Bildern immer laut, aber farblos gewesen. Hier waren die Reste bunt und still. Metalltafeln zeigten Camps des Roten Kreuzes und der UNO an.

Unter dem schütteren Laubdach eines Baumes rastete sie, aß das Sandwich aus dem Lunchpaket und trank die warm gewordene Cola. Die Banane hatte sie für Tempelaffen aufheben wollen. Sie war zu weich geworden. Die verwilderte Steppe flirrte, die krustige Staubpiste schien in der Hitze zu beben. Mit ihrem T-Shirt wischte sie sich den Schweiß ab, erneuerte die Sonnencreme auf der Nase, überprüfte das Motorrad, das ihr bislang klaglos gedient hatte, und fuhr weiter.

Hinter einer lang gezogenen Kurve rund um eine Felsformation funktionierte das Mobiltelefon wieder. Eine SMS nach der anderen piepte. Sie hielt an, las Bertas besorgte Fragen, Simonas launige nach dem Männerangebot in Sri Lanka. Eine Nachricht war von Gabrio: »Wo ist der Ersatzschlüssel des Ibiza?« Seit Monaten waren sie getrennt, und noch immer waren ihre Leben verwoben.

Das Land wurde feuchter. Bauern bestellten Parzellen für die Aussaat. Schachbrettartige Felder waren teils noch ausgedörrt, teils bewässert und mit silbergrünem Reis bepflanzt. Die tieferstehende Sonne spiegelte sich in Tüchern aus Wasser, mittendrin ein Büffel, reglos wie eine Steinskulptur.

Erste Schatten leckten auf die Straße wie Stunden vorher verwehter Sand. Auf einer staubigen Dorfstraße trieben Kinder einen halb zerfetzten Lastwagenreifen vor sich her. Sie fuhr noch langsamer. An Holzgestellen hing Tabak zum Trocknen, vor einem Haus gloste zusammengekehrtes Laub, verströmte ein nostalgisches Flair.

Gerüche. Jenseits des vordergründigen Kerosingeruchs hatte jeder Flughafen der Welt ein anderes poetisches Aroma, das sie speicherte. Sie liebte den warmen Asphaltgeruch, wenn ihr die schwere Schwüle einer Karibikinsel nach der Landung in der Abenddämmerung entgegenschlug; das Gewitterregenprasseln auf ein Blechdach war wie Meerrauschen; der Glutwind in Sharm-el-Sheik zu Mittag, das Morgenfeuer eines Verkäufers am Straßenrand in der transparenten Hochlandluft von La Paz, kurz vor Sonnenaufgang, waren immer noch magisch für sie. Sie atmete die Landschaften, es war wie Fährtenlesen in einem unentdeckten Kosmos.

Selbst wenn sie mitten in der Nacht landete, aufgedreht und erschöpft als Letzte das Cockpit verließ, die Obertöne der Turbinen noch im Ohr, und auf der Fluggasttreppe stand, kamen sofort Reminiszenzen an die früheren Aufenthalte zurück, Gerüche von Garküchen, Bilder einer Bergkette in Farben von Mauve bis Bernstein. Mit den Andockraupen, die sich auch auf Flughäfen des Südens wie Fangarme ausbreiteten, und ihren Ziehharmonikagängen hatte sie sich nie angefreundet. Die Krakenarme empfingen Menschen nicht, sie sogen sie auf, führten in austauschbare Innenwelten: im Sommer im T-Shirt zu kalt, im Winter mit Mantel zu warm. Alles verhinderte die sinnliche Begegnung mit einem neuen Ort. Flughäfen waren postmoderne Verschiebebahnhöfe geworden, aber für sie waren es noch immer die Schnittpunkte erträumter Netze, die über der Erde lagen wie Linien einer gestreichelten Hand.

Kargheit zog sie an. Steppen, Wüsten waren klar, voller Kontraste: Sie träumte von einer Durchquerung der Sahara, allein mit dem Motorrad oder in einem Jeep, mit einem Partner, in einer Nähe, die erst durch die Stille möglich würde. Vom Mittelmeer würden sie aufbrechen, in eine zeitlose Leere, sie würden mit Bergen sprechen, Landschaftsfalten, durch eine unbesungene Welt mit wasserlosen Wadis, ein paar grünen Flecken, bis eine in Wellen schaukelnde blaue Tuareg-Karawane auftauchen würde, verschleierte Männer, unverschleierte Frauen, ein in Indigo gehüllter Führer, der sie in eine seit Jahrtausenden nicht betretene Schlucht bringen würde, um ihnen Malereien unter einem überhängenden Felsvorsprung zu zeigen, das verlorene Paradies mit Flusspferden, Giraffen, Elefanten: Almásys »Schwimmer in der Wüste«, wo Felsen wie Worte zerfielen. Sequenzen alter Afrikafilme stiegen in ihr auf, lange Einstellungen ohne Text: bleiche Dünen in der Mittagszeit, wie auf überbelichteten Fotos. Wenn die weiße Glut des Tages wich, in der Stunde der langen Schatten, begann die Einöde zu leben. Zu Sonnenuntergang leuchten Canyonwände rot und Hügel auf der Schattenseite blau.

Hier gab es keine lange Dämmerung, kein diffuses Zwischenreich. Nach dem Lagerfeuer würden Sternennächte folgen, im Schlafsack, mit einem grenzenlosen Himmel über der Wüste, mit Luftgeistern, verborgen hinter der Stille, ein Paradies aus Nichts und Fantasien. Sie sah sich von oben, als Paragleiterin, als Wüstentaucherin, verwunschen, bereit, sich wach küssen zu lassen, am Ende eines zu langen Versteckspiels. Eine verwandte Seele wäre in der Klarheit der Wüste leichter zu finden als in der Menge.

Leichte Wünsche lösen sich vielleicht nach Erfüllung auf. Andere tragen dich weit. Aber kannst du falsche von richtigen unterscheiden? Dich nicht von halb verwehten Spuren in die Irre führen lassen? Von Gespenstern deiner Vergangenheit. Von Jihadisten hinter einem Felsen.

Du spinnst. Auf Sand gebaute Fiktion.

Die untergehende Sonne blendete sie. Es war die Kupferstunde, in der sich die Landschaft honiggelb, die Haut der Menschen rotgold färbte. In der Nähe war die vage definierte Front zwischen der Armee und den Rebellen verlaufen, hier hatten von der Tageshitze ausgedörrte Soldaten nach einem zähen Tag zu Sonnenuntergang ihre Sandsackstellungen an den Dorfzufahrten geräumt und sich für die nächsten zwölf Stunden in die Sicherheit ihrer Garnisonsfestungen zurückgezogen. Das hatte Surya ihr erzählt. Die

Dörfer, Menschen fanden kaum Schlaf, waren vogelfrei, ausgeliefert der Furcht, den allgegenwärtigen Racheakten, dem Recht des jeweils Stärkeren; der Armee bei Tag, den Tigern bei Nacht. Hinter jedem Tierschrei lauerte ein Überfall. Das Morgengrauen brachte keine Erlösung, nur Betriebsamkeit. Zumindest Aufschub. Kaum Hoffnung.

Die Schatten erreichten den Horizont. Eine Formation schwarzer Kraniche kündigte die Nacht an. Als der Himmel einen violetten Ton hatte, erreichte sie Anuradhapura. Ein Ortsname wie ein Vers, mit metallisch schepperndem Nachklang. Am Siedlungsrand fand sie eine Pension, ein flaches Holzhaus mit Veranda und einem Eckzimmer zum See hin. Sie öffnete die Fenster. Insektenschnarren und letztes, saphirblaues Abendlicht füllten das geräumige Zimmer.

Wie oft auf dieser Reise war sie der einzige Gast. Sie bestellte Abendessen, »etwas, das schnell geht«, nahm eine lange Dusche, während sie aus der Küche Topfklappern hörte.

Das Essen, ein über Dampf gegartes Gericht aus Reismehlfladen und Gemüsecurries, beruhigte mit etlichen Gläsern Wasser ihren staubgereizten Gaumen.

Keine zehn Minuten später fiel sie ins Bett, schloss das Moskitonetz, nahm noch singhalesisches Stimmengewirr wahr, Zirpen, Gurren wie von abendmüden Friedenstauben, und glitt weg.

Was ist der Mensch? ...
Ein Nichts im Vergleich zur Unendlichkeit.
Ein Alles im Vergleich zum Nichts.
Ein Mittelpunkt zwischen dem All und dem Nichts.
Ganz und gar unfähig, die Extreme zu begreifen.
Das Ende der Dinge und der Anfang sind ihm
verborgen in einem undurchdringlichen Geheimnis.
Er kann das Nichts nicht sehen, aus dem er kommt,
noch die Unendlichkeit, die ihn an sich zieht.

BLAISE PASCAL. EIN PARADOXON

Clara

Vogelkreischen weckte sie. Sie streckte sich, öffnete die Fensterflügel, schaute auf den See und die Schwärme, die sich zusammenrotteten, um nach der Überwinterung ihren Zug nach Norden anzutreten. Die Vögel schwammen im Himmel, zeichneten Formationen, Zugvogelschriften, waren Nomaden wie sie. Womit die Ähnlichkeiten auch schon aufhörten, dachte sie. Die Vögel trugen eine genetisch gespeicherte Beständigkeit in sich. Reisten selten allein. Auch Zugvögel hatten einen Heimattrieb. Sie selbst war am Staffelsee verstummt. Und sie hatte keine Begleitung.

Sie löste ihre Gedanken vom Schwarm, duschte, ging zum Frühstück, und fuhr zu einem der Tempel. Sie musste das Motorrad vor einem Dutzend steingefüllter Ölfässer abstellen, zog ihre Segelschuhe aus, umrundete barfuß den Tempel und den heiligen Feigenbaum, und setzte sich dann auf einen Stein im Schatten. Eine Gruppe kahl geschorener Mönche in safranroten Roben kam, rezitierte Mantras, entzündete an einem Schrein Kerzen.

Hingebungsvolle und dabei zurückhaltende Religiosität, dachte sie. *In devotion to something beyond the simple and yet so complicated human existence*, glaubte sie sich an Suryas Worte zu erinnern. Doch Surya hat die Bonzen als scheinheilige Schmarotzer verachtet.

Welche Sprache war überhaupt noch ihre, nach all den Jahren Cockpit-Esperanto? Nicht Großmutters knarziges Hochdeutsch, auf das sie stolz war, die unerbittliche Genauigkeit ihrer Worte. Oma, die immer verleugnet hat, dass sie Serbisch verstand. Ein Banater Deutsch, das auch der Imker geredet hatte, manchmal lockend süß, wie sein Honig, der ekelhafte Kleber ihrer Zugehörigkeit. Hochdeutsch, das Mama sprach, wenn auch weicher, während Papas Stimme raschelte.

Ihre eigene Sprache? Nicht der Dialekt mit dem ruppigen Münchner Charme. Nicht mehr der Tonfall der Stuttgarter Studienjahre, den sie eine Zeit lang von Robert übernommen hatte. Das Spanisch ihrer vorübergehenden Heimat, der weltmännischen Kollegen? Englisch war auch die Sprache der Fliegerei: präzise Bereitschafts- und Einsatzsprache; Befehle in genormter Kommunikation. Eine abgehobene Welt, die Nichtflieger ausschloss, vielleicht mehr als andere Professionen die Außenstehenden. Sie überblickte den Horizont, die Instrumente. Sie konnte benennen, Kommandos annehmen, präzise Fragen stellen, Kurse über »Flight Safety« halten. Die aktive Fliegerei kam mit wenigen Worten aus. Aber über den Kloß im Bauch reden? Über das Bootshaus, *neunzehn, zwanzig*, Nightmail. Mombasa-Taxi. *Gangrape*. Nur in der fremden Sprache konnte sie es denken, die Akteure benennen; sich selbst sah sie am Bildschirm im Kopf, nicht einmal als Beteiligte. *Her body a crime scene.* Niemandem hatte sie etwas vom Bootshaus angedeutet, das selbst für sie hinter Ranken im Nebel lag. Warum schlafende Hunde wecken. Nur mit Peitsche in den Käfig der Erinnerungsköter.

Die Mönche waren verschwunden. Es war still, nur Rascheln im Baum.

In der Flugbegleiterzeit hatte sie die polyglotten Kolleginnen beneidet, ihr selbstverständliches Wechseln von einer Sprache zur anderen, die verschiedenen Kulturen, die sie durch ihre Eltern mitbekommen hatten; das Privileg, daraus zu wählen, damit zu jonglieren; Farins orientalische Gestik, ihre Freiheit. Damals hatte sie noch geglaubt, jedes neue Land würde ihren Spielraum vergrößern, Wahlheimat Wahlsprache Wahlidentität. Aber was hatte sie je gewählt? In ihrem Kopf gab es Orte, an denen Ideen wuchsen und Gespenster lauerten. Sprachen waren eine wankende Brücke ins Anderswo, in dem sie nie ankam. In Colombo, Bangkok, Sydney, Cancun, Barcelona, Madrid war sie nicht heimisch, fühlte sich unsicher, als Gast, konnte sich in keine neue Identität verkriechen, auch wenn ihr der Staffelsee immer fremder wurde. Neues und Altes ergaben kein größeres Ganzes, blieben kantige Teile eines zerrissenen Kinderpuzzles, die nicht mehr zueinanderpassten. Ein Unterwegskind zwischen den Sprachen war sie, doppelt fremd, von zu Hause weg, in einem permanenten Exil, in dem sie nicht mal mit Kompass ankam. Die Gemeinschaft mit den Piloten als Zuhause? Eine gemeinsame Formel, ja: Sie waren alle unterwegs. Im Transit. Manche kamen an.

Sie schaute auf die Inschriften am Tempel, verzierte Mondsicheln, tanzende Fischchen, umgekehrte Fragezeichen. Am Eingang zum Heiligtum lag verwelkter Blumenschmuck von den Neujahrsfeierlichkeiten vor zwei Wochen. »Wir feiern zur gleichen Zeit, Buddhisten und Hindus«, hatte Mahilan erwähnt. Das Ende der Hitze, pralle Mangos, Fruchtbarkeit.

Ihr fehlten Rituale.

Das Pendeln zwischen Ländern und Idiomen gelang ihr, Landschaften und Sprachen waren in sie gesickert. In Thailand oder hier in Sri Lanka verstand sie wenig, schnupperte, achtete auf Klänge und Rhythmen. Aber es war kein Fluktuieren von Identitäten, wie der Cyberspace versprach. Sie hatte nie dazugehört, hatte die Sprachen immer nur abgetastet wie Hochglanz-Zeitschriften am Flughafenkiosk, nie beherrscht.

Was für eine Illusion, ich hätte mit der Großmuttersprache auch meine Schatten abgelegt, dachte sie. Hätte mich mit dem Sprachwechsel neu erfunden.

Nichts hatte sie je ausgedrückt von dem, was im Bootshaus war. Mit Worten kam sie da nicht hin, doch die alte Sprache klebte wie ein zu enger Taucheranzug. Er hatte sich vollgesogen mit Erinnerungen an den speienden Drachen. Darüber hätte sie nur in Morsezeichen berichten können, ohne Wortklang, Tiefe, ohne Wut, ohne Schmerz.

Was nicht ausgesprochen wurde, existierte nicht. Das Grauen hatte keine Worte. Wenn es um Empfindungen ging, war ihr jede Sprache unzugänglich geblieben. Aber hatte sie sich straflos aus der Muttersprache verbannt? Neue stumme Löcher in der Sprache waren dazugekommen, eine halbe Nachtreise von hier, später in Mombasa.

Sie hatte Matthias um seine Gewandtheit beneidet, und war doch vor seiner Eloquenz geflohen. Er hatte seine Gefühle ausgebreitet, ihre eingefordert. Sie musste Sätze finden, um ihn fernzuhalten, konnte ihm nur nah sein, wenn er nicht da war.

Fesseln lösen. Fliegerei. Und stillt doch nie meine Rastlosigkeit. Ein Käfig mit mehr Auslauf. Vera hat die Musik gefunden. Und ich? Hab mich selbst ausgebürgert, in die Flughäfen. In Luftschlösser. Hab keine Wurzeln geschlagen. Nicht einmal Boden gefunden.

Aber mein Leben besteht nicht aus Flucht. Nicht nur. Ich habe die Heimatlosigkeit zum Beruf gemacht. Das hat Oma, die ewig Vertriebene, nie geschafft.

Über der Ebene von Anuradhapura ballten sich Wolken zusammen, Schattenberge, die sich aufbäumten und die es beim Fliegen zu meiden galt, Gewittertürme. Aus dem Cockpit war dann von oben das Brodeln und Quellen zu sehen, mit scharfen, weißen Rändern über dem dunklen Kern. Sie konnten sich zu einem riesigen Amboss auswachsen, der an den Rändern rauchend ausfranste, wenn die Lage gewittrig wurde.

Die Moskitos wurden lästig. Eine Windhose hing wie ein Rüssel aus einem Wolkenturm hinter dem Tempel. Wind kämmte die hellgrünen Reisfelder, Wolken schleiften Bärte über die Ebene, dann Regenmatten.

Mit den ersten Tropfen kam sie zur Pension, stellte das Motorrad in einen offenen Schuppen, setzte sich unter dem Holzdach der Veranda zum See in einen Stuhl und bestellte Kaffee.

Ein älterer Kellner in Sarong und weißem Hemd servierte ihr mit eleganter Geste auf einem Lacktablett eine silberne Kanne und ein Kännchen Milch. »Mit hausgemachtem Gebäck«, verkündete er mit sonorer Stimme.

Der Regen prasselte auf das Dach wie Kugelhagel, und der lehmgestampfte Vorplatz verwandelte sich in einen mokkabraunen Teich. Vom Dach kamen Wasserfälle, eine Geräuschwand, die ihr jede Sicht nahm und sie von der Welt abschirmte. Eine wilde Heimeligkeit hüllte sie ein, die in der Honigluft Erinnerungen weckte, an den Monsun in Gegenden, wo sie für Momente glücklich gewesen war.

Der Kellner stand ein paar Meter weiter weg und sah in den Regen. Sie bestellte einen Arrak.

Sie war nie ernsthaft krank geworden, obwohl sie nie Malariatabletten nahm und sich nicht mehr impfen ließ.

Doch, einmal, eine üble Tropenkrankheit, noch zur Flugbegleiterinnen-Zeit. In Burma hatte sie während eines Ausflugs zu den Tempelhügeln ein nie zuvor gekanntes Fieber gepackt. Mit einem Taxi schaffte sie es noch bis in ihr Guesthouse, und lag dort etliche Tage. Die drei Meter zwischen Bett und Klo wurden zu einer Tortur, die sie nur kriechend bewältigte. Ein Arzt kam, redete beruhigend auf sie ein, sie verstand kaum. Eine Frau, ein undeutlicher Schatten vor ihren Nebelaugen, beseitigte die Spuren ihrer Ausscheidungen, legte ihr nasse Tücher auf die Schläfen, brachte Tabletten und Tee. Clara konnte die Tasse mit schleimiger Reissuppe nicht heben. Ein kleiner Ventilator wurde in ihr Zimmer gestellt, der ihre Fieberträume durchwirbelte.

»Papa Guédé – bel garçon«, hämmerte damals der Refrain eines Liedes in ihrem Kopf. Guédé, König, Phallus, Clown inmitten flatternder Hühner ohne Kopf. Im Fieber wurden Burmas buddhistische Mönche in orangefarbenen Roben und kontrollierter Haltung zu einem trunkenen Defilee schwarzer, in ochsenblutrote Stoffe gehüllter Edelleute, die sich als Fürst Muskat, Prinz Nelke vorstellen, Graf Pfeffer und Herr der Finsternis. Im Fieber vermischen sich Pagoden mit den Palastresten des wahnsinnigen Kaisers von Haiti, mit seinem Sanssouci im Dschungel, mit leeren Ballsälen, Fächertreppen, von Luftwurzeln getragenen Terrassen, eingefasst von phallischen Figuren, die tanzende Schatten werfen. Die Köpfe ähneln Arcimboldos Grotesken, Eicheln. Echofiguren, glänzend nackte Sklaven mit Katzenaugen unter Dornenkronen inszenieren im Ozeangarten Voodoo-Zaubertänze, locken sie schmeichelnd, vereinigen sich mit Nymphen, machen sich in Gesten über sie lustig. Den üppigen Frauen tanzen eintätowierte Schmetterlinge auf dem Bauch, aus den Bauchfalten fallen Vipern ab. Sie sieht sich in Zerrspiegeln, in Zeitlupe, sieht nicht sich, nur gefesselte Frauen mit Männern, die zu Transvestiten mutieren, dann zu kahl geschorenen Frauen, feuchte Leiblichkeit. Das Säulenportal schließt sich, die Fassaden bekommen Risse, bröckeln, ein riesiger Hund uriniert auf der zerfallenden Treppe, die Spiegelgalerie verflüssigt sich zu Perlen, schmelzende Smaragde zerfließen zu Unrat, die Muschellabyrinthe des Lustgartens werden Irrgärten. Ranken klettern hoch, umschlingen die Traumtänzer, werden Faune im Farbentanz. Das Pandämonium paart sich schmatzend, lüstern im Geruch von Weihrauch, Schweiß, Moder. Laszives, spöttisches Flüstern, Gelächter, Trommeln, Stampfen, Klatschen, sie ist umzingelt von leprösen Krüppeln zwischen gichtig gestikulierenden Bäumen, aus deren Mitte es kein Entrinnen gibt. Sie schwebt in der Mitte, getragen, umgarnt, nass, sie bebt, muskellos, ausgeschlossen, tastet erblindet nach Halt.

Alte Schlackebrocken waren durch ihren Bauch gerollt, tanzten, explodierten, verflüssigten sich im Gedärm, eine Kakerlake steckte einen Fühler in ihr Nasenloch, die Traumgrotesken höhnten. Dann hatte Eiseskälte sie wieder im Griff gehabt, bevor der Durchfall sie packte, eine neue Fieberwelle sie am Weg ins Bad auf den Betonboden schleuderte wie auf ein Riff. Echogestalten jener birmanischen Albtraumtage umgarnten sie noch Jahre später in erschöpften Träumen während Rotationen.

Sie bestellte einen weiteren Arrak, spürte die Erinnerungen an die damaligen Fieberwogen. Der Regen von Anuradhapura legte nochmals zu, das Wasser, das vom Dach rann, wurde zu silbernen Seilen. Die Veranda war undicht. Der Kellner stellte Blechschüsseln auf, auf denen die Tropfen wie Metallofon-Wassermusik klangen. Dann ließ das Dröhnen der Regenglocke über Anuradhapura nach, gab den Blick auf den See vor dem Guesthouse wieder frei. Sie war mit dem Regen und dem Arrak abgeglitten. Fast zwei Stunden lang hatte sie stillgesessen, stellte sie mit einem Blick auf ihre Fliegeruhr erstaunt fest. Gabrios Uhr.

Dunst schwebte wie Zigarettenrauch über den Steinplatten, die zum See hinunterführten. Abziehende Wolken gaben eine flache Abendsonne frei, die die regenfrische Landschaft mit rötlichem Licht übergoss. Ein halber

Regenbogen überspannte See und Nebelschleier. Feuchtigkeit hatte sich auf ihre Haut gelegt, war durch die Poren in sie gesickert wie in das Land.

Sie fühlte sich angekommen. Und zögernd bereit, Surya anzurufen. Er war damals, vor elf Jahren, nach einem Telefonat in ein anderes Guesthouse von Anuradhapura zurückgekommen, bleich, hatte nur »meine Tochter… ich muss zurück« gesagt, sein Gesicht eine Maske, die für Sekunden zuckte, dann verrutschte. Dann hatte er seine Reisetasche geholt, Claras Trinkgeld mit leichtem Kopfschütteln abgelehnt, nur ihren Dank akzeptiert, ihr »alles Gute, aus ganzem Herzen« gewünscht, »bitte schreib einmal«.

Am nächsten Abend hatte Clara den Nightmail nach Colombo genommen. Seine Wünsche hatten sie nicht beschützt. Geschrieben hatte sie ihm nie.

Sie ging zitternd zur Rezeption. Zumindest bestand keine Gefahr, dass sie ihm zehn Minuten später gegenübertreten müsste, die Vertrautheit von damals nicht mehr da wäre, und er mit weisem Blick vermuten könnte, sie sei ein erfolgreiches Nervenbündel geworden. Die geografische Distanz verlieh ihr die Sicherheit, dass sie die Nachricht, er könnte nicht mehr leben, ertragen würde können. Der Verwalter des Guesthouse war hilfsbereit, telefonierte herum, nach Kandy, Nuwara Eliya, sogar Colombo. Ohne Ergebnis. Jemand mit Suryas Vor- und Familiennamen war nicht zu finden. Vielleicht hatte er noch immer kein Telefon.

Das Einzige, was uns in unserem Elend tröstet,
ist die Zerstreuung,
aber gerade das ist unser größtes Unglück.
Denn das hält uns hauptsächlich davon ab, an uns zu denken,
und richtet uns zugrunde, ohne dass wir es merken.
Sonst würde die Langeweile über uns kommen,
und diese Langeweile würde uns dazu treiben,
ein zuverlässiges Mittel zu suchen, um ihr zu entrinnen.
Aber die Zerstreuung unterhält uns und treibt uns unmerklich
dem Tode entgegen.

BLAISE PASCAL

Schattentauchen

Surya bleibt unauffindbar. So landet sie zwei Tage später in einem winzigen Strandhotel an der Westküste bei Chilaw, immer noch weit entfernt von den Touristenorten des Südens. Sie wäscht ihre sandige Unterwäsche, schläft ruhiger, steht mit dem ersten Krächzen der Raben vor Sonnenaufgang auf, sieht den Jungs zu, die ihre Füße mit Kokosstricken zusammenbinden, geriffelte Stämme besteigen und Palmwein zapfen.

Statt durch die Landschaften zu fliegen, unternimmt sie Spaziergänge am Strand, taucht durch die Brandung, lässt sich von den Brechern zurücktragen, die auf ihrer Haut Salzmuster hinterlassen. Sie holt Schwemmholz aus den Wellen, baut am zweiten Nachmittag eine Fantasieskulptur, ungewollt eine Art lahmer Vogel.

Sie liegt im Sand, schaut in die Palmwedel, die sich gegen das Sonnenlicht wie Scherenschnitte bewegen. Das Meer spiegelt, blendet, zerfällt in Kaleidoskopstücke, Bilder aus ihrer Kindheit. Vor ihrem inneren Auge läuft ein Filmvorspann, eine beschauliche Landschaft mit Holzhaus, herangezoomt. Bilder von Augusttagen und Nachbarjungen zucken auf, Wasser, Tauchen, Versteck- und Doktorspiele, Wahlonkel, überblendete Stellen, Risse, Knistern. Ein Nachbar, auch er ein Vertriebener aus der Vojvodina, der mit Oma eine Miniatursprachinsel bildete und für sie Holz hackte. Klarchen trug Scheite ins Haus. Er war Imker; der sie lobte, »bist schon recht«, neckte, ihr den Arm auf die Schulter legte, »bist mir recht«, ihr an Nachmittagen den Bienenflug erklärte, der seinen Finger in Honig tauchte, ihn von Clara ablecken ließ, »machst mir Freude«.

Hatte Vera den Spukraum eigentlich je betreten? Mittlerweile war sie die Sommer über meist in München. Musikstunden, das ganze Jahr.

Vera, mit eckigem Körper und Geigenkasten, wie sie an der Bushaltestelle stand und rostrote Herbstblätter sie umtanzten. Ihr die Partiturblätter entglitten. Ihre Schritte, verzögert, aber sicher, das Hinken kaum zu bemerken. Sie umklammerte den Geigenkoffer, streichelte ihn, während Clara, Klarchen, ihre Schultasche durch das Laub schleifte. Vera, die der Violine mit geschlossenen Augen melancholische, später silbrig-heitere Flüstertöne entlockte. Ihre Musik kam aus ihrer Stille. Sie war kein Trapezakt, brauchte keine überspannten Stahlseile zur Klappensteuerung. Veras Bestimmung, denkt Clara jetzt, keine Flucht. Und mit Peter hat sie ihren Cellisten gefunden.

Ich habe mein Erleben nie mit Worten in Einklang bringen können, denkt sie, Ein-Klang. nicht mehr als ein dumpfes, manchmal anschwellendes Echo.

Sie schaut in die Palmwedel, dahinter graue Wolken, Stufen ins Dunkel der Anfänge. Bilder, mit Säure wegradiert, Grotesken, die im Palmrascheln wieder auseinanderdriften. Filmknistern, eine gelöschte Datei, von der es noch Spuren auf der Festplatte gibt. Fragmente, auf die sie keinen Zugriff hat… Schritte, die sich nähern, und… sie

drückt ihre Schläfen – was war da noch? ... Klick, Doppel-
klick, Erinnerungsprogramm, »Zugriff verweigert. Passwort eingeben«.

Sie fröstelt schwitzend, schaut in die grünen Wedel, lässt
mit dem Wind, der über ihre Haut, über die aufgestellten
Härchen streicht, ihre Gedanken wieder schweifen.

Papas Begräbnis. Sein Sarg war offen gewesen, die Geister in seinem Blick erloschen, einzig sein abgetragener
Anzug hatte geglänzt. Kalter Nieselregen fiel. Am Grab
waren kaum Regenschirme, zum Schluss nur noch ihrer
und Veras. Ein Pastor, den sie nicht gekannt hatten, versuchte, Papa unter den Boden zu Mama zu reden. Sie erinnert sich an die dumpfen Geräusche der Lehmbrocken, an
die wenigen nassen Schleifen, jemand hatte einen Schiffs-
wimpel dazugesteckt, der schlaff herabhing. Am Nachbar-
grab legte ein angemooster Steinengel mit starren Schwingen einen Zeigefinger auf den Lippen, davor verwelkte
Astern in einer umgedrehten Plastikflasche. Reste von fau-
lem Laub; selbst der Kies knirschte nicht.

Im Elternhaus lag ein Teller mit Beileidsschreiben. Vera
und sie waren Mitte, Ende zwanzig. Sie fuhren noch einmal in das schon lange ungenutzte Sommerhaus am See,
um es auszuräumen. Der überwachsene Lattenzaun schien
vom Parkplatz eines Supermarktes ein Stück Richtung
Haus gedrückt worden zu sein. Dahinter hingen die tro-
ckenen Dolden des Schmetterlingsflieders, ihrer vergessenen Lieblingspflanze. Der breite, kahle Birnbaum wurde
von einem geknickten Stock gerade noch gestützt. Die
Holzbänke darunter waren zerfallen. Einer der Fensterflügel war herausgerissen, grau wie die Schindeln über den
blinden Dachgauben. Ihr kaputtes Kinderfahrrad lehnte
noch immer an der Schuppenwand, neben geborstenen
Blumentöpfen. Alles erschien kleiner, wie eine Puppen-
theaterversion. Der abgetretene Fußabstreifer schien sich
besser an ihre Kinderfüße zu erinnern als sie selbst. Vera

und sie stockten vor dem Überschreiten der Schwelle, gaben dort beide ihre Stimmen ab. Der Geruch im Haus war noch oder sofort wieder da, als sich die Tür knarrend öffnete. Sie roch in der eingesperrten Luft die Zeit von damals, Apfelkuchen, Mohnnudeln und Moder. Geborgenheit und Beklemmung. Omas Welt atmete nicht mehr, roch aber noch. Ergraute Häkeldeckchen waren zur letzten Ruhestätte vertrockneter Fliegen geworden, daneben lag ein halb zerfallenes Pfauenauge. In der Vitrine vor der fleckigen Tapete standen die angeschlagenen Teller mit Vergissmeinnichtmuster, auf dem Fenstersims ein verdorrtes Alpenveilchen mit einer Kreppschleife, daneben die vergilbte Pralinenschachtel mit Omas Nähzeug, ein paar Readers-Digest-Auswahlbände; über der Bank die verstummte Wanduhr. Sogar Omas bleichgewaschene Kittelschürze hing am Schlüsselhaken, darunter der Teppichklopfer. Reste von Omas Sätzen schwebten im Raum wie Spinnweben. Das von Gardinen und schmutzigen Scheiben gefilterte Tageslicht wurde durch den aufgewirbelten Staub zusätzlich getrübt. In Claras Kopf tickte jetzt die Wanduhr, wie damals zu Omas Schlägen. Sie schaute auf den Knauf der geschlossenen Kellertür, rückte ein Häkeldeckchen gerade, klappte es ein, wieder auf, wie um etwas abzuschließen, zumindest zurechtzurücken. Sie hatte nicht die Kraft, nicht einmal die Fantasie, die eingefrorene Ordnung volksdeutscher Redlichkeit zu stören. Das Schweigen drang aus den Wänden, den wenigen Möbeln. Veras und ihre eigene Stummheit waren so dicht, dass das Damals betäubend wurde.

Vera strich mit dem Zeigefinger über die verstaubte Kommode, den Wasserkrug mit dem Blumenmuster, wischte den Finger an ihrer Daunenjacke ab, mit schiefem Kopf, wie so oft als Kind. Sie hustete, durchbrach die Stille. Ohne miteinander zu sprechen, verließen sie die muffige Wohnküche, drückten die verzogene Haustür hinter sich zu. In wortloser Übereinstimmung wussten beide, dass sie diese Aufgabe nicht bewältigen wollten. Um die Entrümpelung konnte sich auch ein Käufer kümmern.

»Fahren wir?«

Clara zögerte. »Gleich.«

Vera nickte, schlang ihren Schal enger um den Hals und ging, zwei Rollen Müllsäcke unterm Arm, zurück zum Auto. Clara umrundete den Birnbaum, der ihr ein paar Mal Schutz geboten hatte. Sie strich über die Borke, knöpfte sich den schwarzen Mantel zu und ging allein zum See, erst mit herzklopfend beschleunigten, dann verlangsamten Schritten, entlang verdorrter Brombeerranken. Der Weg zum Bootshaus, die dornige Einflugschneise der Erinnerungen, war kürzer als an jenen Nachmittagen.

Sie zwang sich, den Kopf zu heben. Dunst, Spuren im Seewasser, verschwommene Bilder, aus der Zeit gehoben.

Nach einer pochenden Ewigkeit schaute sie nach rechts. Enten plusterten sich, schoben die Schnäbel unter das Gefieder. Das zittrige Spiegelbild des Bootshauses im Wasser, *sechsunddreißig, siebenunddreißig.*

Der Weidendschungel war gerodet. Im fahlen Gegenlicht stand ein neues Bootshaus auf der Landzunge; saubere Planken, zwei Fenster. Das alte hatte keine gehabt. Das Ufer war in Grau erstarrt. Etwas, was nicht mehr da war, reizte immer noch ihre Augen. Sie konnte nicht durchatmen, hörte im Kopf seine Anweisungen. Erst als die Kirchturmuhr viermal schlug, die abendnahen Klänge sie überschwemmten, lösten sich die Kiefer, kam der Geruch.

Nicht du erinnerst dich an die Vergangenheit. Sie erinnert dich.

Jetzt, aus dem Abstand der Jahre, war ihr klar, dass ein Haus am Wasser nie eine Befreiung sein würde, sondern immer eine Rückkehr nach innen.

Sie witterte. Den Geruch, Geschmack. Pseudoonkel. Einer, der dich lieb hat. Wie ein Opa. Mehr. Zu viel lieb.

Der ihr das Angeln beigebracht hatte, ihre Hand gehalten, geführt, am Steg, im Bootshaus. Hatte nicht sie geworben, um sein Lachen, seine Gunst, seine Hand auf ihrer Schulter? Seine Augen, die glänzten wie die ihres Plüschlöwen, seine zauberischen Hände, die ihren Kopf dann auf die Größe einer Dreijährigen hinunter gedrängt hatten, was war da, milchige Zuneigung, »weißer Honig, Klarchen«, *siebenundvierzig, achtundvierzig,* glühender Kopf, *zweiundfünfzig, dreiundfünfzig,* weggedreht, was war da? Nicht geatmet nichts gedacht, oder doch, an ihren Stoffhasen; sie sah ihn, dann wieder den Imker, verklebt, verzerrt, *achtundsechzig, neunundsechzig,* »du sagst nichts, Klarchen, nicht wahr«, weg. Steg, nur weg, Weg, Dornen, taube Füße, *zweiundsechzig, dreiundsechzig,* durch das Grillenvakuum gerannt, der Himmel war klar gewesen an jenem verdammten ersten Nachmittag, kreischendes Licht hinter ihrer milchweißen Blindheit, sie atmete wieder, ihr Körper verdünnte sich mit Luft. Hätte sie damals nur segeln können, über den See, fliegen.

Ihre gerade erst im letzten Sommer errungene Anführerschaft war dahin. Weil ihr keine Spiele mehr einfielen, und Frösche zu sezieren wurde den Freunden langweilig. Keiner stellte sich mit ihr in den Regen, bis sie nichts mehr spürte als das Klatschen, niemand wollte sich von ihr quälen lassen, nicht einmal die Katze. Sie entdeckte, wie Bosheit sich anfühlt, wenn man es selber tat und dann allein war, sie spießte Käfer auf, schnitt sich mit dem Küchenmesser, entschied selbst, wann es wehtat, bevor sie Omas Teppichklopfer traf. »Wie siehst du aus, schlimmes Kind? Total zerkratzt! Wo hast du dich herumgetrieben? Marsch, in den Keller!« Durch das Grillenvakuum bis das Vakuum einstürzte, du sagst nichts, Klarchen. Klarchen wusch sich Stunden später den Imker aus dem Mund, sagte nichts. Vom Tagkind zum Nachtkind des Bootshauses, des Kellers.

Der Moder roch bekannt. Aber es sollte nicht mehr ihrer sein. Es war nicht eine Angst, der sie ins Auge schauen, die sie zumindest benennen hätte können. Es war Lähmung, Mehltau des Verschweigens seitdem, auf den Schultern, im Bauch, im Mund, wo die Bewegungen des Imkers eingebrannt waren. Er lebte noch, vielleicht, unter Tausend würde sie sein rotes Gesicht erkennen, seine Lippen, wenn sie durch die Jahre sah. Dieses Archiv der Nacht entzog sich jeder Sprache. Die Bilder blockierten sie, fraßen die Worte von innen auf.

Sollte er strampeln, zucken; bis keine Blasen mehr aufstiegen.

Wie schwer wog Mordlust in der Fantasie?

Nicht den Sommer in den Winter tragen. Wenn du fällst, stehst du nicht mehr auf.

Wann werden deine vielen Jahre als Erwachsene im Flieger gegen ein paar Wochen ankommen?

Aus. Keine Wutschmerzgefühlsrückschau mehr. Keine Bresche mehr ins Dickicht der Weiden schlagen, und dann in einer Zeitnische erstarren.

Sie schaute auf den See. Er war ausdruckslos. Die Kälte des Februarnachmittags kroch in sie. Der Boden am Ufer war angetaut. Sie befreite ihre Stiefel aus dem sandigen Schlick, kehrte um, weg vom zerkratzten Kind, ging mit tauben Beinen, erstarrten Haaren den Brombeerweg zurück, als sie aus dem Nichts Übelkeit packte. Sie übergab sich, kotzte, bis sie wieder allein war, atmete die eisige Luft. Sie wischte ihre Hand und die Stiefel notdürftig am starren Gras ab. Der Reif unter den Sohlen knirschte, über ihr kreischten Saatkrähen. Hast deinen Leib abgetrennt, dachte sie. Der krümmt sich wie der abgeworfene Schwanz einer Eidechse im Murnauer Moos; nur dein Kopf hat weitergelebt.

Sie fuhr mit Vera in Vaters Auto zurück nach München, zwei Waisen, ratlos im Sog ihres Schweigens. Vera begann eine Melodie zu summen, die Clara nicht kannte. Vera denkt in Tönen, dachte sie, ich mit Flügeln. Sie bemerkte, dass sie selbst das Lenkrad umkrallt hielt, die Knöchel weiß, Froststaub in den Augen. Sie drehte den Rückspiegel, sah sich. Die Armaturenbeleuchtung gab ihrem Gesicht etwas an Farbe zurück. Sie konzentrierte sich auf die fast leere Landstraße, die Nebelfetzen über der zementgrauen Landschaft. Selbst die Misthaufen waren gefroren, erinnerten für Momente an Omas bezuckerte Napfkuchen im erkalteten Rauch. Vereist; auch die Jauchegrube der Erinnerungen sollte es bleiben.

Sie selbst war jetzt kalt, und klar. Rückkehr war bedrohlicher als jeder Aufbruch. Gedächtnisleerstellen auffüllen. Womit, verdammt. Dich an die Erinnerung heften. Worüber nicht geredet wird, das ist auch nicht. Fort von hier, der Schmerzzone einer anderen Existenz, dem Dunstgespenst. Sie, die Komplizin des Donauschwaben, hätte auch in Seehausen als Verrückte bei jedem Wetter am Ufer dem Echo von damals hinterherirren können, von Kindern bespuckt, mit Blechbüchsen behängt, den Leuten zum Gespött.

In den frühabendlichen Fenstern flackerten die ersten Bildschirme wie falsche Glut. Dann übertönte Autobahnlärm die Stimmen der Vorzeit. Geh, lauf, dein Schatten bleibt hier, flieg, und der Schatten löst sich auf. Schweben im Leeren.

Sie hatte sich selbst vom See weggeschickt und geglaubt, bei jenem Abschiedsbesuch auch dem inneren Winter endgültig den Rücken gekehrt zu haben. Sie hatte sich Flügel wachsen lassen, hatte überlebt. Ein großer Teil von ihr. Keiner würde ihr den Himmel wieder eindrücken.

Alte Kreise öffnen sich, mit der Zirkelspitze am Staffelsee. Sri Lanka. Ozean, kein See. All die Jahre hatte sie die Kreise immer weiter gezogen, der Kern der hart gewordenen Erinnerung hatte dabei festgesteckt. Ab wann wurde die Vergangenheit Vorwelt? Vergessenssucherin. Ist doch nur die Erinnerung an die Erinnerung, sonst nichts.

Sie steht auf, schüttelt die Erstarrung ab, greift nach ein paar flachen Steinen, wirft sie über das Wasser wie als Kind mit Vera: Wessen Kiesel hüpft öfter? Bei den Wellen ist das eine Herausforderung. Sie gibt nicht auf, bis sie es geschafft hat, zumindest zwei Wellenkämme zu streifen, bevor der flache Strand deren Kraft bricht.

Zwischenlanden, von einer Welle gepackt, untergehen.

Bin kein Stein. Vielleicht ein Korken.

Ein Schwarm silbriger Fische springt aus dem Wasser, versinkt, springt erneut.

Fliegen, nur Vera hatte sie als Jugendliche davon erzählt, und Karin. Sie dachte, dass sie in der Autonomie halbwegs glücklich war, die sie sich geschaffen hatte, scheinbar frei von den Klauen der Pubertät, unabhängig von der Gunst der Burschen. Ihre Eltern waren wohl froh, dass sich die einst zornbebende Kleine gewandelt hatte, und respektierten ihre frühreife Vernunft. Du wächst wie Unkraut, hatte ihr der Imker im Sommer nachgerufen, nachdem sie ihn schon Jahre ignoriert hatte. Die Revolution in ihren Adern fand weniger wild statt als bei ihren Mitschülerinnen. Sie war cool, aber wie viel hatte sie einfach geheuchelt. Bis sie zu ihrem Körper stand und die schwarze Rollkragenpulloverphase einleitete. Wahrscheinlich noch vor Robert.

Ihre Eltern hatten Robert gemocht, seine ruhige Art, sein feines, immer eine Spur zu ernstes Gesicht, nicht die Tatsache, dass er aus »gutem Haus« war, wie Nachbarn anerkennend murmelten.

Wir hatten wenig Geld. Mama hatte wohl darunter gelitten, so lange unter Oma Mathildes Fuchtel zu stehen.

Und wir haben die Hände geerbt, Mama, Vera.

Vera entlockte mit ihren grazilen Fingern der Violine

sphärische Töne, hatte Melancholie in Impulsklänge und, später, nach der Musiktherapie, in Leichtigkeit verwandelt, als Clara sie einmal besuchte und sie im Nebenzimmer übte, während ihr Mann Clara leise von Konzertplänen berichtete. Die maulenden Übungstöne von einst waren jetzt weiche Wellenschläge, kamen Clara vor wie das Klappern von Tellern und Besteck nach Tisch an einem Frühlingsabend, die manchmal entspannten Stimmen ihrer Eltern nebenan, die Katze eingerollt im Eck. Vera hatte mit dem Bogen etwas abgestreift, die dunkle Seite ihrer Selbstkritik; Omas Kritik, dass ihr das Zeug zur großen Geigerin fehle. Clara beneidete Vera, ihr neues Selbstvertrauen, und liebte sie, wie schon als Kind. Bevor sie sich nach dem Sommer der schwarzen Keller-Schmetterlinge auch vor ihrer Schwester versteckt hatte.

Sie lehnt an einer Palme, beobachtet einen älteren Mann, der vor seiner Hütte mit einem Jungen spielt. Beide schauen immer wieder zu ihr, der Alte lächelt. Er hat gegerbte, dabei weiche Züge.

Sie hatte keinen Großvater gehabt. Keinen Opa, der sie hochgeworfen hätte und wieder aufgefangen. Oma hatte den gesamten Großelternplatz beansprucht, mit ihrer Geschichte.

Sie spürt Gänsehaut, geht schwankend ein paar Schritte in die Sonne. Passagen der Reise in die Vorzeit fühlen sich an wie eine Fahrt in Zeitlupe über ein schwarzes Meer und durch arktische Nebel. Nur Schemen sind zu erkennen, hinter jedem Eisberg lauert der nächste. Kein Nebelhorn, keine Mastspitze bietet Orientierung in der Irrfahrt durchs Flautemeer.

Dabei hatte Papa in seiner Einsamkeit nie Kälte verbreitet. Nach außen war er kaum sonderbarer als die Väter ihrer wenigen Freundinnen, nur schweigsamer. Mit seinem Interesse für alte Sprachen, den Basteleien am Segelboot, war er der Außenseiter in der Familie der Frauen. Diktatur des Matriarchats hatte er es genannt, nicht ohne Lächeln.

Sie schlüpft in ihre Jeans, zieht sich ein T-Shirt gegen die Sonne und die Blicke der Fischer über, geht wieder den Strand entlang, schaut auf das Meer. Papas Boot war am Starnberger See gelegen. Er fuhr am liebsten allein zu seiner schwankenden Trauminsel. Als kleine Kinder waren sie und Vera manchmal noch dabei, gierten nach seiner Aufmerksamkeit, quengelten wohl. Sein verklärter Blick hatte sich Clara eingegraben, wenn er die Wanten prüfte, die Segel aufzog, wenn er sich schließlich ans Ruder setzte, die Taue löste, nach vorne schaute, und wenig sagte. Sie hatte ihn angesehen, seinen Blick gesucht, dann selbst nach vorne geschaut.

Klar, dass er den Kahn nicht zum Staffelsee gebracht hat. So konnte er sich besser vor der Schwiegermutter drücken. Er hat mit seinen Sehnsüchten nie etwas Kühnes geschaffen, sondern seine Träume im Miniaturformat am See nachgestellt.

Und ich trage sie weiter. Unerfüllte Männerträume, ohne selbst ein Mann zu sein. Papas Bootsausfahrten, domestiziertes Fernweh oder Fluchtreflex. Sein Leben ist in Enge vergangen.

Sein letzter Ausflug an den Starnberger See trug ihm eine Nacht auf der Polizeiwache ein, erinnert sie sich. Er hatte das Boot in Brand gesteckt, auf das nächtliche Wasser hinaustreiben lassen und, umringt von herbeigeströmten Gaffern, den Flammen ebenso stumm zugeschaut, wie er das anschließende Verhör der Uniformierten über sich ergehen ließ. Ein Feuerball seines verlorenen Traums, größer als er selbst, dachte sie jetzt.

Über ihr kreischen Möwen, kreuzen, nie allein, gehen am Wasser nieder, fliegen mit der nächsten Welle wieder auf.

Sie empfindet Wärme für Papa, der ihr in seiner schweigsamen Art so fremd gewesen war: letzter Wind in seinen schütteren Haaren bei einem gemeinsamen Oktoberspaziergang, er an ihre Schulter gestützt, bevor er ganz in die Stille abglitt. Hatte sie ihn je sehen können, wie er war? Ohne ihn zu kennen? Seine Träume waren eine Kraftquelle, dachte sie versöhnlich. Wie auch Mamas Standfestigkeit. Und Vera hat Papas Stille in eigene Bilder übersetzt.

Sie blickt zurück auf ihre Abdrücke im Sand, umkreist sie, wieder, umkreist dunkle Flecken, die sie mit ihrem Denken nicht ausleuchten kann, ohne in eisiges Schwitzen zu geraten. Die Lähmung jenes Sommers. Ekel, den sie mit Omas Schlafzimmergeruch am Staffelsee in Verbindung gebracht hat, kaum mit den dunkelweißen Nachmittagsminuten im Bootshaus. Sie hatte Oma den Tod gewünscht. Wann war das gewesen? Nur im Keller, wenn sie den Putz von den Wänden gekratzt hatte? Und nicht mehr geschrien, nie gefleht hatte.

Ein Albtraum, der mich in die Luft gespült hat. Die Wurzeln sind im Dreck geblieben.

Nur Mangroven haben Luftwurzeln.

Sie krempelt die Jeans hoch, geht ein paar Schritte ins Wasser, in dem sich die Nachmittagssonne zu spiegeln beginnt. Als die Großmutter starb, hatte sie eine Mischung aus Erleichterung und Schuld empfunden. Oma hatte Wut und Reste von Zärtlichkeit in ein letztes Häkeldeckchen eingearbeitet, ihre Adern fast schon in der Farbe ihrer trüben Augen. Dann kramte sie in ihrer geschrumpften Knopfgalaxie, in Krimskrams und Tinneff, wie sie früher gesagt hatte, hielt dabei immer wieder ein schwarzsilbernes Ohrgehänge in ihrer Hand, dem das Gegenüber fehlte, murmelte auf Ungarisch, zischte etwas, vielleicht auf Serbisch. Schließlich stammelte sie in ihre entschwundene Welt, bewegte nur noch ihre Lippen, in mädchenhafter Ohnmacht, bis ihr die Sprache entglitt und sich auch ihre Schuhnähte auflösten.

Clara macht mit einem Fuß kreisende Bewegungen, rührt den Ozean um, denkt, sie war mit Oma ein größeres

Stück in die Vojvodina gereist, als sie je wollte, geht dann weiter, eine Weile rückwärts, nahe am Wasser. Die Wellen verwischen ihre Spuren. Auch sie selbst hatte ihre immer wieder aufsteigende Wut nicht zuordnen können.

Mit knapp achtzehn war sie zu Robert gezogen. Ihre Eltern ließen sie ohne Kampf gehen, froh, dass sie keine Geschichten mit wilden Kerlen hatte. Roberts halblange, rote Haare wirkten eher jungenhaft als verwegen. Seine Augen strahlten kontinuierliche, melancholische Wärme aus. Er war mit fünfzehn aus Karlsruhe nach München gekommen, wohin sein Vater versetzt worden war. Mit seinem badischem Akzent, kaum richtig über den Stimmbruch hinausgekommen, und seiner zurückhaltenden Art fand sich »der Rotkopferte«, wie ihn die Mitschüler hänselten, schwer in die großstädtische Ruppigkeit ein, erinnert sie sich und spürt sich lächeln.

Anfangs war sie zum Lernen bei ihm gewesen, aber lernen mussten beide nicht viel. Er wohnte nicht weit von ihrem Elternhaus. Sein Vater war oft im Ausland, seine Mutter widmete sich mit spitzen Fingern – neben ihrer welkenden Salonschönheit, wie Clara spöttisch, aber nie zu Robert kommentierte - karitativen Veranstaltungen, die ihr außer Haus Bedeutung gaben. Sie war auch zu Hause gekleidet, als sei sie bei sich selbst auf Besuch. Die Parterrezimmer der Villa verströmten die frostige Gemütlichkeit einer Architekturzeitschrift der sechziger Jahre. Robert hatte in seinem großen Zimmer im ersten Stock über der luxuriösen Leere unten viele Freiheiten, die er mit Büchern und Schallplatten, mit zahlreichen Joints und dann mit Clara nutzte. Seine Zuneigung hatte sie mit Dankbarkeit beantwortet. An langen Nachmittagen entdeckten sie scheu ihre Körper, beide zittrig, was Clara half, selbst den entscheidenden Schritt zu tun, der schmerzlos verlief. Ahnte er, dass er nicht der Erste gewesen sein könnte? Erinnerte sie sich?

Er war es. Alles andere war nicht.

Sie und Robert teilten die Körper, ihre Empfindungen in der Nachbarschaft von Liebe, beide in verschiedenen Luftblasen. Sie hockte auf dem Kleiderschrank, ließ die Füße baumeln, konnte über die Spitzen der alten Bäume im Garten zum Stadthorizont schauen, das Zimmer wurde zum Ufo, bereit, in die Wolken abzuheben. Unter ihr der mit verschränkten Armen auf dem Bett wolkenschiebende Robert. Er kam ihr wie ein Frosch vor, der im Einmachglas saß und nicht kratzte. Womit auch, Robert hatte keine Krallen, kaum Fingernägel.

Sie machten zusammen einen Segelkurs am Ammersee, aber er beobachtete lieber die Forellen an den Zuläufen, die gespiegelten Wolken, während sie mit dem Boot darüber wegflog. Sie erkannten vielleicht beide die eigene Einsamkeit im anderen. Ihr Schweigen wurde zur Gewohnheit, Robert zum Echo ihrer Stille, aus der sie wegwollte.

Der Strand ist an dieser Stelle besonders flach und hart. Ihre Füße hinterlassen kaum Abdrücke, wie eine trügerische Bestätigung ihrer Gedanken. Nur die Spuren von Seevögeln und Krebsen sind zu sehen.

Ein weiß-brauner Hund begleitet sie schon eine Weile. Er ist klein, vorsichtig, hat sie anfangs angekläfft. Sein schütteres Fell ist um die Schnauze und neben dem rechten Ohr wie versengt. Sie wirft ihm ein Stück Holz voraus, dem er hinterhertobt. Wie eine Trophäe trägt er es eine Zeit lang, legt es dann wieder vor ihr ab, den Kopf schief.

Robert hatte Tiermedizin studiert. Passte zu ihm, seiner geduldigen Art. Sie hatte sich früh von den Eltern gelöst und in Roberts Nähe begeben.

Mama starb plötzlich. Tausend Stiche, die Ablösung war nicht echt gewesen. Sie hätte sie noch gebraucht; dass sie ihr als Kind nie ganz verzeihen konnte, weil sie sie nicht schützen konnte, vor der Oma, vor dem Imker. Wo war sie gewesen, in dem Sommer der Bootshausdunkelheit? Obwohl ihr gerade Mama mit Basteleien an Winternachmittagen, mit selbst zugeschnittenen Verkleidungen für Kinder-Faschingspartys Heiterkeit mitgegeben hatte. Scherenschnitte, Mama malte mit der Schere. Schnittmuster lagen herum, Samt für Vera, der sich verzog, Clara mochte handfestere Stoffe. Sie hockte mit ihrer kleinen Schwester auf dem Teppich, verschob Stofffetzen, die Teppichmuster wurden zu Ozeanen und fernen Inseln, die Stoffstücke zu Schiffen, sie erreichten Calicut, sahen in Colombo Krokodile, lachten mit auseinandergezogenen Augen in Cochin, besuchten den Sultan von Surabaya, wichen Seeräubern aus, schwitzten in Kota Kinabalu: dort, im grünen Lianendschungel, mussten Mogli und Balu der Bär leben; und Vera war Claras treue Gefährtin. Das Wohnzimmer war hell, erfüllt von Veras Kichern, manchmal Mamas Lachen, die jeden Mittwoch ihre Mittagspause in den Nachmittag verschob, um sie zur Ballettstunde zu bringen, ein ganzes Jahr, bis zu jenem Sommer. Im Herbst wollte Clara nicht mehr, degradierte Vera zur willfährigen Dienerin und verdrosch in der Schule die schwächste Klassenkameradin. Vera war verwirrt, weil sie nicht mehr mit ihr über den Teppich reiste. Und bewunderte sie immer noch, was sie noch gereizter machte. Vera flüchtete zum Musiklehrer.

Mama. Schlank, in einem Baumwollkleid, mit einer einfachen Perlenkette. Clara war stolz auf sie gewesen. Mama, die zwischen Oma, Papa und ihnen noch Raum für ein eigenes Leben gefunden hatte, wie sie jetzt denkt. Im Sommer mit einer Freundin beim Tennis, im Herbst mit uns Kastanien sammeln, wandern, und im Winter mit ihren Arbeitskollegen mal Ski laufen. Mama hat mich stark gemacht. Die Vögel, Fische meiner Ölkreide-Kritzeleien waren bunt.

Früher Nachmittag, der Passat legt zu, fegt Gischtschleier über den Strand.

Nie hatte sie mit Mama über das Bootshaus reden können. Mama, die selbst unter Oma Mathilde litt, Mama, zuletzt leicht gebeugt, zu früh, mit dem Ansatz eines Buckels.

Und dann war es zu spät.

Sie ging in der ersten Reihe hinter dem Sarg, in dem Mama zart und zerbrechlich lag, ging neben Papa, wünschte sich Tage später Vanilleeis, heulte mitten in den Nächten, erwachte in Embryohaltung, um sich selbst geschlungen wie eine Ranke. Robert war zu schwach, um nicht erdrosselt zu werden. Erst Gabrio, Jahre später, schien ihr gewachsen.

Robert ging fischen, machte es zu seiner Passion, wie sie das Fliegen. Als Tierarzt musste er später nicht viel reden, konnte am Abend seinen Joint rauchen, schon mal zwei verschiedene Socken anziehen und am Samstag angeln gehen. Sie verdanke Robert wohl viel, hatte Matthias gemeint.

Papa war nie ein Leitstern gewesen und schon immer ein wenig abwesend, wie unter der Last seiner stummen Biografie, nicht greifbar, und sie konnte sich doch nicht von ihm lösen. Seit es Mama nicht mehr gab, verabschiedete er sich schrittweise hinter seinen Stapeln alter Bücher in die Stille, die er bis zu seinem Tod nicht mehr verließ. Wie hatte er sie angesehen? Statt Augen sieht sie nur Nebel. Papas Blick, früher von seinem kleinen Boot auf den See gerichtet, verharrte dann auf der Yacht in der trüb gewordenen Flasche, schien einen Anker zu suchen, und war zuletzt nur mehr nach innen gerichtet, in das Labyrinth seines Schweigens. Papas vergilbte Träume. Die sie doch durchdrungen haben. Dem Kampf um Erklärungen war er, waren sie alle ausgewichen. Und im Familienerbe ein dunkler Wille zur Selbstauslöschung.

Ein weißer Reiher steht reglos im sumpfigen Gras abseits des Strandes. Sie ist lange nach Norden marschiert. Ihre Pilotenuhr liegt im Hotelzimmer. Gabrios Uhr, von der er nie klar gesagt hat, ob es ein Geschenk oder eine Leihgabe war; solange die Beziehung funktionierte; solange er sie als seinen Besitz betrachtete. Sie bleibt stehen, lacht. Der Hund lässt das Holz fallen, legt den Kopf schief, wedelt.

Sie kehrt um, und mit ihr der Hund.

Hoch über ihr stemmt sich ein Vogel gegen den Wind.

In der heraufziehenden Regenzeit sind Sonnenuntergänge rar. Jeden Abend aber gibt es ein Wolkenspiel von Gelb, Rot bis Violett. Nach zwei Bieren und einem Arrak schläft sie, ohne Tabletten. Erstmals wieder seit – wie lange eigentlich? Mit Matthias, kurz.

Die Trennung schmerzt am nächsten Morgen wieder. Sie geht erst joggen, dann wieder mit dem Hund den Strand entlang.

Matthias war es vor sechs Wochen endgültig zu viel geworden, als sie ihn am Telefon angefaucht hatte: »Dann plan eben ohne mich!« Es ging nur um einen Urlaub. Die neue Rotation war gerade erst eingeteilt worden. Matthias würde einsehen, warten.

»Gut. O. k. Ich höre auf, dir nachzurennen … Ich kann dich ohnehin nicht erreichen.« Seine Sätze hatten ihr einen Schlag versetzt, zwei, auf die Brust, in den Magen. Ein Moment ohne die Geduld, die sie von ihm verlangt hatte. Sie schrie ihn an, der Schmerz pulsierte auf und ab, sie ließ ihrem Ärger freien Lauf: »Ich habe es immer gewusst. Du wirst abhauen. Ich kann mich nicht auf dich verlassen.« Worte, die seit Monaten darauf gelauert hatten, ausgespuckt zu werden.

Er war gesprächsbereit, aber es wäre die gefürchtete Lawine über sie hereingebrochen, Bitten, Vorschläge, die eigentlich längst jenseits der Grenze seines Stolzes sein mussten.

Ein Bruch, den sie nicht gewollt hatte. Aber sie hatte seine Geduld überstrapaziert. Zurück blieb ein Scherbenhaufen aus Halbwahrheiten, nicht Gesagtem; dann Zorn, Bezichtigungen, Selbstrechtfertigungen; schließlich Scham und Müdigkeit. Sie hatte die durch die Trennung wieder aufgeflammte Leidenschaft nicht zulassen können, hatte sich zurückgezogen, gekränkt, bestätigt, wollte die Endgültigkeit nicht spüren, flüchtete sich während der Flugpausen in Madrid in die nebelige Umarmung ihrer Pillen. Das Echo unausgesprochener Worte hallte seit Wochen in ihr nach.

Sie ist noch immer außerstande, klar zu sehen, wann die Geschichte mit Matthias entgleist war.

Das ist das falsche Bild. Ihre Beziehung war nie auf Schienen gewesen, auch kein schwebender Paarflug – sie versucht, mit klaren Gedanken ihren Schmerz zu täuschen, und wirft dann ärgerlich ein paar Steine ins Wasser.

Sie hatte die Tage, Wochen gezählt. Dass er anrief; dass er sie noch liebte. Die imaginierte Zärtlichkeit seiner Umarmung. Sie hatte zum Telefon gegriffen, es wieder hingelegt, die Nummer gewählt, wieder weggedrückt. Sie ertappte sich bei der Hoffnung, er würde plötzlich in Madrid vor ihrer Tür stehen. Sein Geruch würde ihren Widerstand lösen, sie würden sich sagen, was sie noch nicht voneinander wussten. Als Liebende sprechen.

Schwachsinn. Sie hätte wohl abweisend reagiert, »Oh – zufällig auf der Durchreise? Wir können auf einen Kaffee gehen. Dann muss ich für den Sim strebern.« Der Simulatorcheck, die Prüfung ihrer richtigen Entscheidungen. Ihre war keine sadistische Grausamkeit, sondern eine masochistische, um nicht vom Selbstmitleid weggespült zu werden, das drohte, sie in einem Tümpel verdammter Unzulänglichkeit zurückzulassen.

Ich müsste eine andere sein, um ihn lieben zu können, dachte sie.

Dann hatte er ihr geschrieben. Einen Brief. Weil sich der nicht so leicht löschen ließ wie eine E-Mail? Seine Mails, hatte sie nicht mehr gelesen. Was, wenn er tatsächlich einmal auftauchte und durch Zufall gerade Gabrio da war? Sie hatte sich ausgemalt, wie die zwei Männer eine Schlägerei austrugen, stellvertretend für ihren Zwiespalt, und sie gelähmt zusah.

»Deinen deutschen Lover hättest du dir gleich sparen können.« Gabrios Sprüche schossen ins Leere wie Matthias' Predigten. Sie drehte sich, in einem Kreis, der keinen Anfangspunkt aufwies, keinen Ausstieg.

Zu Matthias? Sie schaffte es nicht, ihn in eine Erinnerung zu entlassen, die sie später abtöten konnte. In ihrem Postfach bei der Fluglinie hatte sie drei Tage vor der Abreise seinen Brief gefunden, ihn ungeöffnet in die Tasche gesteckt, wo das Kuvert noch immer gloste.

Nightmail, Mombasa, Bootshaus. Sie hatte damals kein Brennen gespürt, nichts mehr gespürt, keinen Hass, keine Liebesregung. »Vergewaltigung« hatte sie nie aussprechen können. Schon das Wort war eine Bedrohung gewesen, eine pappige Masse. Klebriger Schweiß auf den Schenkeln; seither ein Gedächtnis ohne Halbwertszeit. Damals hatte ihr der Körper nicht gehorcht, mit Gabrio nicht einmal gehört, war in den Nächten, sobald er sich abgewandt hatte, nur ein verknitterter Schlafsack ihrer Erbitterung geworden. Bis zu Matthias.

Sie läuft blind am Hotel vorbei, bemerkt es erst nach einem Kilometer, kehrt wieder um. Der Hund ist verschwunden.

Man lässt sich lieber durch Gründe überzeugen,
die man selber erfunden hat,
als durch solche, die anderen in den Sinn gekommen sind.
BLAISE PASCAL

Atempause

Als sie an jenem Abend über die noch warmen Steinplatten zum Essen ging, saß eine junge Frau, die sie am Nachmittag entfernt am Strand wahrgenommen hatte, auf der Terrasse, lächelte ihr zu, als sie einen leeren Tisch ansteuerte.

»Do you want to sit with me?«

»Ah«, sie zögerte kurz. »Doch. Gerne.«

Raffaella war Sizilianerin. Offenes Lachen, dunkelblonder Pony, rötlich-braune Haut, Sommersprossen.

»Normannische Vorfahren«, sie lachte, drehte an einer Strähne ihrer Haare. »Arbeitest du hier? Oder Ferien? Ich hoffe, es stört dich nicht, wenn ich schon mein Sandwich verschlinge. Riesenhunger.« Sie sprach fast akzentfreies Englisch.

»Urlaub.«

»Gut getroffen. Wie hast du hergefunden?«

»Zufall. Ich bin zehn Tage über die Insel gekurvt und hier gelandet.«

»Dann gehört die Maschine draußen dir? Cool! Mutig. Da wirst du wenigstens nicht in öffentlichen Bussen begrapscht.«

Clara ging nicht darauf ein. »Was machst du?«

Richtung Westen hatte sich der Himmel nach Sonnenuntergang wie ein gelber Schirm entfaltet und ließ auch das Meer aufglänzen.

»Ich arbeite, im Norden.« Zwischen zwei Bissen Mango,

die sie vom Käsesandwich geklaubt hatte. »Bin diesmal nur für eine Nacht hier, noch mal ausspannen, bevor's wieder losgeht. Und so ist der Weg morgen drei Stunden kürzer. Lass dir das Curry schmecken. Die sind köstlich hier. Die ersten Monate habe ich nichts anderes gegessen.«

»Bevor was losgeht?«

»Ich bin Operationsschwester. Aber wir machen in unserem Spital so ziemlich alles, sieben Tage die Woche. Ich war froh, ein paar Tage rauszukommen.«

»Auch Urlaub?«

»Nicht wirklich. Ein Seminar. Kriegsopfer. Bist du auch in der Katastrophenbranche tätig?«

Clara schüttelte halb den Kopf, lachte, während Raffaella von ihrer Arbeit und dem Kurs redete.

»Keine Physiotherapie. Traumaarbeit.« Sie sprach schnell, mit halb vollem Mund. »Ich habe keine psychotherapeutische Ausbildung. Nur sechs Jahre Krisengebiete hinter mir. Und gesehen, wo unsere Nothilfe Grenzen hat. Wie bei ganz jungen Mädchen, die nach einer Vergewaltigung schwanger werden. Kommen mit Infektionen zu uns in die Station. Medizinisch? Zu retten. Aber ohne Überlebenswillen.« Sie tauchte ihr zweites Clubsandwich vor jedem Bissen in Ketchup. »Letzte Woche hatten wir eine Frau, die ihren Ältesten als Kamikaze verloren hat. Und ihr viertes Kind ist behindert.«

»Und? Dein Seminar?« Clara spürte, dass ihre Stimme heiser klang, und verschluckte sich am Bier. Die Nacht war hereingebrochen. Über dem Meer flackerte Wetterleuchten, umrandete Wolken, ohne dass das Gewitter die Küste erreichte.

»Den Betroffenen helfen, Prioritäten zu setzen. Finden, was man nicht erwartet. Was für sie selbst nach allem noch Sinn machen könnte.« Raffaella schob ihre Haare zurück. »Entschuldige meine Gier. Wir haben dort oben fast nie Brot.«

»Dinge nochmals erzählen?« Clara schaute auf die Runde von Curry-Schälchen, löste die Finger, die ihre nackten Oberarme umklammert hielten.

Raffaella bestellte bei den beiden Kellnern, die im Hintergrund an einer Wand lehnten und mit ungerührter Miene in die Nacht schauten, ein weiteres Bier. »Bin mir nicht sicher. Abwehr ist wohl ein Überlebensmechanismus. Brauchen die Leute auch, solange sie mittendrin stecken. Erst wenn sie halbwegs raus sind, kann man vielleicht helfen, die Mauern vorsichtig… hm, nicht gleich abzubauen. Eine Vergewaltigung muss nicht angesprochen werden. So eine Brachialidee verfechten nur noch wenige. Wenn die Scham schwindet, kommt erst Zorn. Nicht angemessen, hier. Außer, du wirst aus Wut zum Kamikaze.« Sie lachte wieder. Feuchte Locken klebten an ihrer Stirn. »Die werden auf den Heldenfriedhöfen verehrt. Aber sonst? Die Mädchen sollen hinter einer Schweigemauer bleiben.«

Clara stocherte in den Curries, konnte Raffaella kaum folgen, als sie weitersprudelte.

»Zwingen kann man niemanden. Manchmal lässt schon eine Berührung den Damm brechen.«

»Berührung?« Clara kramte die Beedis hervor. »Stört es dich?«

»Nein, nein. Hier erleben viele Erwachsene körperliche Berührung nur beim Sex. Berührung braucht Vertrauen. Auch von Frau zu Frau.« Raffaellas Korallenketten klimperten im Takt ihrer Worte. »Ich rede, rede. PSS. Post-Seminar-Syndrom. Sag, wenn es dir zu viel wird!«

»Muss es immer unser Psycho-Zugang sein? Die Leute haben doch auch ihre – eigenen Mittel?«

Raffaella lachte flüchtig, nicht ironisch. »Ein romantischer Zugang zu ursprünglichen Gesellschaften?«

»Nein, echt – war eine Frage.«

»Wie unsere süditalienischen Klageweiber?«

»Keine Ahnung.«

»Ich weiß nicht. Ja. Meine Großeltern haben gefeiert, auch wenn's ihnen beschissen ging. Ich bin trotzdem nicht im Dorf geblieben. Aber das ist eine andere Geschichte.«

Ein Kellner löste sich auf Raffaellas Handbewegung von der Wand, brachte Bier und Wasser. Clara aß ein paar Bissen Reis, war nach dem Alleinsein der letzten Tage starr angesichts von Raffaellas Redefluss.

Raffaella trank, fuhr dann langsamer fort. »Traditionelle Gesellschaften, die gesünder sind? Romantische Verklärung. Sie sind verflucht traditionsgesättigt; und rigide. In Krisen soll das Opfer stillhalten. Es geht um die kollektive Ehre. Nur die wird verteidigt.« Raffaella sah in das Wetterleuchten am Horizont. Sie war kräftig gebaut. Sie ist attraktiv, dachte Clara.

»Und die Religion – der Buddhismus, der Hinduismus?« Die Asche ihrer Zigarette fiel in den Reis. »Animismus, was weiß ich?«

Raffaella lachte auf: »Du gibst nicht auf, was? Glaube? Zauberei? Auch wenn der Wunsch nach einer Wunderheilung bei seelischen Verletzungen mindestens so groß ist wie bei Aids oder so was. Vielleicht gibt's brauchbare Initiationsriten. Aber Exorzismus? Die Religionen verlangen Duldsamkeit, Stillhalten. Dann werden die Leute im nächsten Leben mit besserem Karma belohnt, und ganz am Ende winkt das Nirwana. Ich hoffe, du warst nicht auf so einem Selbstfindungstrip durch Indien unterwegs.«

Clara schüttelte den Kopf, spürte, dass ihre Mundwinkel fielen. Raffaella trank einen Schluck, sprach dann ruhiger weiter. »In einer traditionellen Gesellschaft haben individuelle Wege immer den Makel von ... von Fahnenflucht. Auch wenn Buddhismus oder Hinduismus einen aufs Selbst zurückwerfen. Wer hat gesagt, das Leben würde einem leer geschenkt? Und wir könnten es füllen? Hmm. Für manche hier endet es wie eine rostige Konservendose, in die Dynamit gefüllt wird. Wer die Chance zur Weiterentwicklung hat, ist nicht mehr Kanonenfutter.«

»Klingt ziemlich – frustrierend.«

»Mühsam. Kinder von Kriegskindern. Hass, Rache, das nimmt kein Ende. Ich hab' in Bosnien gearbeitet.«

»Warum tust du dir das an? Was reizt dich?«

Raffaella trank, sah Clara mit verschleiertem Blick an, antwortete dann ausweichend. »Gute Frage. Unsere Arbeit hält uns auf Trab. 14 Stunden am Tag. Wir streiten über einen Blödsinn, reißen deftige Witze. Aber manchmal muss ich raus. So wie die letzten Tage. Und dann heule ich manchmal einen Vormittag lang. Obwohl ich ja nicht mal Betroffene bin. Aber was sich in mir ansammelt, muss raus.«

Clara schaute auf ihre mehr zerstocherten als gegessenen Curries.

»Wenn ich dann in Colombo müde vom Reden bin, gehe ich in eine Tanzschule. Schau den Kindern zu. Tanz, die Sprache der Götter, sagen die Hindus. Ich weiß nicht. Vielleicht das Echo unserer Wünsche. Wie wir Menschen auch sein können.« Sie richtete sich auf, streckte sich. »Bei uns im Norden tanzt im Moment niemand. Und Shiva dreht sich in einem Flammenkreis.« Dann, unvermittelt: »Was machst du? Beruflich?«

Clara zögerte, dachte an Vera, sah sie spielen, wann war das zuletzt, sie erinnerte sich nicht, sagte dann, zu Raffaella gewandt: »Ich bin Pilotin.«

»Hey, nein! Super! Davon habe ich auch mal geträumt. Vielleicht schaffe ich es ja noch. Zumindest den Privatschein. Ewig mache ich das hier nicht. Aber für ein paar Jahre ist es spannend.« Raffaella nickte mehrfach, wie um sich selbst zu bestätigen, fragte nach.

»Fliegen – stumpft das irgendwann ab? Kann ich mir eigentlich nicht vorstellen!« Sie hatte eine wie selbstverständliche Vitalität zurückgewonnen.

»Nein. Du wirst eher süchtig.«

»Versteh ich gut. In unserem Hilfsbusiness gibt's auch ein paar Süchtige. Rasen von Krise zu Krise. Aber bei anderen sind wir ja immer neunmalklug. Dein Pilotenleben ist sicher nicht so voller Elend. Bist du verheiratet?«

Sie schüttelte den Kopf. »Du?«

Raffaella lachte wieder: »Lassen wir das Thema. Bin wohl zu feig. Wir sollten zahlen.« Der verbliebene Kellner wartete hinter Clara, mit einer Serviette über dem Arm, Rechnungen in der Hand. »Wenn in normalen Zeiten das Hotel voll ist, halten sie am Abend länger offen. Dann spielen sie auch mal was anderes als das singhalesische Gesäusel. Ich würde liebend gerne tanzen. Aber ich habe noch etwas Gras mit. Magst du?«

»Das ist ewig her … Wir müssen dauernd Bluttests abgeben.«

»Bist ja noch eine Weile hier.«

Sie gingen an den Strand, setzten sich auf den Sand. Raffaella rollte einen kleinen Joint: »Pass auf, das Zeug ist stark!«

Sie reichte Clara den Lichtpunkt. Der erste Zug schlug von innen gegen ihre Brust; mit dem dritten traf die Wucht sie im Kopf, sie stützte sich nach hinten auf die Ellenbogen. Blut pulsierte durch ihre Schläfen. Raffaellas Lachen ließ ihr keine Zeit, Angstfantasien aufkommen zu lassen, nahm sie mit auf eine Schaukel ihrer Kindertage.

»Jetzt hab' ich schon wieder Hunger. Auf Čevapčići. Und Lust auf eine Balkan-Kapelle.« Raffaella lachte: »Vielleicht sind wir echt nichts als Spuk in Köpfen von Dämonen«, lachte, ihr Körper lachte mit, ihr Lachen mischte sich in die Brandung. Blasmusik, schräge Töne, Tanzen bis zum Umfallen, war das Letzte, das Clara noch dachte. Sie lachte, mitgewirbelt wie bei einem Volkstanz, den sie nicht beherrschte. Die Brandung, das Palmenrasseln wurden zu Klängen, die als Schmetterlinge aufflatterten, Tablas, kleine

Explosionen aus dem Nichts. Ein komisches, speckiges Fagott mischte sich ein, warf sonore Wellen. Töne sprangen aus dem Gebrodel, andere krochen schluchzend unter ihre Haut. Der fagottistische Einzelkämpfer flog aus einem Ohrwurm in einen Refrain flitzender Allegrettos, setzte den Raum über ihr bis zu den Palmen in Bewegung, steigerte sich in einen einsamen Jazz-Olymp, glitt wie Dünung, raffte sich taumelnd auf, bis wellige, wässrige Töne am Strand ausklangen und im Sand versickerten.

Wellen brachen ein paar Meter weiter, Leuchtspuren, schwaches Licht am Wasser, Geschmack von Salz, ein Dammbruch ohne Worte. Die Schwerkraft aufgehoben, doch ohne Flügel. Clara lag auf dem Rücken, grub die Zehen in den Sand, beide flüsterten sie, glucksten, als sie sich berührten. Reflexe vom Meer irrlichterten, ihre Körper schienen zu phosphoreszieren.

Clara wusste später kaum mehr, worüber sie gekichert hatten. Über Männer, über ihr eigenes Leben und ihre Männer. Raffaella erzwang keine Zustimmung. Sterne schwirrten langsamer, fielen ins Meer, der Hund vom Nachmittag kam wieder angetrottet, sah eine Weile zu, legte seine Schnauze auf Claras Füße und begann zu schnarchen. Die Ebbe setzte ein, das Meer atmete leiser, ließ einen herben Geruch von Muscheln, Seetang zurück. Nachtwolken zogen silbrige Wellen, letzter Mondglanz, bevor die Dunkelheit ihn löschte und nur der Planktonhimmel blieb.

»Ich werde morgen zeitig abgeholt, Kollegen aus Colombo. Wenn ich dich in der Früh nicht sehe, hinterlasse ich dir an der Rezeption meine Mailadresse. Wäre super, wenn wir uns mal wieder treffen würden!«

Clara verschlief, fand später die Notiz »Bin noch hundemüde. War schön gestern Abend«, mit Raffaellas Mailadresse.

Der Hund tobte mit ihr über den Strand, hatte keine Scheu vor dem Wasser und holte beharrlich die Holzstücke heraus, die sie in die Brandung warf. Sie rauften um ein besonders schönes Stück Schwemmholz, er mit gesträubtem Nackenhaar. Clara spürte sein Herz unter dem jetzt glatten Fell klopfen. Wenn sie allein sein wollte, schaute der Hund sie mit schief gelegtem Kopf an, schmollte, legte den Kopf zwischen die Pfoten, fegte Sand mit seinem Schwanz, sobald sie hinsah, und trollte sich, um am nächsten Morgen wieder da zu sein. Er sprang um sie herum, leckte erwartungsfroh ihre Hand. Sie lief zwischen den Palmen, die noch lange Schatten warfen, den bellenden Hund neben sich, während ihnen andere Hunde nachkläfften. Hund. Namen wollte sie ihm keinen geben, musste sie ihn doch in ein paar Tagen zurücklassen.

Oder doch. Robert Gabrio Surya Mahilan Matthias Raffaella Hund. Er leckte über ihre Hand, tobte wieder davon, bellte eine Gruppe Fischer an, die Sandsäcke füllten und sie gegen die kommende Wucht des Monsuns vor ihren Hütten aufschichteten. Sie machte eine Pause, sah mit klopfenden Schläfen in die Palmen, deren Wedel im täglich stärker werdenden Passat wogten.

Sie lief zurück, duschte, erst lau, abschließend kalt. Ihre glatte Haut war kaum mehr gerötet, schimmerte jetzt goldbraun und schälte sich nur auf der Nase. Anschließend Frühstück, einmal ohne Kaffee. Sie fand Geschmack an den Nuancen der Hochlandtees.

Vor dem Hotel ließ sich eine kleine Hochzeitsgesellschaft fotografieren. Der prunklos zwischen die Palmen gesetzte Bau war das mondänste Gebäude der Gegend. Die Brautleute lächelten unsicher. Sie hatte goldgelb gepuderte Wangen, die ölglänzenden Haare dicht an den zarten Kopf gelegt, und trug einen rotseidenen, goldbestickten Hochzeitssari, er einen braunen, zu knappen Anzug. Beide schwitzten.

Die kurze Begegnung mit Raffaella hatte in ihr das Bedürfnis nach dem Austausch mit einer Frau geweckt, mit einem Menschen, der keine Beklemmung auslöste. Ihr Leben war an Männern orientiert gewesen. Fliegen, im Transit. Sie hatte sich auf die Männerseite geschlagen.

Am Nachmittag fuhr sie mit dem Hotelfahrrad drei Kilometer zu einer kleinen Ayurvedaklinik, wo die Hotel-Rezeptionistin eine Behandlung für sie arrangiert hatte.

»Shirodara? Das ist …?«

»Lassen Sie sich überraschen.«

Trotz der Wegbeschreibung verirrte sie sich, fuhr zweimal vorbei. Die Klinik war nur auf Singhalesisch ausgeschildert.

»Ayubowan.« Zwei junge Frauen mit goldenen Kettchen um die schmalen Knöchel neigten den Kopf, legten ihre Handflächen aneinander, führten sie zu einem Tisch aus dunklem Holz. Die geölte Tischfläche war weniger hart als befürchtet. Sie lag auf dem Rücken, eine Frau bedeckte Claras Augen mit einem dünnen Tuch, fixierte darüber ein Lederstirnband. Warmes Öl rann auf ihre Stirn. Massage ohne Berührung. Rituale. Hatte Raffaella unrecht? Ihre skeptische Anspannung glitt ab, Ruhe breitete sich in ihr aus, Weite.

»Hat es Ihnen gefallen?« Eine sanfte Frauenstimme, Klimpern von Armreifen. Die Sonne kam schräg durch ein Holzgitter. Die Behandlung war offenbar schon geraume Zeit zu Ende. Vielleicht war sie nicht zum Gehen aufgefordert worden, weil es keine anderen Gäste gab.

»Gut für Ihr Vata. Sie haben viel!« Die Frauen bedankten sich mit gefalteten Händen für das Trinkgeld.

Vata, zu viel Vata. Wie auch immer. Sie beschloss, ein paar Tage länger zu bleiben, schickte der Firma eine SMS, dass sie krank sei, nicht fliegen könne. Vor ein paar Wochen hätte sie das als Schwäche ausgelegt, Konsequenzen gefürchtet. Der Personalchef könnte sie von der nie greifbaren Kapitänsanwärterliste streichen und durch einen anderen aus dem Haifischbecken der Copiloten ersetzen.

Auftanken. Jedes Flugzeug brauchte das. Keine Gedanken an Karriere, auch nicht an Beziehungen.

Sie erstarrte, als aus einem der noch nicht angerührten Taschenbücher der Brief zu Boden segelte.

Jetzt gleich lesen.

Ihre Hände zitterten, als sie das Kuvert aufriss. Darin ein einziges Blatt, seine Handschrift. »Clara, etliche Wochen sind vergangen. Ich war in Hilflosigkeit, gekränkter Eitelkeit einmal rasend und dann wieder gelähmt. Ich habe keine Lust, aufzurechnen. Ich weiß, dass ich dazu beigetragen habe, dass es so gekommen ist, mit meiner Besserwisserei, mit meinem unbeabsichtigten Versuch, Dir die Flügel zu stutzen – mit dem Vorwurf, dass Du genau das Leben führst, das Dich für mich so attraktiv macht. Du wolltest mir begegnen, und ich wollte Dich erobern. Ich schätze Dich und ...«

Die Zeilen zerflossen vor ihren Augen. Sie hörte seine Worte, ohne laut gelesen zu haben, die Vertrautheit seiner Stimme im Ohr, roch ihn für Momente. Sie hielt sich die Hände an die Schläfen, wollte die Gedanken eindämmen. *Dame todas las lagrimas del mar*, sie hatte Zeilen eines spanischen Gedichts im Kopf, als sie aus dem Zimmer flüchtete, ihre Sandalen verlor, an den Strand lief, auf die Wellen schaute.

Noch immer hochtrabende Worte. Auch im Brief. Aber ein definitiver Abschied.

Die Einzelheiten seines Gesichts zerfielen. Sie schaute auf das Meer, das Heranrollen, Aufbäumen, Zerbersten in Gischt, bewegte ihre Lippen, fügte Worte zusammen, sie zerfielen. Fragen, keine Antworten, nur Rauschen, Salz, von Gischtschleiern über den Sand getrieben. Ihre Haarwurzeln bebten, wie konnte Verlangen in ihr jetzt noch so hochwirbeln? Widerstreitende Begriffe schwammen in ihrem Kopf, Puzzleteile, die sich zu keinem Bild fügten.

Sie zog ihre Beine durch den Sand zurück zum Zimmer, las die Sandalen auf, tastete wieder nach seinem zerknitterten Brief, seine Haut war in ihren Fingerkuppen gespeichert. Sie schrieb auf ein herausgerissenes Blatt Papier, stotterte nieder, was in ihr wirbelte, wie ein Kind, das sich erstmals an Worten versuchte, die in ihrem Kopf taumelten, malte Kringel, rang, beteuerte, bezichtigte sich, strich das weiße Blatt immer wieder glatt, die Buchstaben standen nicht, bogen sich, rutschten weg, zerflossen, der Stift, der Faden der Schrift entglitt ihr.

Kein Labyrinth von wenn, hätte, dann. Aber welche Erkenntnis aus den Trümmern retten?

Sie rollte seinen Brief wie einen Joint, ging wieder an den Strand, versuchte, sich männliches Begehren als sichere Kraft statt als Sog vorzustellen.

Ihm einfach etwas erzählen. Nicht argumentieren.

Ihre Augen folgten Minikrebsen, die nach der Flut zwischen Sandwirbeln ihre Bauten erneuerten. Sie lugten aus ihrem Loch, schauten, ob sich eine Bedrohung zeigte, rollten dann Sandkügelchen in alle Richtungen. Sie nahm einen angeschwemmten Ast, schrieb nie gesagte Worte, strich Linien in den Sand, wie die Graffiti bei den Wolkenmädchen, feine Schatten, die mit der sinkenden Sonne breiter wurden und mit der Flut wieder verschwinden würden. Sie warf den Stock weit ins Meer, lief ihm nach. Wellen überschwemmten für Minuten ihr Denken.

Sie war noch nicht zu einem Rückblick ohne Bitterkeit fähig, nicht imstande, ein Grab auszuheben, um die gestrandete Liebe zu bestatten. Aber sie konnte auch das Vermissen nicht zulassen, Erinnerungen an Mauritius, ihre Nachtbeichte stiegen als Wut bis zu ihrer Kehle. Nicht alles lässt sich in das verdammte Leben einfügen, dachte sie. Ihn loslassen, wie die Gespenster. Vielleicht wurden sie zu bunten Drachen, die die Kinder hier am Abendstrand im aufkommenden Monsunwind steigen lassen.

Am nächsten Morgen begann es zu schütten. Der Regen hüllte die Palmen in Wasser und Nebel. Sie setzte sich auf die Veranda ihres Bungalows.

Matthias zumindest wiedersehen? Mich noch einmal stellen.

Was sagen? Oder lass ich mich nur wiederwieder und wieder vom ImkerTaxlerCaptain ficken? Vor wem leg ich diese erbärmliche Beichte ab?

Sie blickte auf. Die Terrasse des Bungalows war von einem lehmroten See umgeben.

Kein Mensch konnte sie retten. Hilfe annehmen, wenn es sein musste. Für den gefürchteten Abstieg ins Totenreich musste es wohl sein, sonst fand sie nicht mehr herauf. So würde sie den Imker nie austreiben.

Der Regen wurde zum alles beherrschenden Rauschen. Sie stand auf, ging von der Veranda in den flachen See, stellte sich in die lehmige Nässe, mit Gestichel auf ihrem Gesicht, wie Klänge, die lange gewartet hatten. Tropfen prasselten auf ihre Haut, rannen in ihren offenen Mund, liefen an Armen, Beinen ab. Sie drehte sich, bis ihr schwindlig war, schrie, rutschte aus, heulte, lachte, lachte, heulte; eine lange vom Sand begrabene Wüstenstadt, freigespült von der Sturzflut der Erinnerung.

Als sie triefend nass war, ging sie ins Zimmer, zitterte, zog sich um, setzte sich wieder auf die Veranda, zog ihren Körper zu sich, umschlang sich mit der Decke, zählte die Sekunden zwischen Blitz und Donner, lauschte, wie er verebbte.

»Angst vorm Fliegen« fiel ihr ein. Absurd. Höhensucht, vielleicht. Selbst bei Ausfall der Kontrollsysteme konnten Metallvögel noch im Gleitflug ohne Triebwerke landen. Fliegen, eine Chimäre der Leichtigkeit. Um nicht von Schmerz eingeholt zu werden. Ich will ich will.

Nein, verflucht. Ihr Weg war nur ein Sisyphuskampf gegen die Gedächtnisknäuel. Ihr Aufstieg war geradlinig gewesen. Bis zur maximalen Fallhöhe.

Einsicht, Vorsätze, Versatzstücke, dachte sie, dachte an Madrid, den Personalchef, den Flugeinteiler, an Gabrio, der auf ihre Rückkehr lauerte, sie schwitzte, bibberte.

Das Gewitter verzog sich. Sie stand auf, ging langsam zwischen den regenschweren Palmen an den Strand. Sri Lanka. Hier wäre sie höchstens Überlebende. Treibholz, das auf dem Sand keine Wurzeln schlagen kann.

Ihr Traum vom Fliegen.

Fliegen, nicht aus Verzweiflung, sondern weil sie es konnte. Besser als andere, weil sie das war, was sie sein wollte. Copilotin, bald Kapitän. Wessen Kapitän. Fragte sie sich, sagte sie sich, wiederholte sie, lachte.

Sie warf Robert Gabrio Surya Mahilan Matthias Raffaella Hund ein letztes Mal den Stock zu und verließ den Strand der Erinnerung.

Nichts ist dem Menschen so unerträglich,
als wenn er sich in vollkommener Ruhe befindet,
ohne Leidenschaften, ohne Beschäftigungen,
ohne Zerstreuungen, ohne Betriebsamkeit.
Dann fühlt er seine Nichtigkeit, seine Verlassenheit,
seine Unzulänglichkeit, seine Abhängigkeit,
seine Ohnmacht, seine Leere.
Sogleich werden vom Grunde seiner Seele
die Langeweile, der Trübsinn, die Traurigkeit, der Kummer, der
Verdruss und die Verzweiflung aufsteigen.

BLAISE PASCAL

Trudeln

»Einseitig verlängerten Urlaub?« Der Leiter der Flugeinteilung in Madrid stoppte den Ansatz ihrer Erklärung mit erhobener flacher Hand. Ganz anders als die Buddha-Geste, dachte sie.

Sie bekam Überstellungsflüge zum Service nach London und Kopenhagen; leere Maschinen, mit unplanbaren Wartezeiten. Oder steckte Gabrio dahinter, hatte seine Taktik geändert? Seit ihrer Rückkehr hatte er sie nicht bedrängt, sondern ignoriert, nur einmal gebellt, Fliegen sei wie Fußball – nichts für Frauen. Er hatte seine angegrauten Haare wieder schwarz färben lassen und offenbar im Office Anweisung gegeben, sie nicht mehr mit ihm im Cockpit einzuteilen. Ein letzter Versuch, sie zurückzugewinnen? Sie reagierte nicht, wartete auf seinen nächsten Zug. Er zog nicht so schnell den Schwanz ein.

Sie fand im Dienstplan eine Rufbereitschaft nach der anderen, ein Leben im Stand-by-Modus. Wenn sie im Sommer einmal eine tropische Destination bekam, dann nur mit *Minimum Rest*, das hieß 36, höchstens 48 Stunden Kurzaufenthalt im Jetlag. Es gab Ärger mit dem Bodenpersonal, die Firma leistete sich keine anständigen Serviceverträge. Dann ging es wieder retour. Sri Lanka war kein Neuanfang gewesen, trotz aller Vorsätze. Zumindest einen Ansatz machte sie, meldete sich trotz ungeregelter Aufenthalte in Madrid im Frühherbst zu einem Kurs an, moderner Flamenco. Bewegung, Tanz ohne Berührung.

»Muestra mas sentimiento! Show more feeling! Feel your body! Feel your soul!« Der Lehrer klatschte den Rhythmus.

»Wo ist deine Mitte? Spüre sie!«

Den weißen Raum füllen.

»Hab' Geduld mit dir. Das bringt dich zum Fließen.«

Andere Schülerinnen verbogen sich unter Tüchern zu Arabesken und hingen an den Lippen des Maestros. Sie sahen Clara abschätzig an, konnten nicht verstehen, warum die burschikose Deutsche so viel Aufmerksamkeit bekam. Sohlen klatschten wie Sommerregen auf das Parkett. Clara schaute auf den abgetanzten Holzboden, auf dem ihre Erinnerungen Schlieren zogen. Sie fühlte sich beobachtet, der Schwerkraft ausgeliefert, redete mit wenigen und blieb schließlich ganz weg.

Am 28. November wurde sie zum Kapitänskurs zugelassen. Euphorie und Konzentration überdeckten Weihnachten. Sie vergaß zu essen, verbrachte Silvester in der Luft und schaffte in Mindestzeit den linken Cockpitsitz, wenn auch auf der kleineren 737 und der Kurzstrecke. Die Firma hatte neue zukaufen wollen, 737-MAX. Nach den Abstürzen lagen die Pläne auf Eis. Die Kollegen organisierten eine Feier in der Crewcafeteria, und alle kamen, die nicht gerade in der Luft waren, auch Gabrio. Er blieb hinter dem Tresen, schenkte gönnerhaft Cava ein, prostete ihr mit glasigen Augen zu, als sie in die Mitte geschoben und von anderen umarmt wurde. Auf den für die Feier übergestreiften Stilettos suchte sie in der Hierarchie der Kollegen ein neues

Gleichgewicht. Gabrios Blick ließ alle Deutungen offen, von »na siehst du, du hast es geschafft, ich wusste es«, »ich hab dich gemacht« über »ich krieg' dich noch« bis zu Erbitterung. Ihr Sieg war nicht mehr seiner. Sie triumphierte nicht und schaute weg.

Die Adrenalinkaskade verdrängte tagelang andere Empfindungen, sie saß links, blickte in unsicheren Momenten noch immer unwillkürlich nach links, sah nur mehr sich selbst im Cockpitglas.

Ende Februar rasselte die Firma in Konkurs. In Rundschreiben war von Überkapazitäten am Flugmarkt die Rede gewesen, von nachhaltiger Prozessoptimierung, davon, dass die Piloten künftig ihre Uniformen selbst bezahlen müssten. Einige Kollegen hatten von nicht abgesicherten Treibstoffkäufen gemunkelt. Sie mussten mit knappest gefüllten Tanks fliegen – »und jetzt fliegen wir alle … raus«, witzelte einer. »Vielleicht leasen sie uns ja als Ich-AGs zurück.« Clara hatte in ihrer Hochstimmung die Vorbeben am Boden ignoriert, bis es eines Freitags kurz vor Mittag passierte: *grounded*, die Flieger gestrandete Albatrosse, elegant in der Luft, nun hilflos am Boden. Etliche hundert Passagiere saßen in der Karibik, in Caracas und Buenos Aires fest.

»Verschwendung von Ressourcen«, war ihr Kommentar am Kaffeeautomaten. Sie war zu geschockt für eine Regung. In ihrer Zunft bedeutete längere Arbeitslosigkeit das Ende. Bei einer nicht staatlichen Airline reichte schon eine Schwangerschaft. Den Simulatorcheck einmal ausfallen lassen ging noch. Beim zweiten Mal war erst das Typerating, dann die Berufslizenz weg. Der Sim kostete privat etliche Tausend, wenn nicht die Fluglinie bezahlte. Kein Leben mehr auf einer höheren Ebene.

Die Crewlounge wurde zur Arena von Spekulationen, mehr rot- als braungesichtige Kollegen waren gerade noch aus Cancun gelandet, andere aus London, mit Winterjacken unter dem Arm. Kerosingeruch wehte herein, überlagerte Kaffeedunst und Zigarettenqualm. Ihr wurde schlecht, sie ging vor die Tür. Der Flughafengang, die Lautsprecheransagen hallten weiter von einer Zukunft, von der sie mit einem Mal ausgeschlossen war.

Piloten und Bodenpersonal der Firma reagierten je nach Lebensumständen und Temperament. Ein paar hofften im Schwungrad der Gerüchte auf eine Wiederbeflügelung der Konkursmasse durch Risikokapital, eine Auffanggesellschaft. Aber die Kapitalströme um die Erde waren mit der Krise in andere Sphären entschwunden, wie ein Kollege ironisch bemerkte. »Wer wird mit uns Mitleid haben? Podemos? Pablo Iglesias? Dass ich nicht lache. Nicht mal die Presse. Wir allzeit gebräunten Überflieger. Und mit wem waren wir je solidarisch, ah?«

»Na, vielleicht protestiert das schwedische Zopf-Girlie bald mit ihren neunmalklugen Freunden auch auf der Startbahn. Und ruiniert uns alle.«

Vom ohnehin lausigen Wir unter den Kollegen war kaum mehr etwas zu spüren. Die realistischen würden sich bald in alle Winde zerstreuen. Gabrio war einer der Ersten.

»Der Pleitegeier hebt nicht mehr ab. Ich gehe zur Ryan Air. Kommst du mit, Chica?«

Er schnalzte vertraulich, in einer Nähe, die nur noch Abwehr in ihr auslöste. Die Frage, nonchalant und großspurig gestellt, war wohl eher rhetorisch, in letzter Gönnerlaune, und doch klang noch ein letzter Machtanspruch durch. Auch der Konkurs hatte sie nicht zu Gleichgestellten gemacht.

»Nein.«

Er maß sie mit kaltem Blick, jetzt die Hände in die Hosentaschen gerammt, zuckte noch mal die Schultern: »Hol dich der Teufel.«

Acht Jahre, gepackt in diesen Satz.

Ihr war zum Heulen. Sie heulte nicht, ging zwei Stunden

später laufen, die Sorge aus dem Leib rennen, in Angst, den Bewegungsvorrat bald aufgebraucht zu haben, sie wusste nicht, welchen Fuß sie vor den anderen setzen sollte, einer in der Luft, zwei, sie stolperte aus dem Rausch der Fliegerei zurück in die Zweifel, als hätte sich die Zeit umgekehrt. Sie war am Boden gefangen, ohne neue Perspektive, nicht vorbereitet auf die Ungewissheit. Nutzlos. Wertlos.

Ihr Mobiltelefon läutete. Berta. »Wie geht's, Clarice? Bewirbst du dich wo?«

»Ich weiß noch nicht.« Sie hechelte.

»Gehen wir was trinken?«

»Ja. Ja. Ich ruf dich zurück.«

Das Nichts in Sicht zog ihr die Kraft aus den Gliedern, ließ ihr fliegendes Ich erlahmen, während die Straßen am Spätnachmittag vibrierten wie die verlorene Boeing. Abends, sie lag schlaflos im Bett, hätte doch was essen sollen, projizierte startende Maschinen an die schwarze Zimmerdecke, vier Wände aus Unruhe, Endlosschleifen, sie bekam keinen Sorgenfaden zu fassen, Alltag, Allnacht statt Blick aus dem Cockpit ins nächtliche All. Sie nahm eine halbe Tablette, zu wenig, quälte sich durch die an- und abschwellenden Polizeisirenen, schob die schweißnasse Decke weg, zog sie klamm wieder über sich.

Gegen zehn Uhr Vormittag brachte sie ihre Übelkeit unter Kontrolle, nur ein Zucken des rechten Mundwinkels blieb. Sie schminkte sich leidlich zur Kapitänin und fuhr mittags zum Flughafen, der eine fremd hallende Kulisse war. Eine Kollegengruppe der Iberia kam ihr entgegen. Sie sah zur Seite. Plötzlicher Schwindel sank aus ihren Augen bis in die Knie.

Im Office waren alle Stühle vollgepackt. Kollegen debattierten, einer hatte den Ausdruck des letzten Firmenrundschreibens in Händen, gestikulierte, zitierte wie betrunken: »Entwicklungsmöglichkeiten... Wachstumsdynamik... Verbesserungspotenzial... Analystenerwartungen... zurückkehrendes Vertrauen der Kunden... Anleger... Mitarbeiter...«, einige hörten mit verschränkten Armen und ironischen oder verwirrten Gesichtern zu. Pappbecher waren trotz Rauchverbots voll mit Kippen. Eine Petition für irgendwas lag daneben, von einem Einzigen unterschrieben. Sie setzte sich auf einen Stapel Akten, erledigte den letzten Papierkram. Die Bildschirme hatten keine Netzverbindung mehr und zeichneten psychedelische Bilder in die verrauchte Luft. Rechnungsprüfer trugen volle Kartons weg, um die Reste des Vogels virtuell zu zerlegen. An der Wand hing ein Plakat der Fluglinie, halb heruntergerissen, jemand hatte »verpisst euch« draufgekritzelt. Sie legte ihre Uniform, ihre Persönlichkeitshülse mit den vier Streifen auf einen Haufen, dazu die Kapitänskappe. Konkursmasse.

Welches Kostüm jetzt?

Sie entfernte sich von der aufgescheuchten Statusgruppe der Kapitäne und Copiloten, ging hinaus, legte ihre zittrige Stirn an die Glasscheibe, sah eine 777 durch das trübe Glas schemenhaft entgleiten. Eine im Nieselregen glänzende Hülle, die ihre Liebe nicht erwiderte und startete, eine dumpfe Melodie dann, die sie früher mitgerissen hatte und deren Urheberin sie nicht mehr war.

Das Crescendo war verstummt. In der Airport-Glasarchitektur gab es keine Tür zur Vergangenheit und nun für sie keine Leiter in die Zukunft. Sie riss sich los, schob sich durch das Gewimmel an Menschen über die Quadrate des glänzenden Marmorbodens, der keine Spur ihrer Anwesenheit zeigen würde. Sie fuhr zurück ins Zentrum, aus der Stahlkanzel geworfen und jetzt eine Schnecke ohne Haus.

Sie streunte in den Alleen der Stadt durch überschüssige Tage, blind für die Schönheit Madrids in der Spätwintersonne. Sie hatte das Leben auf später verschoben, wenn sie nicht mehr flog. Jetzt türmte sich ihre Zeit, ohne zu fließen, gepresst in die Häuserschluchten. Ohne vorgegebenen Takt auf freien Fuß gesetzt, musste sie ihr maschinenmäßiges Sensorium gegen profane, urbane Sinne tauschen, um nicht ins nächste Auto zu laufen. Sie ging in ein Café; ihr Blick wanderte von gestikulierenden Männern an der Bar zu einem freien Tisch. An der Wand hing ein altes Plakat, Aufruf zu einer Demo. Indignados. Empörte. Podemos. Sie hatte von der politischen Situation der letzten Jahre wenig mitbekommen. Außer den Konkurs. Sie fühlte sich nackt ohne Aufgabe, Uniform, Status, Identität.

Hier bist du niemand. In Madrid. Niemand. Am Boden. Niemand. Nur Schrott.

Sie spürte den Blick eines Kellners und verließ die Wärme hastig, ohne etwas zu bestellen. Kalter Wind kam auf, sie stemmte sich gegen die verflogenen Jahre. Am Boden war sie fremder als in der Luft oder am Flughafen, gehörte nirgends dazu. Die Zukunft hatte in der Schubumkehr jede Richtung verloren.

Am nächsten Morgen wand sie sich aus klebriger Schlaflosigkeit, saß für Minuten reglos auf der Bettkante, spürte keinen Antrieb, den Tag zu betreten, und begann dann unvermittelt zu zittern.

Los, beweg deinen Arsch.

Sie riss sich hoch, duschte die Nacht weg, heiß, kalt, trocknete sich vor dem Spiegel. Ihre Haut sah aus wie das vergilbte Porzellan des Waschbeckens. Frau. Freundin. Pilotin. Versagerin.

Sie machte Kaffee, schwarz, führte die Tasse zittrig Richtung Gesicht, als ob sie nicht mehr wüsste, wo der Mund ist.

Die letzten Jahre war sie nie richtig am Boden gewesen, ihrem Leben immer mehr vorausgeflogen, war nicht gewohnt, ohne Ziel in den Tag zu leben. Madrid war das einzige Zuhause geworden. München war jetzt Matthias. Sie suchte in den Kleidungsstücken, die sie beim letzten Mal getragen hatte, nach Resten seines Geruches. Der Augenblick dauerte den ganzen Vormittag, eine Erinnerung brachte die nächste. Sie lauerte sich selbst auf, rang das Verlangen nieder, ihn anzurufen, ihm eine Mail zu schicken. Was könnte sie ihm vermitteln? Ihr Begehren? Ihre Leere?

Wenn er sie jetzt sehen könnte. Wäre er bestätigt. Die Beherrschtheit machte sie zur Gefangenen. Wie lange konnte das Hundebellen jener friulanischen Septembernacht in ihr nachhallen? Und seine leidigen Fragen.

München, das fragile Stück Heimat, war ihr mit der missratenen Liebe endgültig verleidet. Tage dort wären eine Aneinanderreihung der versäumten Möglichkeiten mit ihm. Sie schaltete den Laptop ein, Mails von Kollegen, sie las keine; eine von Vera überflog sie, antwortete nicht. Ihre Sehnsucht kippte in Abwehr, sie stand auf. Mit einem eingedickten Fettlöser schrubbte sie Kaffeesatzreste von Monaten aus dem Spülbecken, rieb, rieb, ihre Gedanken klebten an Matthias' Münchner Badfliesen.

Nachmittags, sie beendete den Irrflug im Ausharren und ging erstmals in den Prado, starrte auf den Garten der Lüste, auf El Grecos dunkle Begierden, Goyas Zerrbilder einer tauben, inneren Flucht aus dem Gleichgewicht geratener Menschen, »der Schlaf der Vernunft gebiert Ungeheuer«, die Schlacken verbrannter Fantasiegebilde. Wenn das Ungeheuer zu lange auf der Erde lebt, verlernt es das Fliegen.

Hast dein Leben gegen die Wand geflogen.

Sie flüchtete, ihr Körper voraus, vor Saturn, der eines seiner Kinder verschlang, hinaus ins durchbrochene Märzlicht der Paseo-Allee. Vor ihr hüpfte eine Taube, flatterte auf, der Flügelschlag hallte in ihren Ohren nach.

Veras Capriccios sind heiter, dachte sie, ich sollte mich bei ihr melden. Zwei Tage später ging sie ins Reina-Sofía-Museum, in die Ausstellung einer spanischen Bildhauerin, in Grotten aus Alabaster, Holz, Wasser, lauter begehbare

Skulpturen. Sie fand sich in ihrem eigenen Inneren, entkam dem Labyrinth, war zitternd allein.

Zu Hause in Madrid? Aus dem chaotischen, aber vorgegebenen Rhythmus der Fliegerei durch die Falltür in die Altbauwohnung, die sie nach ihrer Rückkehr aus Sri Lanka gemietet hatte. Sie hatte einen kleinen Balkon, ohne Blick, dafür mit Verkehrsgetöse in Wellen, die fast rund um die Uhr ans Fenster schlugen wie die Fußbälle gegen die Wand im Hinterhof. Die Wohnung war bisher ein Basislager gewesen. Ihre Nachbarin, eine uralte Dame, hatte auf die zwei Zimmer aufgepasst, auch die verkümmerte Balkonpalme aufgepäppelt. Señora Mendez hatte mehrmals zu erzählen begonnen, von den Wechselfällen ihres Lebens, ihrer Kindheit im belagerten Madrid, Andeutungen über eine Kinderliebe, ein Rekrut, der in den letzten Kriegstagen erschossen worden war; nicht als Held, sondern als Deserteur. Clara hatte sie mit einem unsicheren Lächeln und dem Hinweis, müde zu sein, abgewehrt.

Du wirst die verdammte Wohnung nicht bezahlen können, dämmerte ihr mitten in der Nacht. Du landest, endlich. Auf der Straße. Sie begann zu lachen, ihre Träume platzten auf, sie lachte hysterisch, bis sich das Zimmer drehte, schluckte um drei in der Früh einen kleinen Ruhebringer, der verschob ihr Aufwachen bis in den Nachmittag. Sie zuckte, als sich der Kühlschrank einschaltete, brach eine Stunde später beim Betätigen des Staubsaugers mit seinem Turbinengeräusch in Heulen aus, sank zu Boden, für Minuten unfähig, das Echo des Verlustes auszuschalten. Die laute, aber lahme Gegenwart ließ sich nicht mehr in Zukunft umlügen.

Sie schaltete den Staubsauger ab. Ihr blindgeheulter Blick folgte einer Fliege an der Wand, die sich mit den Beinen die Flügel rieb. Sie lehnte sich gegen die Lähmung auf, übersprang die aufflammende kleine Mordlust, verließ die hauseigene Isolierstation und ging einkaufen. Brot, Kaffee,

Reinigungstücher, eine lange Liste, sie hatte hier kaum jemals richtig eingekauft, meist noch am Flughafen oder beim Laden ums Eck. Im Supermarkt verstellten Mütter mit Kinderwagen den Weg. Ihre Hand zitterte, als sie nach einer Packung Zucker griff, das Zittern kroch den Arm hoch. Ohne etwas gekauft zu haben, quetschte sie sich an den Kassen vorbei.

Bist aus deiner Traumkapsel herauskatapultiert worden. Rasender Stillstand, Achterbahnen im Kopf, welcher Teufel reitet dich. Wenn du nicht fliegst, erreichst du nichts mehr; außer deine Vergangenheit.

Du bist Kapitän. und. schnappst. über. Hast dein Ego mit der Fliegerkappe abgegeben. Keine Instrumente konnten sie mehr vor ihren Gedanken schützen. Aus allen Wolken gefallen, nicht gelandet, die Nachwirkung der Schlafmittel von letzter Nacht ließ sie in Luftpolstern träge schweben.

Sie wich einem Obdachlosen aus, der einen Einkaufswagen schief vor sich herschob, halb gefüllt mit Plastiktaschen und einer Plüschgiraffe. Jetzt bin ich selbst die Krise, dachte sie und ging zum Friseur, im Spiegel die ungeschminkte Niederlage, die die matten Glasflächen in Flughäfen nicht gezeigt hatten, nie ihr wahres Gesicht. Sie suchte nicht ihr Kindergesicht, nur das von vor drei Jahren, überlegte eine Glatze, musst niemanden mehr beeindrucken, ließ sich die Haare dann so kurz schneiden, dass sie gerade noch eine Frisur ergaben.

Beim Rausgehen war es dunkel. Ein Typ streifte sie, Matthias' Rasierwasser. Sie lehnte sich an die nächste Hauswand. Das Cockpit hatte sie zusammengehalten, jetzt entglitt sie sich, atmete, ging langsam nach Hause.

Sie hatte nicht mal Gegenstände um sich, die sie schützen könnten. Nur Señora Mendez freute sich sichtlich, dass sie nun öfter da war, und läutete aus nichtigen Gründen. Clara wimmelte sie mit einem anstehenden Simulatorcheck ab, fühlte sich nicht imstande, ihrem mitfühlenden Blick standzuhalten, hängte ein »Nicht stören«-Crewhotelschild an die Klinke. Sri Lanka hatte Schlamm nach oben gespült. Was damit anfangen? Blinde Flecken umkreisen? Mit dem Zeigefinger malte sie ein Clowngesicht in den Staub auf ihrer Fensterscheibe. Ihre Vorsätze waren auf der Insel geblieben.

Therapie? Monster sah sie schon ohne Rorschach-Tintenkleckse. Aus Matthias' Sprüchen, aufgeschnappter Traumaforschung, Bruchstücken eigener Erkenntnisse ließ sich keine Selbstheilung basteln. Berta machte seit Jahren Yoga und stichelte, mitzukommen. »Schau es dir wenigstens an, Clarice! Du musst nichts tun.«

Eben. Dann vielleicht noch eine spirituelle Tiefenatmungsreise, im Lotussitz um meine Ängste herum meditieren. Ein Eingeständnis meines Scheiterns, Mann Job Traum Flügel verloren, jetzt auch noch den Verstand. So wie in einer Lotosblüte wohnt Gott auch in einem Cockpit. Oder eben nicht.

Bertas letzter Versuch klang in Clara nach. Ihr angehaltenes Leben im Rückwärtsgang in Fahrt bringen? In ihr gloste das Verlangen nach einem Voodoo-Zauber, der das Übel an der Wurzel ausriss. Schädelentleerung, alle Geister aus der Mülltonne des Gedächtnisses kippen: Großmutter, deren gallige Bitterkeit ihre Gedanken verpestet hatte; Mama, die sie nicht mehr fragen konnte; Paul, der eingeknickte Gleitschirmflieger; Papa, in Stummheit entglitten. Nach den Begräbnissen hatte sie nicht einmal mit Vera reden können, der Einzigen, die geblieben war; der sie vertraute. Anas brennende Augen, Surya verschwunden. Nie hatte sie für andere Trost spenden, keinen für sich annehmen können. Kein Ritual hatte ihr eine Brücke ins Weiterleben am Boden geschlagen. Ob an einem Bett oder an einem Grab, ihr fehlte das simpelste Trauerritual, und jetzt sogar der Drill der Firma.

Ihre Dunkelzonen waren tagsüber mit Aktivität angefüllt. Sie hatte sich halbwegs im Griff, aber schon im Prado lauerten Mächte, die sich in der Unordnung der Nächte wieder auf sie stürzten. Die Dunkelheit hatte kein Mitleid mit ihr. Schlaftabletten können die Monster kaum in Schach halten. Geflügelte Traumgebilde aus der Schlagsahne ihrer Kindheit mischen sich mit Pauls augenlosem Schatten, einem übergroßen Nachtfalter. Werden zu grimmigen, flugunfähigen Drachen. Sie sitzt vor einem Vexierbild, unverständlichen Signalen, die aus Bildschirmen purzeln, als sie plötzlich im Cockpit ist. Eine endlose Startbahn, sie bringt die Maschine nicht hoch, die Nase bohrt sich in Brombeerdickicht, sie tastet nach der Kapitänskappe, Dornen werden um ihr Hirn gewunden, sie ist jetzt eine Raupe, darüber Vogelgezwitscher, während die Nacht noch im Dickicht der Glieder steckt: Stellungskriege mit Seelenherrschaften, die sie am Morgen verschwitzt und mit schmerzendem Kiefer erwachen lassen, von Träumen überrollt, länger als die Nacht. Die Träume haben sich als eisiger Schweiß auf ihrer Stirn gesammelt. Sie ist in die Decke gekrallt, die Heizung ist ausgefallen. Sie verscheucht die Panikvögel, stolpert zur Zahnbürste, als es klingelt.

»Ich habe dich schreien gehört!?« Señora Mendez' harte kastilische Stimme kontrastiert mit ihren warmen Augen inmitten besorgter Falten.

»Alles in Ordnung!« Clara winkt ab, während sie schon die Entscheidung überfordert, ob sie zwei Stück Zucker in den Morgenkaffee nehmen soll oder drei. Sie war immer in Bewegung gewesen, im letzten Jahr in einem Hurrikan, sie mittendrin, immer wieder hochgerissen, zurückgeschleudert. Jetzt, im langen Madrider März, fror ihr jede Bewegung ein, während die Unruhefeder gespannt blieb. In der rastlosen Lethargie hatte sie kein ständig verfügbares Anderswo mehr. Sie schluckte Leere, wartete, auf nichts.

Zu Mittag zerrte sie ein Gemüsepfannen-Fertiggericht aus dem vereisten Gefrierfach, riss das Säckchen auf, starrte auf die verschrumpelten Erbsen, Karotten, Hähnchenstücke, und schmiss alles weg.

Am Nachmittag rief Simona an: »Komm zumindest heute Abend mit, Clarice! Ins Gabana. Wir ziehen uns was rein. Macht dich locker, Schätzchen!«

»Sehr witzig.«

Im Hof knallte ein Fußball fortwährend gegen die Hauswand. Du wirst nie dazugehören, dachte sie. Nicht mal zu den Migrantenkindern da. Hast geglaubt, drüberzustehen.

Reiß dich zusammen.

Niemand konnte sie auffangen, wenn sie den Halt verlor. Ein engmaschiges Netz an Bindungen wie Berta es hatte würde sie einsperren. Durch ein weitmaschiges würde sie wegrutschen, mit den großspurigen Kollegen am Abend, Simonas frivolem Lachen.

Etliche Kolleginnen vom Bodenpersonal waren trotz Krise untergekommen, bei Maklern, bei einer Versicherung, Berta in einem Reisebüro. Nur Simona fand oder wollte keinen Job. »Reisen an neureiche Spießer vermitteln? Nein, danke. Da fahr ich lieber selbst – irgendwohin, wo's im Winter warm und unser Euro noch ein paar Zerquetschte wert ist.«

»Mit der Konkurrenz, die uns den Job gekostet hat?«, fragte Clara in einem Moment der Schlagfertigkeit. Simona sagte nichts, rief aber am nächsten Tag wieder an: »Na, Solita, wie geht's?« Solita. Alleinchen. »Isla Margarita. Im April ist da Nebensaison. Kommst du mit?«

Ernst gemeint? Glaubte Simona, sie würde es aushalten, im Flieger hinten eingepfercht zu sitzen, nachdem sie eben erst den linken Cockpitsitz errungen hatte? Was zählte, war ein nächster Flug. Ein eigener. Sie konnte kein eindimensionales Leben leben, auch kein zweidimensionales.

Als sie beim Joggen durch den Retiropark vor einem

Skateboarder einen Sprung zur Seite machte, entschied sie, doch mitzufahren.

Sie kam verschwitzt zu Hause an, lief die Treppen des Altbaus hoch. Sie hatte Herzklopfen vom Laufen und der Entscheidungsfreude, tänzelte zwischen Taschen und Stapeln von Flugmagazinen hindurch, dem Archipel ihrer materiellen Existenz. Bevor sie zum Telefon griff, um Simona nach der Siesta und vor ihrer üblichen Tour zu erreichen, läutete ihr Telefon.

Sven, ein dänischer Kollege vom Kapitänskurs, Jahre jünger als sie, redete von einer britischen Shuttle-Linie.

Sie zögerte. Eine Chance, die es jetzt nicht geringzuschätzen galt? Heathrow. Eine Cloud an Möglichkeiten.

Nein. Nicht England. Ständig London–Glasgow. Zu kalt. Zimmerpalmen im Wintergarten. Ihre Sehnsucht domestizieren. Ziellose Sehnsucht nach der Sehnsucht.

»Ich bin unfähig«, sagte sie, halb lachend in den Hörer.

»Bist du nicht, Clara. Du nicht! Das weißt du. Hoffentlich. Wir stecken alle in der Scheiße. Hängt nicht nur von uns ab. Der Markt ist gerade nicht toll. Es gibt noch billigere als unsere Firma. Und auch die Scheichs mit ihren Petrodollar-Vögeln fliegen uns wohl bald um die Ohren.«

Wie nebenbei erwähnte Sven auch das Angebot einer Safari-Airline. Tansania.

»Warum machst du das nicht?« Ihre Stimme bebte.

»Ach, Clara … ich habe Familie. Meine Frau probt jetzt schon den Aufstand – die dauernde Übersiedelei.«

»Aber waren ihre Eltern nicht Diplomaten? Sie müsste es doch gewohnt sein.«

»Hmm. Als Kind hat sie genug davon gehabt: Hat eine Heimat um die andere verloren. Sie sucht noch immer ihre Wurzeln. Sagt sie. Unsere Kleinen sind drei und fünf. Das will sie ihnen ersparen. Und Afrika wäre nichts für Kinder. Wenn was passiert – sie würde mir das nie verzeihen. Ich mir allerdings auch nicht.«

»Nehmen die auch Frauen?« Sie klemmte das Telefon in die Halsbeuge.

»Versuch es einfach! Ich schick dir den Link.«

Ihr Herz pochte weit oben. Serengeti. Victoriafälle.

»Danke dir! Drück mir die Daumen!«

»Klar, mache ich!« Sein skandinavischer Akzent war jetzt Musik in ihren Ohren.

Die Firma hatte eine simple Homepage. Sie bewarb sich per E-Mail, ließ sich vom Vietnam-Express-Service ein paar Nem-Rollen liefern, konnte die Nacht kaum schlafen, irrte am Vormittag durch die Stadt, enge Wartekorridore, starrte auf Balkone, Gesimse, suchte später Simona, die das Telefon nicht abhob oder den Tag bei einer Nachtbekanntschaft verschlief.

Sie fühlte sich in der Warteschleife einer Hotline für Herzinfarktpatienten und ging nach Mittag joggen. Es begann zu nieseln, sie lief zurück in die kalte Wohnung, schlug die Tür mit einem Fußtritt zu, holte ein Handtuch aus dem Bad, trocknete ihre Haare im Vorraum. Sie wollte ihr Gesicht nicht im Spiegel sehen, welche Spannungen es zeigte, Spuren, welche Hoffnung noch. Der lauwarme Heizkörper klopfte seit Wochen, wo war der Hausmeister, der das System entlüftete.

Laptop einschalten. Internetprovider gehen nicht ein. Krisensicherer als meine Branche, immun gegen Terror und Kerosinpreis. Programmierer. Verdienten dreimal so viel wie Piloten. Und wir haben kaum mehr Prestige als die Uber-Fahrer.

Loading, loading, das Mailprogramm schien zu atmen, der Nachhall des Laufens summte in ihrem Körper. Loading. Da. Antwort aus Tansania, mit Anhängen! Sie sprang fast vom Stuhl, ihr war nicht mehr kalt. Ein Mr. Mackenzie bat sie um Details.

Sie schrieb ihren Lebenslauf um, ihr Leben, nein, nicht, doch, gut klang er ja, der Strichcode ihres Lebens, ohne

Brüche: Flugbegleitererfahrung war ein Vorteil, keine Schranken zwischen Gästen und Piloten beim Safariflug. In Gedanken packte sie bereits ihre Sachen. Wieder fliegen, weiterhin fliegen. Niedriger. Bescheidener. Ohne Stahlschwingen, hundert Tonnen geborgter Kraft.

Zwei Tage lang kam keine Antwort. In Endlosschleifen schwankte sie zwischen Euphorie und Ungewissheit. Simona tauchte in Begleitung eines argentinischen Tänzers in weißen Hosen aus der Versenkung auf, redete nicht mehr von der Isla Margarita.

Und dann die Einladungsmail zu einem Gespräch in Daressalam, »mit allen Unterlagen«. Daressalam, wiederholte sie immer wieder, Daressalam. Es klang nach Annam, Calicut, Kota Kinabalu, die Verheißungsnamen ihrer Kindheit. Keine Monsterflughäfen mehr, keine klimatisierten, LED-beleuchteten Schimären ihrer Vision.

Überschwemmt von Zuversicht eilte sie zur Botschaft und buchte für drei Tage später. Sie zog ihre Reise- und die Satteltaschen unter dem Bett hervor, warf Hosen und Blusen hinein. Die Auflösung der Wohnung konnte warten oder von Berta erledigt werden. Die stellte auch Claras Habseligkeiten in Bananenkartons in ihrem Keller unter; wie Vera ihre Kindersachen in München. Señora Mendez übernahm die Balkonpflanze und nutzte die Gelegenheit, ihr beim Packen noch einmal ihr Leben zu erzählen. Nach dem Tod ihrer Jugendliebe hatte sie nie geheiratet.

»Ich war ja nicht die Einzige. Ich war jung. Hatte viele Freunde. Aber mit keinem Mann hat es so recht geklappt. Als ich fünfundzwanzig war – damals galt man da ja schon als alte Jungfrau – bin ich einmal zu einer Wahrsagerin. Und weißt du, was sie gesagt hat?«

»Keine Ahnung, Señora Mendez.« Clara sah sie an. Ihr Haar war nicht dünn, kaum wirklich grau, eine weiß-schwarz-gemischte, widerspenstige Mähne, dazu buschige Augenbrauen, auf der Oberlippe Altersflaum; starke Knochen, die ihr Gesicht attraktiv altern ließen. Sie war fast so groß wie Clara und strahlte trotz schwer gewordener Hüften eine wilde Vornehmheit aus.

»Wenn du keinen findest? Dann willst du nicht.«

»Und?«

»Ich war wütend. Aber sie hatte recht. Ich hatte Freude an der Arbeit im Museum. Ich war für Musikinstrumente zuständig, aus aller Welt. War sogar einmal auf einer Feldmission in Äquatorialguinea. Ich habe mit meinem Bruder Musik gemacht. Auf jeden Fall habe ich interessante Menschen kennengelernt.« Ein Lächeln war jetzt in ihrer rauen Stimme. »Aber verzeih, ich rede und rede und du bist schrecklich in Eile.«

»Nein, nein.« Sie war nicht sicher, ob Señora Mendez einfach nur erzählte oder etwas anderes sagen wollte. Mehr mit ihrem warmen Blick als mit Worten gab sie ihr ihren Segen.

Anmerkung

Übersetzungen der Inschriften von Sigiriya sind dem Band »Die buddhistische Plastik auf Ceylon« von Heinz Mode, VEB E. A. Seemann, Buch und Kunstverlag Leipzig, 1963, entnommen.

Inhalt